Маргарита Хемлин

КРАЙНИЙ

РОМАН

ЦЕНТР КНИГИ
ВСЕРОССИЙСКОЙ
ГОСУДАРСТВЕННОЙ
БИБЛИОТЕКИ
ИМ. М.И. РУДОМИНО

МОСКВА

2010

УДК 882-31
ББК 84Р1-44
Х 37

Издание осуществлено при финансовой
поддержке Книжного клуба 36,6

*В оформлении переплета использованы
фрагменты картин художника Николая Эстиса*

*Дизайн Т.Н. Костериной
Редактор А.Г. Николаевская*

Хемлин М.М.

Х37   Крайний / Маргарита Хемлин. — М.: Центр книги
ВГБИЛ им. М.И. Рудомино, 2010 — 288 с.

ISBN 978-5-7380-0349-3

Маргарита Хемлин — финалист национальной
литературной премии «Большая книга — 2008»,
лонг-лист «Большой книги — 2010». Ее новый ро-
ман — о войне. О времени, когда счастье отменяется. Маленький человек Нисл Зайденбанд и большая бесчеловечная бойня. Выживание и невозмож-
ность жизни после того, как в войне поставлена
точка. Точка, которая оказалась бездной.

УДК 882-31
ББК 84Р1-44

ISBN 978-5-7380-0349-3

Каждый человек должен отчитываться. Если есть коллектив — отчитайся перед коллективом. Если нет коллектива или личное положение другое — все равно найди перед кем, и будь добрый, отчитайся. Причем на совесть. Этим беззаветным отчетом человек и отличается от животного мира.

Моя судьба сложилась таким образом, что в настоящий момент у меня по ряду уважительных причин коллектив отсутствует. Надо честно сказать, что я даже разучился спать в коллективе — сильно храплю и прочее. Что естественно и безобразно одновременно. Пусть. Но и без коллектива я тоже остаюсь человеком. В этом я лично не сомневаюсь.

Сейчас по радио и телевидению много хвалят различные медицинские препараты и называют их номера по какой-то регистрации, а значит, не врут людям. Я себя настолько неважно чувствую, что вообще сильно склонен доверять. И понимаю, лекарствами многое можно поправить без следа. Вот коплю средства на некоторые медицинские возможности, которые облегчат.

Только не нужно думать, что я совсем дурной и надеюсь прожить новую жизнь. Я далеко и далеко не дурак.

Между прочим, у меня много грамот и медалей. Но мне не к кому обратиться. Потому я сделал вид, что пишу эту книжку прямо из головы, из самого своего сердца. Без присущих всем прикрас.

Пока еще был относительно молодой и здоровый, в 1977 году, я шел по центральной части родного города Чернигова — как раз напротив главпочтамта — через прекрасного вида аллею тополей и каштанов в полном цвету. Возле памятника Владимиру Ильичу Ленину комсомольцы нашего древнего города закладывали капсулу с отчетом и приветом к комсомольцам XX1 века и в ознаменование 60-летия Октября. Я постоял рядом, посмотрел. Чего греха таить, у меня мелькнула дерзкая мысль, что вот и я мог бы принять участие в этой торжественной капсуле. И сотни таких, как я. Но я не допустил подобные рассуждения дальше, а утешил себя тем фактом, что XX1 века воочию ни за что не увижу, в отличие от красивых хлопцев и девчат, которые расположились ровными шеренгами вокруг памятника и кое-кто из них — с непользованными лопатами в руках. А на лопатах, на держалках, — навязаны красные банты. У одного такой бант съехал в самый низ и мешал копать-закапывать, что запланировано, и ответственный хлопец нервничал, а не сдавался и махал лопатой еще лучше всех. Я запомнил его целеустремленное лицо. И оно мне иногда светило.

И вот все-таки настал XX1 век. И сколько этих капсул позакопано там и тут? Кто их считал-учитывал? Никто не считал и тем более не учитывал. А я взял бы и откопал их, и все прочитал вслух по телевизору.

И хлопчика того я бы помог найти, так как его словесный портрет у меня в мозгах не вытерся ни на линеечку, ни на кружочек.

Меня ж тогда в капсулу не позвали, а ты, хлопчик, теперь почитай на весь голос, что отрыли с-под многострадальной земли.

Но гроб есть гроб. Что туда ни суй. А капсула — так это только называется, по-современному. И потому отрывать с-под земли ничего не надо. И хорошо б отрыть. А не надо и не надо.

И я твердо решил написать свою капсулу.

У меня есть большой китайский термос с розами. Держит кипяток сухим. И что характерно — не протекает, хотя я его купил много лет назад. Он — не розы, актуальности за долгие годы не потерял. В этом сухом термосе я завариваю травы, в частности, пустырник. И другое тоже — по срочной необходимости.

Я в этот термос положу, все, что надумаю. Всю свою капсулу, до единой буквочки. И лопату возьму, и красный бант навяжу, и закопаю. Вот так, хлопчик мой дорогой и любименький. Ты и знать не будешь.

Я прожил быстротечную жизнь. И в результате ее привык начинать с нелицеприятных анкетных данных.

Фамилия — Зайденбанд.

Имя-отчество — Нисл Моисеевич.

Год рождения — 1928.

Место рождения — город Остёр Черниговской области.

Национальность — еврей. Вот в чем один из вопросов. На другие я тоже отвечу.

Родственников за границей видимо-невидимо. Но безо всяких отношений с моей стороны. Тем более без пользы. Хотя, по разговорам, там медицина первый сорт и выше. В чем я лично сомневаюсь. Потому что человеку положено болеть и умирать. И исключений тут нет и быть не должно. Как поется в народной песне: если раны, то мгновенной, если смерти — небольшой.

Я не шучу.

Эта книга не наполнится чувством юмора.

Начну сразу.

Мне тринадцать лет. Вот я сижу в лесу и мечтаю быть полицаем. Берет меня, аж забирает жгучее желание не умереть. То есть еще хоть раз увидеть своих родителей.

Я так понимал, что поступлю в полицаи, и тут моя жизнь придет в нужную норму. И надо всего ничего — отбросить страх и сомнения и выйти из леса в Остёр. Гайдар в четырнадцать лет командовал полком. Ну, в пятнадцать.

Мое положение осложнялось тем, что мне не было с кем посоветоваться. Я находился совершенно один посередине непроходимого леса, по моим предположениям, в районе железнодорожной станции Бобрик, где я бывал с мамой и папой по дороге куда-то к знакомым.

Я проделывал и проделывал свой путь в Остёр на протяжении нескольких дней, с короткими привалами. Без пищи и жидкости, если не считать ягод и студеной ключевой воды, от которых болел живот и тем самым путал мое сознание.

Я убежал из Остра только потому, что поверил Винниченке. Моя доверчивость подводила меня не однажды. Но на ту минуту я поверил бесповоротно. Неизвестно, почему и отчего. Как говорится, вера — большое дело.

Не могу утверждать, что являлся непосредственным свидетелем расстрела еврейского населения Остра. Я слышал выстрелы только издали. Уже из леса, за Волчьей горой.

К тому же я сам не чувствовал прямой связи между собой и теми, кого расстреливали и убивали. Я не понимал причины и следствия сложившихся страшных обстоятельств.

Отец с мамой часто обговаривали текущее положение. И получалось у них, что ничего хорошего нет. А тут немцы. Ну не может же быть так: чтоб и тут ничего хорошего, и там ничего хорошего тоже. Где-то ж хорошее должно пристроиться! И, может, оно пристроилось как раз у немцев. Об этом говорили на базаре, когда бабы ругались с беженцами с запада. Я под это украл две здоровенные груши. Они вспоминались мне всю мою скитальческую дорогу. Можно сказать, икались. Как заглатывал почти целиком, так и икались.

Мои родители, зоотехники, прибывшие в свое время на работу в Остёр из Чернобыля, в момент наступления оккупации оказались вразброс по дальним селам района. Колхозный скот эвакуировался, и они уже недели три мотались из пункта в пункт по прямой служебной обязанности.

Таким образом, их судьба оказалась для меня закрытой.

Проклятое сентябрьское утро, когда под нашими окнами раздалась немецкая фашистская речь, я встретил самостоятельно, без родительского догляда и разъяснений.

Перед моими глазами на улицах происходила страшная суматоха. Немцы бегали из дома в дом. Конечно, по дороге и по порядку заглянули ко мне. Но я благодаря невысокому росту спрятался в сундук.

Я никогда не отличался общительностью, но со стороны взрослых, даже и чужих, можно было бы в такой момент проявить внимание и подсказать. Нет.

Только через сутки забежал папин знакомый, Винниченко Дмитро Иванович, с сыном которого Гришей я искренне дружил. Он наказал мне прятаться хоть где, только не в хате, и при таких словах ничего не раскрыл по сути.

— Хочешь жить, ховайся, хлопець. Ваших завтра будуть убываты. Еврэив.

Про то, что я являюсь евреем, так же, как и мои родители, мы хоть и не часто, но обсуждали с Гришей Винниченкой. И каждый раз приходили к выводу, что ни черта я не еврей, то есть не жид, как называл это Гриша.

— Если хочешь знать, жиды — воны ух якие! У ных тайна особая, жидовська. И воны ии за собой везде по всий земли тягають. А отдавать никому не хотять. Жидяться. А ты ж не жидишься. Ты ж мэни и мячик дав назовсим. Назовсим же ж? Дак ото ж.

Да, я отдал Грише свой мячик. Красный с полосочками. Не помню точно, какого цвета полосочки. Но точно отдал. И ничего не выпрашивал, за просто так.

Я поинтересовался, откуда Грише известно про незнакомую мне жидовскую тайну. Он признался, что ему рассказал отец. Но при этом, как уверял Гриша, Дмитро Иванович меня и моих родителей хвалил и даже смеялся в наш адрес.

— От люды, гоняють жидив, а нашо им тая тайна? Ну, золото, я розумию. А то — самы нэ знають, шо ще б такого смачного захапаты. Хай сами жиды тиею тайною подавляться.

Мой товарищ крепко дрался плечом к плечу со мной, если меня задевали на национальной почве. Хотя почва как таковая в нашем райцентре уходила от моих обидчиков — евреев же половина школы. А если брать в общем и целом — половина Остра.

С родителями я этот вопрос никогда не обсуждал.

Мы с Гришей — родные братья навек. А Гриша точно не еврей. Значит, и я.

Я спросил, почему Дмитро Иванович с винтовкой.

Он ответил:

— Я тэпэр полицай, шоб им усим повылазыло. Я и буду завтра вас усих стриляты. Тоди нэ просы, хлопчик. Нэ просы.

И вот меня причислили. Объявили евреем. Оторвали от Гриши. Я — «вас». Обида захлестывала с краями мое полудетское сердце.

Я побежал в лес, в чем был. То есть практически голый. Если считать, что на дворе середина сентября.

Да. У кого винтовка, тот и стреляет. А кто стреляет, тот и милует. Вот Винниченко меня и помиловал, как умел. И я помилую своих отца и мать, когда они объявятся. Потому что буду полицай с винтовкой.

В результате усталости и голода я тайком возвращался в Остёр примерно сказать — на протяжении недели.

Ночью подкрался к хате Винниченки. Стукнул в окно четыре раза специальным манером, как мы обычно вызывали друг друга с Гришей.

Гриша выглянул, рассмотрел меня и выбежал во двор. В руках у него находилось полбуханки чёрного хлеба. Схватил меня за локоть. Наткнулся на острую кость.

Аж ойкнул:

— Шкелет! Бежим у сарай.

Мы без слов и выражений дружеских чувств кинулись в сарай за хатой. Там, в кромешной темноте, состоялся наш разговор. Я, конечно, кушал хлеб, но одновременно говорил.

— Гришка, наступила отчаянная, решительная минута. Я решил записаться в полицаи. Мне дадут винтовку.

— И шо? — Гриша смотрел на меня блестящими глазами.

— И то, — я не знал, что говорить дальше.

Хлеб быстро закончился, и мне не за что стало цепляться руками, чтобы удержаться на одном месте. Я повалился на сено. Гришка рухнул на колени рядом.

— И шо, з вынтовкой побежишь до партизанив? Тут есть. Говорять, можно до ных прыстать.

— Зачем? Не. Ни к кому я приставать не буду. Возьму винтовку, и буду тут жить. В своей хате.

Ждать батьку с мамкой. Надо кого застрелить — пойду и застрелю. Потом опять буду жить. Твой батько ж так делает. А мне нельзя?

— Ну, так. Правда. Надо з ным поговорыты. Як и шо. Вин мэни наговаривав на прошлое. Говорыв, шо теперь краще станет. Нэ знаю. И шо, своих тоже постреляешь?

— Каких — своих? Батьку с мамкой? — я был готов рассказать о своей задумке.

Но Гриша свернул на сторону.

— Ну, нэ родытелив. Другых еврэив.

— Так их же без меня. Уже. Или еще нет?

— Вже. Ты одын.

Значит, и Гриша меня причислил. Отрекся.

Теперь я окончательно — еврей. Из тех, про которых кричали: «Жид-жид, по веревочке бежит».

И мне отныне и вовек — бежать по веревочке.

Тут со всей силы распахнулась дверь. На пороге обнаружился сам старший Винниченко. С винтовкой. В подштанниках. Со сна.

Гришка загородил меня спиной и скороговоркой объяснил отцу, что к чему.

Винниченко сказал:

— Я ж думав, я тэбэ на развод оставыв. А ты ж припэрся. Гад ты малой. Дурной! Ой же ж дурной! Нэ даром тэбэ дурным уси звалы. Ты останние шарыки з головы потэряв. Шо с тобой зараз робыть? До утра посыдь отут у сараи. А утром выришим шось. Полицай сраный! З тобою и рассуждать нихто нэ успеет, до стенки прижмуть и размажуть. Ваших у полицаи нэ бэруть. Шоб ты токо знав. Трынадцять год, а до винтовки тягнеться, гад.

— Почему не берут? — спросил я.

— Прыказ такой по земли: нэ брать.

— У нас все народы равны. Вы что, Дмитро Иванович, не в курсе?

— От имэнно. То у вас, а то тэпэр.

Я не стал ждать, что надумает Винниченко, и тем же путем скрылся в лес.

Теперь что касается настоящего состояния моего развития. Действительно, про меня ходили различные слухи, что с головой у меня не все нормально. В школе я учился ниже посредственного уровня. Читал плохо. Но я не был такой один. Это о многом свидетельствует. К тому же меня всегда выручала моя феноменальная память. Правда, я имел обычай запоминать всякую чепуху наряду с ценными сведениями, не имея возможности делать различие. Слова одно за одним, без запинки, как фотографии, стояли в памяти. В том числе и фамилии с именами. С лицами мне было труднее. Лица запоминались кусками. От кого — нос, от кого — уши, от кого — зубы. По-всякому.

И вот я опять оказался в лесу.

Понял так: я остался из евреев последний.

Что в Остре, что по всей земле, сколько ее существует в мире, живут люди. А я отдельно — последний еврей. И я проклинал себя, что плохо учился в школе и не развивал своих природных способностей.

Теперь мне предстояло много испытаний. Путь к возврату отпал навсегда.

Я шел по направлению куда глядят глаза. И вышел на некий хутор в самой глубине леса. Там представился обычным сельским мальчиком по имени Гриша в честь моего друга Гриши Винниченки, что первым пришло в голову.

Попросил кушать.

Пожилая женщина, которая в тот момент была одна на хозяйстве, меня покормила и поинтересовалась, что я делаю в таких условиях и далеко от дома. Я сообщил, что просто гуляю.

Она удивилась, потому что война. Подробностей женщина не знала, так как не отлучалась из своей хаты последние несколько дней. Хоть она знала, что пришли немцы, — со слов мужа, более активного в передвижении. Базар и прочее.

Галина Петровна спросила мою фамилию, и я назвался Винниченкой, потому что уже сказал, что я Гриша. Она покивала и предложила мне отдохнуть.

Я заснул.

Проснулся в темноте, в тишине и покое. Забыл, что вокруг опасность.

За прошедший период муж Галины Петровны не вернулся, и она сильно волновалась. Я ее успокаивал примерами из жизни, когда человека не ждали, а он появлялся буквально с-под земли.

Она заметила:

— З-под земли нэ вэртаються, — и выразила просьбу, чтобы я побыл с ней, пока не вернется муж. Хозяин, как она его называла с любовью.

Галина Петровна быстро меня раскусила. В том смысле, что я не гуляю. Я заверил ее, что вообще-то иду к родственникам в Брянск, но заблудился.

— Отак голый и йдэш? Бэз торбы, бэз ничого? Хиба так до родычив идуть? Родычи ж, воны нэ чужи люды, им и гостынця трэба. И ще щось. Ты, мабуть, брэшеш, хлопець.

Я объяснил, что сейчас война и никаких гостинцев быть не может. А что голый, так наш дом сгорел, а родители в отъезде, и я остался один, и мне деваться некуда.

Галина Петровна больше меня не расспрашивала.

Только завела разговор:

— Шо ж я пытаю... У людэй горэ, а я пытаю. Бидный ты, бидный. Хоч хто, а бидный. Я ничого нэ розумию. Шо воно такэ зараз... Ну, нимци... Хай нимци. Ось хозяин вэрнэться — розкаже. А ты сам нимцив бачив?

— Бачив.

— И шо воны? Хороши, чи як?

— Хороши. Дуже хороши, — я опасался настроить Галину Петровну на негативный лад.

— Ото ж. И чого воны припэрлись, як хороши?

— Нэ знаю.

— Дак ото ж. И я кажу. Нимци — а прыперлысь. Ну шо ж. Прийшли и прыйшли. А у нас хозяйство, дак шо?

Я молчал.

Галина Петровна крутилась по хозяйству, я ей помогал, по-прежнему воображая себя Гришей Винниченкой. С языком трудностей не возникало и не могло возникнуть, поскольку у нас в доме говорили или на идише, или по-украински, или на смеси русского с украинским. Особое дело.

Суржик. Не каждый сможет. Единственное что — я следил за отсутствием еврейских слов в своей речи. Но иногда контроль ослабевал, особенно когда я оставался наедине со свиньями и курами.

Конечно, я кое-как оделся. Даже шикарно. Пускай и не по размеру. А когда сильно вымылся, Галина Петровна охарактеризовала меня как картинку.

— Ну шо: пионэр усем на свете прымер. Водычка всэ знимэ. Полэгшало на сэрци?

И в самом деле, на сердце у меня образовалась легкость и радость.

Так прошла неделя.

Возвратился хозяин. И не один. С Винниченкой. Дмитром Ивановичем.

Я кормил свиней и кур. Увидел их через раскрытую дверь сарая.

Хозяйка показывала рукой в моем направлении и что-то говорила. Хозяин с Винниченкой направились ко мне. Я спрятался за большую свинью и гладил ее по животу, чтобы она меня не выдала. Свинья молчала, даже не хрюкала, так как уже привыкла ко мне и по-своему полюбила.

Винниченко закричал:

— Выходь, хлопэць! Хай тоби грэць! Выходь, кажу, по-доброму!

Я стал перед ним во весь свой маленький рост.

Винниченко молчал. Смотрел на меня со злостью.

Я направил взгляд в его глаза и сказал:

— Батько, нэ бый мэнэ. Я заблукав.

Винниченко остолбенел и выбежал из сарая. Хозяин за ним.

Винниченко что-то сказал ему, засмеялся и помотал головой. Они ушли в хату.

Я обратил внимание, что оба выпившие. Походка нетвердая и запах.

Через несколько минут, когда я уже совсем собрался убегать в лес, во дворе закричала Галина Петровна:

— Хлопэць, йды-но исты!

Я пошел.

Винниченко и хозяин сидели за столом. Мирно беседовали. На меня не обратили внимания. Без тостов наливали самогон и пили. Я сел и аккуратно потянулся за вареной картошкой — посередине стола в чугунке. Были также сало, малосольные огурцы. Сметана в крынке. Тарелку с налитым жирным борщом я отодвинул. Там выглядывал из красной глубины шмат мяса. Но мне показалось, что я достоин только пустой картошки. И лучше это показать всем. То есть — что я прочно понимаю свое место.

Галина Петровна хлопотала у печки: разбивала яйца и шваркала их на громадную сковородку. Одно за одним. Одно за одним. Лук она уже порезала, и теперь он ей разъедал глаза. Слезы катились у нее по щекам. Потому что надо сначала в растопленное сало бросить лук, а уже потом бить яйца на здоровье. Но Галина Петровна нарушила порядок.

Хозяин сказал:

— Трэба курку ризать. Галына, курку зварыш? Чи як?

— Зварю. На вэчэрю.

Ели все молча.

Я жевал картошку без аппетита. Галина Петровна подвинула ко мне борщ, положила сметану, сунула в руку ложку.

Сказала:

— Иж, хлопчик.

Я сидел с ложкой в руке. Сухая картошка перекрыла мне горло. А то бы я ой как ел.

Наконец Винниченко произнес:

— Ну, ты артист. Алейников. Насмотрэвся кинов. Светлый путь. Кроме мого Грышки никого нэ прыдумав?

— Нэ прыдумав, — выдавил я из самого живота.

— Не-е-е-е. Був ты брехуном, брехуном и залышився.

Дальше Дмитро Иванович уже обращался к хозяину хаты:

— Дывысь, Мусий Захаровыч. Оцэ народный артист Радянського Союзу. Його увэсь Отер знае. Друг мого Грышки. Шо одын дурэнь, шо цэй. Путешественник. Папанинэць. Хай йому грэць. Звуть його не Грышка, а Васька. И фамилия його Зайченко. И зараз вин поисть и побижить додому, дэ його маты чекае.

Я крепко зажал в руке ложку. Алюминиевые тонкие края вдавились в ладонь.

— Сёрбай, кажу, поганэць. И бижи, шоб духу твойого отут не залышылося! — Винниченко зыркнул на меня как бы поверх своих слов.

Я ел бесконечно, до давиловки внутри кишек.

Винниченко и Мусий Захарович говорили про свое. Про закупку продуктов, про немецкие хорошие гроши, про комендатуру и аусвайсы. Я большинства в разговоре не разбирал, так как они уже напились, и я тоже оказался как хмельной от тяжелой сытости.

Винтовка Винниченки лежала на лаве в нескольких шагах от стола. В какую-то минуту он схватил ее, положил себе на колени и даже приткнул для крепости полой пиджака.

Потом заметил меня, только как будто на новый, злющий лад:

— Шо ж ты жэрэш и жэрэш! Утроба твоя поганая! Гэть звидсы! Ану! — и погрозил винтовкой, которая не сразу выпуталась из-под прикрытия.

Я выбежал из хаты.

За мной кинулась Галина Петровна.

— Шо ты його слухаеш, вин же ж пьяный зовсим! З утра пидэш. З ным и пидеш. Його до Остра Мусий пидводою видвэзе. Нэ пишкы ж шкандыбаты.

— Ни. Я зараз. Мамка чекае.

Я для видимости бодрым шагом пошел оттуда.

Не могу сказать, что лес принимал меня дружелюбно. Во-первых, какое дружелюбие в конце сентября. Хотя, как говорится, золотая осень во всей своей последней красоте.

Мы с моим дружком Гришей Винниченкой стояли на обочине классной жизни нашего пионерского отряда. Конечно, носили галстуки и значки. Но числились в крайне отстающих. И потому нам доставались замечания по поведению и лени.

Но как только выдавалась свободная минута — мы с Гришей бежали на Десну, за Волчью гору и там уходили далеко-далеко в самую даль. Струилась древняя река, впадая в могучий Днепр. Мы, бывало, подолгу следили за щепочками и ветками покрупнее, которые наши детские неокрепшие руки бросали по течению в воду.

Мы, как и все дети нашей страны, мечтали о подвигах и последующей славе. Но в то же время понимали, что для этого надо вырасти из пионеров и как минимум закончить семь классов хотя бы на «посредственно». И вот — такая неприятность, как вероломное нападение фашистов. Мы, как и вся наша страна, оказались не готовы к этому. Особенно я. Тем более без родителей на своем месте.

Мои отец и мать, как я уже объяснял, зоотехники по специальности. И не преувеличу, если напишу так: они больше любили животных, чем живых людей. Они б не замечали даже и меня, если б я не просил кушать. Но кроме еды я предоставлялся на усмотрение самому себе. И моей душевной отрадой с самого раннего возраста являлся Гриша Винниченко, сосед рядом, который уже хорошо известен, хотя пока и не в полную фигуру.

В доме у нас не было кошки или канарейки. Как у некоторых. Во дворе мы не завели собаку. Старая щелястая будка пустовала, ржавая цепь валялась без конечной полезной цели. Мы с Гришей на спор и для интереса иногда пытались ее разорвать голыми руками. Но работа оказалась хорошая. Цепь ни за что не поддавалась на наши детские упрямые усилия.

К нам никогда не приходили никакие гости. И сами папа с мамой ни к кому гостевать не наведывались. Даже в день выборов в различные советские инстанции, когда весь Остёр устраивал праздник горой, папа и мама пораньше отдавали свои голоса и разъезжались по селам каждый в своем направлении, за что однажды получили.

Зима. Семь часов утра. День выборов в Верховный Совет СССР. Мама и папа уже проголосовали и собираются идти к Винниченке, тот должен куда-то их развезти на санях по дальним селам.

К нам в дом пришел председатель райсовета Айзик Мееровский. Швырнул свой райсоветовский кожух на сундук возле самой двери, и выговорил с порога, что так нельзя. Что надо ходить на митинг хотя бы в праздничный день, каким является для всего советского народа день выборов. Что коммунисты должны. Всем должны: и народу, и партии. И всем.

На это отец спокойно сказал, что голоса они отдали как положено, что ж еще.

Айзик повернул венский стул спинкой к себе и уселся, как тогда было модно, — верхом.

— Ты, — говорит, — Моисей, не думай, что я дурак. И Рахиль пускай так не думает. Вот она сейчас улыбается. А может получиться смех сквозь слезы.

Отец сел рядом с Айзиком. Причем стул придвинул к столу и положил руки на скатерть — аккуратно. А ногу положил на ногу и задвинул под стол. Потом папа оглядел всю позу Айзика. Мол, я-то тебя культурно слушаю, а ты уселся не по-человечески, тем более в чужом доме.

Айзик засмущался и сел как следует.

Говорит:

— Рахиль, садись и ты.

На меня — ноль внимания. И папа, и мама, и Айзик Мееровский.

Мама тоже села — скромно.

Айзик говорит:

— Ну, я вас обижать не хочу. Однако про вас говорят плохие вещи. Пересказывать не буду. Красной нитью проходит одно — вы не хотите разделять радости и горести советской страны и рабоче-крестьянского государства. Ведете разговоры насчет неправильностей политики партии. Люди для вас — тьфу. Вы за собаку жизнь отдадите, а за советским человеком и не вздохнете как следует. Тянете за собой свое прошлое и милуетесь с ним, как с дитем.

Отец вступил:

— Айзик, мы ни с кем не рассуждаем. Агитации не ведем. Мы не партийные. Но в блоке. А блок этот — нерушимый. Ты ж сам знаешь. Так что не городи ерунды. А что мы твоей Басе сказали, что в гости к вам не придем, и пусть не зазывает, так это по другой причине, чем политика и чем ты думаешь. Твоя Бася устраивает еврейские посиделки. И ты, Айзик, между прочим, в них принимаешь обязательное участие. Вы поете песни, соответственные национальности. Скачете танцы фрейлехс. А мы с Рахилью — люди другого воспитания. Нам ничего такого не надо. Мы лучше друг с другом посидим, на своего дорогого сына посмотрим. Животному какому-нибудь поможем. Вот в чем наш долг. А на собрания в клуб и в другие места мы не являемся, так как нас персонально никто туда и туда не приглашает.

Айзик аж позеленел на общем фоне:

— Какие это такие еврейские посиделки? Ты мне, Моисей, национализм на шею не пристегивай!

— Я и не пристегиваю. Мне твоя шея не нужна ни за какие деньги. Вот моя жена свидетель, и сын тоже. Ты ко мне в мой дом пришел и с налета начал говорить по-еврейскому. Я тебе из личного уважения не перечил. И по-еврейскому же тебе ответил и отвечаю. Но внутренне понимаю — надо было бы для правильности момента говорить по-русскому. А не ограничиваться. Но ты первый начал. Ты тут устраиваешь еврейскую местечковость. Вот на этом самом месте. На своем стуле возле моего семейного стола. И мне даже страшно подумать, что там у вас с Басей на ваших шабашах может происходить и ненароком случаться.

И смотрит на Айзика. В район его верхней незастегнутой пуговицы на френче. А подворотничок у него не первой свежести и не белый, а желтоватый.

Айзик отвечает уже по-русскому:

— Ах вот ты как заговорил! Так чтоб ты знал. Мы поем не только еврейские, но и украинские, а также русские народные песни. А танцуем не только фрейлехс. Мы, если хочешь знать, рассказываем анекдоты, в которых все нации нашей огромной страны равны. И смеемся без исключения.

Хотел сказать про что-то еще, но только махнул рукой.

Айзик Мееровский выскочил из дома со своим райсоветовским кожухом в руках, даже на одно плечо не накинул.

Мама вытерла пол после его сапог и говорит отцу, по-еврейскому, как обычно:

— Зачем ты, Моисей, его заморочил? Он же теперь головой тронется.

— Не тронется. А от нас отстанет.

Мама только вздохнула.

Я вышмыгнул на улицу и увидел, что Айзик стоит неподалеку от нашего дома и смотрит. Прямо на меня. Вроде ждал, что выскочу именно я, а не кто из родителей.

— Ингеле, — кричит, — хлопец, подь сюда!

Я подошел.

Айзик и говорит на чистом украинском языке:

— Ты, якщо щось зрозумив, то не бовкны никому. Зарады своих батька й матэри. Воны в тэбэ зовсим дурни. Бувай! — и по плечу меня потрогал, как будто сам не знал, оттолкнуть или прижать к себе в знак теплого сочувствия.

С каким прошлым милуются родители — я тогда не обратил внимания. Не заострил по неопытности.

Я тогда понял главное: мы все дураки. Во-первых, я. Как неуспевающий. Во-вторых, мой отец, и моя мама. Почему они — не ясно. Но факт налицо. Айзик Мееровский припечатал, значит, получилась правда. Авторитет у него находился на невиданной высоте. Весь Остёр его превозносил. И с партийной, и с хозяйственной точки зрения.

В таком разрезе — разве я мог надеяться на то, что мои родители мне что-нибудь разъяснят в свете приближающейся войны? Конечно, нет. А я под их влиянием считал сам себя евреем? Конечно, нет. Язык, на котором мы говорили дома так же часто, как и на украинском, был знаком мне с молоком матери. Но и птицы ж говорят на каком-то языке, и коровы, и кони. Язык — это ничего. Это даже больше, чем ничего.

Правда, благодаря знанию идиша у меня по-немецкому в школе выходило «посредственно», а не «неуд», как по многим другим поводам. Но, честно скажу, только по устному, писать по-немецкому для меня было за семью замками.

И когда проклятым сентябрьским утром под окном раздалась немецкая речь, мой мозг спросонок или еще во сне решил, что это урок немецкого в школе и что Ида Борисовна говорит мужским голосом специально для строгости, потому что с нами, двоечниками, нельзя ж иначе, по-доброму. И теперь надо ответить. Хоть с-под одеяла, хоть как, а надо.

Как бы там ни было, именно Айзик Мееровский распорядился, чтоб мои родители поехали по району спасать скот перед отправкой неведомо куда. И они поехали исполнять свой долг. А я остался без никого в лесу на сто километров вокруг. И потом тоже.

Когда навстречу мне иногда выходили из непролазной гущи страшные коровы и быки, которые отбились от своих, я лишний раз вспоминал отца и мать. Я справедливо ждал, что, возможно, появятся и они, потому что не бросят же мои папа и мама даже отдельно взятую скотину.

Айзик Мееровский обо всем этом никогда не узнал, потому что добровольно ушел в первый день объявленной мобилизации и погиб на Днепре. Утонул Айзик Мееровский, героически раненый. Был тому наш остёрский свидетель.

И вода сошлась над Айзиком Мееровским одно к одному. И Бася его больше никогда не увидела. И песен с ним не спела. И Готэню, и Боже ж мой. И так и дальше.

Несмотря на сложившиеся условия и мой возраст, надо было жить. И поэтому я шел вперед.

Мне думалось, что еды, которую я затолкал глубоко в живот на хуторе, хватит надолго. Но я быстро и жестоко просчитался.

Голод подгонял меня куда-нибудь. Только люди могли дать мне силы в виде питания. К тому же был холод, хоть Галина Петровна не пожалела на меня добра и дала еще не старый ватник.

Для самоутешения я вспоминал свой родной дом. Например, я перебирал вещи — одну за другой. Книги — только по животноводству и ветеринарии. Их я тоже внутренне перебирал как имеющие крепкое отношение к моим родителям. Но это не утешало и не давало самовнушения сильной уверенности в будущем. Наоборот, я даже остановился в своем пути от мысли, что не забежал на минутку в родную хату. А ведь был в трех шагах.

Тогда я постановил — отринуть свое прошлое вместе со всем ненужным и вредным остальным.

Первый опыт с выдачей себя за другого ободрял меня. Отныне я решил стать Василем Зайченкой с легкой руки Дмитра Ивановича Винниченки.

После отчаянных блужданий я попал к людям. Оказалось, что уже ближе по направлению к Брянску. В чужих местах. Такой большой путь мне удалось проделать благодаря дрезине. Этот вид транспорта не являлся для меня новинкой. С моим Гришей Винниченкой мы не однажды катались на этом замечательном средстве передвижения.

Ветер бил мне в лицо, и я торопил рельсы.

Людьми оказались двое отставших в боях советских солдат. Точнее — младший лейтенант Валерий Субботин и рядовой Баграт Ахвердян.

Они как раз спали. Я сначала подумал, что это лежат убитые мертвые.

Лицом ко мне оказался черноватый солдат. Нос у него большой. Пилотка поперек головы — волосы курчавые и как ночь.

Как раз этот самый солдат первым почуял чужое присутствие и разомкнул свои глаза.

— Ты кто такой? — вскочил прямо сходу с винтовкой — и на меня.

Другой вскочил с пистолетом наготове — и тоже на меня.

Я ответил, как приготовился за много дней:

— Зайченко. Василь. С Остра.

Военные обступили меня с двух сторон.

Я шпарил как по-писаному:

— Пробираюсь куда глаза смотрят вперед. Голодный.

Вот и весь мой доклад перед лицом товарищей.

Ну что ж. Меня не накормили, потому что нечем. Сами они не ели несколько дней или даже больше.

Старший по званию расспросил подробно, какими направлениями я шел, где в последний раз видел живых людей.

Я про хутор не открыл ничего. Только про дрезину и железный путь — махнул в неопределенном направлении.

В заключение попросил:

— Я один дальше не проживу. Хоть без еды, а берите с собой, будь ласка. Христом богом молю, — так Гриша всегда добавлял, когда что-то клянчил или у своего батька, или у кого-нибудь вообще по разным поводам.

И вот они вдвоем смотрят на меня и при мне ж совещаются.

Командир говорит:

— Мы идем по своим военным делам. Тебе с нами нельзя. Мы можем каждую секунду встрять в бой. У нас патронов мало, мы постоянно жизнью рискуем. Но с другой стороны — мы тебя бросить тоже права не имеем. Я тебе все словами говорю, чтобы ты понял. Тебе сколько лет?

— Тринадцать.

— А я думал, лет десять. — Младший лейтенант поправил полевую сумку и посмотрел на своего товарища, — ну что, раз такое дело, то значит, ты не такой уже и ребенок. Сам как думаешь? Ребенок или нет?

— Не.

Я постарался сказать твердо, но предательски заплакал. Упал на землю без сил и без мыслей на свой счет — что дальше будет, бросят меня или возьмут с собой, мне без разницы. Лишь бы лежать на мягкой мокрой земле, на сосновых иголках, и плакать, и плакать. Между прочим, в первый раз за долгий путь одиноких испытаний.

Военные стояли надо мной в молчании. Никто меня по голове не погладил. Ждали.

Я перестал и поднял лицо вверх. И увидел, что военные руками вытирают безмолвные слезы со своих лиц.

Я им сказал:

— Я Василь Зайченко с Остра. Возьмите меня с собой. Потом, если я вам надоем, убьете. У вас винтовки, у вас пули. Только не бросайте.

Военные взяли меня с собой. И мы пошли. Командир впереди, я за ним, солдат за мной.

Все в один голос молчали. Экономили силы, какие оставались. Я не спрашивал — куда идем.

Только раз заикнулся. И то не по поводу направления, а чтоб показать свое развитие:

— Если надо в разведку — вы меня пошлите. Я по-немецкому понимаю.

Они переглянулись, но оставили без внимания.

Шли долго. В основном — в темноте. Большие села обходили.

Ели, что находили. Ко всему, не было огня, так что и картошку, и буряк грызли сырыми, отчего потом происходили инциденты. Но ничего.

Черноватый солдат плохо говорил по-русски, а старший по званию — чисто. Акал. Меня не расспрашивали. Хоть я не раз порывался изложить приготовленную историю.

Обращались друг к другу: «товарищ красноармеец», «товарищ младший лейтенант». Ко мне:

«мальчик». Но это в крайнем случае. А в не крайнем — молчание.

Неопытность со всех сторон. Взять хоть бы огонь. Как-то ж можно было исхитриться. Взрослые ж люди. Нет. К тому же некурящие. А курильщики б не выдержали. Хоть с неба, а огня достали б.

Наконец, поели по-людски. И картошку, и яйца, и даже хлеб с корочкой — толстой, коричневой. Это было в последний раз за войну, чтоб с корочкой, притом коричневой. Потом была корка только черная, и не корка, а сухая грязюка. Мешали муку с черт знает чем. Для размера.

Мы ели на хуторе. Оказалось, что сделали круг относительно моего маршрута. Пришли поблизости к Остру. Недалеко от Ляховичей.

Нас кормил старик Опанас.

Особо спросил меня, кто я такой. Я ответил, что Зайченко. Только про Остёр не заикнулся. Зайченко и Зайченко. Отстал от эвакуации.

Дед кивнул в сторону чернявого солдата:

— А той хто? Чорный та носатый? Тоже з эвакуации? — с иронией на свой манер.

Младший лейтенант резко оборвал:

— Красноармеец.

— А по нации вин хто? Чи то нация така — красноармеець? Чи секрет? Цыган, мо?

Солдат сказал:

— Армянин.

Дед свистнул:

— А, знаю, знаю. Друга я никогда не забуду, если з ним подруживсь у Москве.

Субботин поправил:

— Там грузин. Не армянин. Грузин. Как товарищ Сталин.

— А, я их нэ различаю. Грузины, армьяны. А товариша Сталина, конечно, различаю. То ж Сталин. Шутка сказать.

Дед рассказывал, что в Остре и в Ляховичах немцы. Что к нему заходят из леса свои и берут съестное. Что он всегда дает с удовольствием. Дед делал ударение именно на том, что с удовольствием.

Младший лейтенант поинтересовался, какой отряд действует на территории вокруг, кто командует, давно ли.

Дед от ответа воздержался, но прибавил к ранее сказанному:

— А шо мине? Я з удовольствием. И своим, и немцам хлиба дам. И самогоночки дам. А шо, хай выпьють, може подобреють.

Младший лейтенант вроде даже улыбнулся сквозь лицо:

— С удовольствием. Им твое удовольствие не требуется. Заберут и хату спалят. Мы насмотрелись, пока шли.

Старик махнул рукой:

— А шо мине... Спалят, дак по добрым людям пойду з торбыною. Я у перву мырову ходыв. И тэпэр пиду. На то й война, шоб по людях ходыть.

Младший лейтенант настаивал:

— Ну а все-таки, как у вас насчет партизан? Где их искать?

Дед нагнулся к самому столу, начал уважительно чистить яйцо. Младший лейтенант яйцо отобрал и как хлопнет по столу кулаком, а в кулаке яйцо расплющенное, через щели между пальцами — желтая крошка.

— Дед, не финти! Отвечай прямо. Нам к партизанам надо.

Опанас встал — здоровый дядька.

Рявкнул:

— Ты на мэнэ не крычы! Ты у моий хати! Нэ знаю я. Можэ, то й нэ партызаны. Мине мандатов нихто не показував. Заходять ноччю, гвинтовку у нос: давай исты. Я даю. Нимци у хворми. Я й бачу, шо то нимци. А тыи — хто у чому. Хиба я знаю, партызаны, чи хто. От ты кажи: е в ных, в партызанив, хворма, чи як? Чи на лоби в ных напысано?

Младший лейтенант молчит. Сидит со стиснутым кулаком.

— Дак ото ж.

Опанас осторожно разжал лейтенантский кулак, соскреб остатки яйца и запихнул себе в рот. Жует и смотрит в глаза.

Тот глаза отпустил. Не выдержал.

Опанас кивнул в мою сторону и сказал со значением:

— А хлопчик ваш вам можэ дорого обийтыся. Майтэ у виду. Я таких знаю.

Младший лейтенант посмотрел на меня:

— И я знаю. Что делать?

Опанас покачал головой.

Солдат сторожил возле хаты.

Меня отправили в сарай — дед вручил лопату и сказал, чтоб я копал схованку. Командирскую сумку спрятать, там партбилет и еще что-то важное, бумажки, я тогда долго не рассматривал.

Но я заметил на сене ряднинку и огромный рваный кожух. Не отвечая за свое поведение, я плюхнулся на клокастый мех. Я спал и не спал. Понял, что сплю, когда раздались выстрелы, так как проснулся на самом деле.

Кругом шум, треск. В темноте через щели вспыхивает и гаснет, вспыхивает и гаснет.

Вскоре стихло.

Вышел на двор. Пусто. Только небо светит. Не крадучись, сделал обход кругом хаты.

Собака на цепи дергается, скулит.

Я ее спрашиваю:

— Что, что случилось? Говори! Где все?

Собака скулит и ничего не отвечает.

Пошел в хату.

Пусто. Только половичок пестрый такой, домотканый, — скрученный, как кто на нем юлой крутился.

На столе хлеб. Целых полбуханки. Глечик с молоком. Яичная скорлупа. Соленый огурец. Надкушенный. Бросили на пол-дороге. Видно, до рта не донесли.

Я поел. Хорошо поел. Заснул крепко. Голову на руки положил и заснул.

Проснулся — утро. Тихо-тихо. Я засобирался в дорогу. Посмотрел трезвыми глазами — что можно взять с собой. Два вещмешка, грязных, дырявых — солдата и офицера. В сундуке — длинный рушник, вышитый, как обычно, черным и красным, тяжеленный, полотно толстенное, метров пять в длину. Хлеб, что оставался на столе, соль в банке, деревянные ложки, оловянная миска. Глечик не поместился. Я решал — глечик или рушник, и выбрал рушник за красоту, а также потому что на него и ложись, и укрывайся, и вообще. А пить можно из рук, если вода, а если молоко или еще что — так это ж если посторонние дадут. А они ж дадут в чем-то.

Нож, спички, конечно. Сахара не нашел.

Кожух из сарая напялил на себя, поверх ватника. Поискал обувку — не нашел. Так и остался в сандаликах. Сена напихал — вроде портянок.

Уже совсем собрался. Побежал в сарай — схватил полевую офицерскую сумку с глубоко процарапанными буквами: ВС. Внутри — партбилет и бумажки. Прочитал: «Субботин Валерий Иванович». И химический карандаш там нашелся, между складок, затаился в сгибе. Карандаш я сунул в карман штанов.

И пошел.

Собака выла. Царапала землю. Рвалась за мной. Я постоял, посмотрел на будку, на цепь. Замка нет, ржавое кольцо несерьезно привязано к колку тряпкой.

Я слышал, как дед Опанас звал пса — Букет. Я позвал так же.

Пес замолчал.

Я посмотрел ему прямо в глаза и сказал:

— Идем со мной. Только знай честно: если надо будет, я тебя съем. Не знаю как, но точно съем. Сейчас время такое.

Букет завилял хвостом в знак согласия.

Когда мы отошли далеко, я подумал, что напрасно не слазил в погреб за другими возможными продуктами. Старик хвалился, что там много чего.

Теперь мне надо было кормить не только себя, но и Букета. Однако солнце светило радостно, с надеждой. И я успокоился.

Насчет того, что я угрожал съесть собаку, так это чистая правда из опыта. У нас на базаре бабы обсуждали, что в селах съели всех собак. И даже людей едят, даже маленьких особенно. Ходили такие достоверные слухи, мне лет пять-шесть было. Я не понимал всю глубину, но в память отчеканилось. И теперь всплыло. Когда надо, обязательно всплывает полезное.

И так хорошо мы шли с Букетом, так хорошо. И солнышко горело.

Не скрою, меня терзала мысль, что случилось с моими новыми товарищами и Опанасом. В то время возможность смерти как таковой меня не поражала. Я думал, что они срочно куда-то уехали. Что на хутор завернули партизаны, например, и все отправились с ними. А стреляли по недоразумению. Про немцев я как-то не вспомнил.

Я не обижался, что меня не взяли с собой, так как понимал: на войне у каждого свой путь.

Букет первым услышал стон за кустами. Пока я разобрался, что голос человеческий, собака бросилась на звук. Я следом.

На земле лежал знакомый чернявый солдат. Весь в крови. Лицом наверх. И руками шевелил перед лицом. Я нагнулся ниже. На месте глаз у него ничего не было, кроме дырок и крови.

Я испугался.

Бросился бежать. Отбежал далеко. Остановился и собрал силы для мысли, что оставил возле солдата свои мешки с продуктами. К тому же Букет лаял очень громко.

Я вернулся. Возвращался по следам поломанных веток.

Солдат приподнялся спиной, руки уцепились за шею Букета. Человек что-то шептал, скорее всего, уговаривал собаку про помощь. Букет лайнет раз-другой, потом лизнет по глазам. Потом опять лайнет. Потом полижет. Морда красная, мокрая. Да. Кровь есть кровь.

Я потянул мешки. Солдат почувствовал звук совсем рядом.

Я размышлял, подавать голос или не подавать. Если подам — обратно пути не будет. Голос меня к солдату привяжет. А что мне с таким делать?

И все-таки я сказал:

— Не бойтесь, товарищ красноармеец. Это я. Василь.

Солдат сильнее сжал шею Букета и ничего не ответил. Но я понял, что он меня осознал.

Я говорю дальше:

— Товарищ красноармеец, где товарищ младший лейтенант?

Солдат ничего мне не ответил. А спокойно так упал навзничь и не выпустил Букета из пальцев. Прямо клок шерсти из Букета вырвал, а не выпустил.

Букет припал рядом с красноармейцем. Вроде тоже без последних сил.

Короче. Умер солдат. Я его листьями закидал, ветками. И так мне кушать захотелось, что нестерпимо.

Отошли мы с Букетом недалеко. Потому что невтерпеж. Я прямо на ходу из мешка достал хлеб.

Себе кусок отломал, Букету тоже отломал. Куски одинаковые — я специально посмотрел. Померял.

Сел на землю и жую. И Букет жует. У него морда не просохла от крови. А он жует.

— Ну что, — говорю, — Букет. И не страшно ни капельки. А тебе не страшно?

Букет мотает мордой своей кровавой:

— Нет. Не страшно.

Встал я и пошел. Можно сказать, в маловменяемом состоянии.

И Букет за мной потянулся. Так я встретился с первой смертью. Это если считать воочию. Тех, кого постреляли в Остре, я не наблюдал лично, потому не считаю.

По моим несовершенным прикидкам до Остра было километров десять. Я как раз стоял недалеко от села Антоновичи. Уже и хаты просвечивали через лесок. Сделал выбор в том смысле, чтобы дойти до Остра. К Грише Винниченке. Плутать прежним образом мне казалось лишним. Кругом, куда только ни кинь, подстерегала неизвестность. А там Гриша.

Я обошел село стороной — и по краю Антоновичского шляха, не выделяясь на общем фоне, направился к цели.

Не скрою, я поспал. И поел не раз и не два. В еде напала на меня какая-то самоотверженность. Пока все не прикончил напополам с Букетом — не успокоился.

Темной непроглядной ночью постучался в окно.

Выглянул сам Винниченко.

Выскочил во двор с винтовкой, прямо из постели, в подштанниках, с голыми плечами.

— Нишка, гад, шо ты знов припэрся? Тоби житы надоило? — и пихает меня взашей к сараю. — Иди, гад малой, швыдше иди, шоб нихто нэ побачив!

В сарае Винниченко зажег каганчик и треснул меня по спине. Не сильно больно, но, видно, от души.

— Шо ты ходыш, шо ты людей под монастыр пидводыш, жидовська твоя душа! Нас через тебя вбьють. Я тэбэ покрывать не буду. Зараз одвэду у комендатуру. И — за овраг. Ну, шо мовчиш? Хвилипок ты сраный! Дэсь и кожух вкрав.

Винниченко схватился за кожух и начал рвать его с меня одной рукой. А в другой — винтовка. Кожух, хоть и старый, ни за что не поддавался. К тому же я руки прижал туго к бокам. Думаю: прогонит, так в кожухе. Ни за что кожух не оставлю.

Винниченко бросил это дело. И винтовку бросил.

Молчит.

И я молчу. Знал по Гришиным описаниям, что Винниченко отходчивый.

И правда.

— Сидай, — говорит, — ты откудова прышкандыбав?

Я сел на кривую табуретку — мы с Гришей ее сами варганили, потому и кривая. Но сидеть можно. Говорю:

— Кружив, кружив и прыкружив.

— Ага. Много тут у нас кружных появляеться. От сегодня одного прыкружило. Лейтенант, чи шо.

Дед Опанас с-под Антоновичей доставыв. Хлопци наши до ньго заихалы, а там отии, с гвынтивкамы. Йому прэмия. Розказують, ще одын в ньго був на хутори. Так йго нэ довэзлы хлопци. На еврэя схожий був. Очи йому пококолы й у лиси кынулы. Мо, помэр сам.

— Помэр, дядьку. Я йго гиляками прыкыдав. А вин нэ еврэй, шоб вы зналы. Армьянин. Токо чорный и носатый.

Винниченко аж свистнул:

— А ты звидки знаеш?

— Там був. Токо спав.

— А шо ж тэбэ нэ прывэзлы хлопци? Нэвже дид Опанас забувся такого красунчика?

— Я сказав, шо я Зайченко. Васыль.

Винниченко страшно засмеялся. Так засмеялся, аж залаял как будто.

— Зайченко! Дида Опанаса ще нихто не обманув. Вин жида носом чуе. Якый ты Зайченко! Нэ розумию, чого вин тэбэ пожалив... Ото, мабуть, пожалив. В ньго сыны на хронти, дак пожалив. Якшо спытае потим советська власть, дак вин жида пожалив малого. А чи спытае хто? Полягуть сыны йго, и нихто нэ спытае. Никому будэ пытаты. Щытай, армьянына того за тэбэ кокнулы. В зачот трудодней пойшов. Одвэртевся ты. Ой, одвэртевся ж, гад.

И смотрит на меня пристально. Как на Гришу смотрел, когда тот двойку ему в дневнике показывал, замазанную чернилами, но плохо замазанную. Гриша вообще замазывал плохо. А я хорошо замазывал. А он плохо. Сначала переправлял, а потом мазал. От наружу и выходило. А надо кляксу ставить. И не на самое место, так, сбоку. Но чтоб закрывало, что надо. А Гриша не хотел. Сначала переправлял, вдруг получится. Никогда у него не получалось.

Я вспомнил про Букета. Тут и он влез в сарай. Лапой дверь приоткрыл, и влез. И в ноги Винниченке лег. Вроде он не против него. И спину подставляет, чтоб погладил.

— О, Букэт! Ну и гад же ж ты, Нишка! И собацюру вкрав. Цэ ж Панасовый собацюра?

— Он сам за мной пошел. Я думал, никто не вернется. А мне веселей.

— А ну давай сюды свои торбы! Шо ты туды напхав?

Все мое богатство вывалилось наружу, как кишки из глубины живота. Особенно рушник. И планшет командирский офицерский.

Винниченко открыл, покопался, достал бумажки, разгладил, почитал, партийный билет посмотрел и на землю кинул. А планшет не кинул. Гладит рукой.

— Ото шкира! Шкира, кажу справна! На подошвы пущу. И рэминэць хороший.

Винниченко будто спохватился, поднял партбилет и дал мне в руки:

— Давай, порвы. На шматочки. Я сылу тратыть не хочу.

Я порвал. А обложка твердая, не рвется.

Винниченко кричит сквозь зубы:

— Зубамы рвы! Зубамы!

Я и зубами попробовал. Не рвется.

Винниченко выхватил у меня корочку, сунул в планшетку.

— Ладно. Досыть. То ж коленкор, — уважительно приговорил он. — Я йому мисце знайду.

Я молчу.

Винниченко поднял рушник, взвесил на руке:

— То ж на смэрть соби дид наготував. Шоб з ным положилы. Пид голову. А ты вкрав. Нэ соромно тоби, ты ж пионэр. Тьху!

Плюнул.

Рушник свернул аккуратно и на планшетку положил. Опять взвесил, прижал к груди. И не сказал: «мое», а и так понятно.

— Значить, так. Ниякого тоби Грыши нэ будэ. Зараз пидэмо зи мною. Видвэду тэбэ в однэ мисце. Очи завьяжу и повэду. Шоб обратно знов нэ прыйшов.

Я внешне испуга не показываю. Только губы трусятся, и руки тоже. И по ногам затекло горячее.

Винниченко заметил предательскую лужу.

Букет легонько лайнул в мою сторону. Подполз на животе и поднял морду. Заскулил. Почувствовал мой страх.

А я ничего. Стою из последних сил.

Винниченко рукой по глазам провел, как будто только очухался.

— От горэ. От горэ. Дэ твои, дэ батько, дэ маты? Дэ, пытаю я тэбэ? За шо мэни оцэ? За шо ссаки твои? За шо собака твий еврэйськый? Цэ ж тэпэр и собака еврэйськый? И його стрилять трэба? Га? Кажи! Трэба чи ни?

— Трэба, — говорю. — Як еврэськый, дядьку, дак трэба.

Сказал, чтоб не обижать лишнее. Не перечить. Гриша никогда не перечил.

Винниченко махнул рукой и бросил:

— Всэ! Досыть! Пишлы. Тилькы жинци скажу. Нэ сходь з мисця. Я черэз хвылынку. Нэ бийся. До людэй одвэду. А там як будэ. Як Бог дасть. Хай йому грэць. Собаку свого трымай, шоб нэ загавкав.

Гришу я так и не увидел.

И мы пошли. Впереди Винниченко, потом Букет, потом я.

Меня несколько раз передавали из рук в руки.

От Остра я отодвигался дальше и дальше.

Наконец, оказался в некоем месте. Там находились люди еврейской национальности. Всего человек восемьдесят: двадцать шесть стариков и старух, разрозненные, пятнадцать женщин разного молодого возраста, три дивчины лет по восемнадцать-двадцать, остальные — мужчины. Возглавлял их Янкель Цегельник.

Я немножко знал Янкеля Цегельника, так как он был в Остре известным человеком. Занимался кузнечным промыслом по селам. Громадина. А не сердитый. Но в меру.

У Янкеля на почве неоправданной доброты возникали столкновения с нашим партизаном Гилей Мельником. Янкель настаивал, что цацкаться ни с кем не надо, все равны перед одним общим горем. А Гиля наоборот.

В отряде мы считали Янкеля командиром на все сто, а Гилю — комиссаром. Не по политике, потому что какая политика среди такого дела, а по вопросам жизни и смерти в данный период. Поводом для шуток также являлось то, что фамилии Цегельник и Мельник поддавались легкой рифме. Рифма всегда вызывает улыбку, что неважно на войне.

На тот момент Янкелю было лет тридцать пять. В армию его первым номером не призвали, так как он в Финскую кампанию отморозил большой палец на ноге и прилично хромал.

Конечно, его многодетная семья погибла в первые дни оккупации. Но в этом он был не одинок. Что естественно.

Разрозненные старики и другие беспомощные постепенно сбились в кучу вокруг Янкеля. Во-первых, он их специально собирал по лесам. Бывало, буквально доставал из яров, где шевелилась земля. Во-вторых, некоторые сами набредали на Янкеля.

О моих родителях никто из них не слышал и не догадывался, в чем меня и заверили.

Из младшего возраста была девочка шести лет. Хая Шкловская. Потом по старшинству — я.

Оружия практически не имелось. Вилы, топоры, косы. Главная задача стояла такая: выживать. Потому что, находясь между небом и землей, не представлялось возможным проявлять определенный героизм.

Жили в землянках, известных по военному быту. Описывать это ни к чему.

Пропитание добывали угрозой и силой. А также изредка уговорами и посулами. Где человек может взять серьезную еду? Только у человека. Даром редко кто отдаст. Тем более в условиях военного лихолетья.

Из уст в уста передавались сведения том, что евреев, которые уцелели по схронам, ловят и сильно мучают. Того сварили, того по частям разрубили, того распилили и прочее. Те, кто ходил по хуторам за какой-никакой едой, описывали случавшееся со слов очевидцев.

Поэтому с особой радостью встретили в коллективе остёрского аптекаря Новика Исаака, над которым в свое время смеялся весь город. Поскольку Новик, будучи много о себе понимающим, давал без перерыва советы любому и каждому и в рецептах проявлял халатность.

Новик при себе имел поллитровую банку с крупитчатым ядом. Может, цианистый калий. Которым потом отравился Гитлер. Может, что другое.

Также Новик принес с собой большой чемодан с различными лекарствами.

Новик лично отмерил каждому порцию яда и завернул в вощеную бумажку. Бумажку завернул еще в тряпочку. И наказал, чтоб все повесили на веревочку на шею. Ему сразу поверили на честное слово, что яд мгновенный и безболезненный. Встал вопрос: и детям давать? То есть мне и Хае. Решили не давать, потому что девочка маленькая, а я вроде дурачок.

Хотя до сих пор не понимаю, какие основания были к этой мысли. То, что я иногда упорно именовал себя Зайченком, хоть и Янкель, и Новик знали меня в качестве Зайденбанда, не оправдывает подобного мнения.

Янкель взял обещание со всех взрослых, что нас с Хаей живыми немцам и полицаям не отдадут, а лишат жизни тем или другим доступным способом своими еврейскими руками. Как лишат, отдельно не обговаривалось.

Мужик из Шибериновки, который по особой доверенности наведывался к нам с продуктами, удивился, заметив на шеях людей гайтанчики.

— Шо, похрестылыся? Шо там у вас на вэревках бовтаеться?

Янкель ответил:

— Считай, что похрестились. То наш еврейский хрест.

Надо сказать, что Букет не отлучался от меня. В нем находили отраду и молодые, и старые. Животное отвечало любовью и преданностью.

В хозяйстве находились две коровы — бывшие симменталки из разбомбленных эвакуированных стад.

Коровы, можно сказать, кроме Букета, являлись единственными моими собеседниками. Я обращался к ним внутренне не раз и не два: не видели ли они моих родителей? Подобный вопрос и для мысли оказывался непосильно тяжелый, не то что для звука. И потому я не выражал его вслух.

Коровы были тощие в результате бескормицы. Но они все-таки давали по кринке молока. Их, правда, прирезали с наступлением настоящих холодов. Зато из шкур сделали кое-какую обувь. Костями потом играл мой Букет, а Хая облюбовала здоровенный мосол в качестве куклы.

Понятно, что долгого секрета из еврейского местопребывания получиться не могло. Приходили часы схватки с фашистами и их наймитами, и наши бойцы исполняли все что положено. В бою захватывали оружие.

Постепенно из стойбища наш лагерь стал настоящей боевой точкой. Мы не только защищались, но и нападали. А слава шла далеко вперед. Что вызывало необходимость частенько сниматься с насиженных мест в неизвестность.

Мне не раз доводилось участвовать в боевых столкновениях на подсобных заданиях. Также я находился на посту в дозорах, так как зарекомендовал себя.

Мы терпели потери. И в сражениях, и от старческих болезней. Отдельно скажу про наших женщин и девушек. Они героини. Наравне с мужчинами. Одна родила — Новик принимал роды. Но ребенок родился мертвый. Спрашивали: от кого? Молчит. Мила Левакова. Ей предлагают: мы из интереса спрашиваем, не накажем за безответственность. Молчит. И мужчины молчат. Так и не дознались.

Впоследствии Мила погибла при выясненных обстоятельствах: прикрывала отход товарищей и последней гранатой взорвала себя. Кто находился в курсе, рассказывал, что последние ее слова были с именем любимого. Но разобрать по буквам не удалось.

Много смертей я увидел лично. И длинных, и быстрых. И скажу, не таясь: ничего хорошего там нет. Только избавление.

Не буду сосредотачиваться на подробностях боевого партизанского дела. Оно известно. А еврейский партизан ничем не отличается от любого другого. Не считая того, что он еврейский.

И вот настал час братского объединения с большим отрядом под командованием легендарного украинского командира Сидора Чубара.

Тут до нас дошла информация о положении в мире. Бойцы-евреи из разных мест ничего нового нам не рассказали, хоть и имели такое желание. Что ни расскажут — мы говорим: знаем, а как же. У нас такое же.

Говорят: так что ж вы пытаете и пытаете, душу тереби́те и даже рвете.

А мы отвечаем одними глазами.

Лето 43-го. Путь лесной армии Чубара — от Путивля до Карпат — находился в разгаре. Проявлялось, конечно, руководство сверху, из самой Москвы.

Некоторые бойцы — и украинцы, и белорусы, и русские, пребывали в отрядах вместе со своими семьями, что задерживало движение. Но глубокие старики — только наши, еврейские. И вот вышел повсеместный приказ семьи пристраивать по селам, чтоб не разводить богадельню. Такая же задача поставилась и перед Янкелем Цегельником: рассовывай своих небоеспособных куда хочешь.

Он говорит:

— Мне некуда рассовывать.

Ему отвечают:

— Мы своих рассовываем под немцев, а ты своих жмешь за наш счет.

Янкель говорит:

— Моих убьют на месте. У них же на лбу написано. Ваши с документами, с фамилиями, не придерешься. А моим что я напишу? Какой аусвайс?

Чубар думал-думал и решил, что на самолете отправит стариков и Хаю за линию фронта. К тому времени самолеты и газеты, и листовки, и еду сбрасывали, и обмундирование, и оружие и то, и се. Обоюдная связь.

Янкель устроил местное ограниченное собрание.

Говорит по-еврейскому:

— Евреи! Есть приказ. Кто не может держать оружие — того за линию фронта. В мирный тыл.

Его спросили:

— А можно так, чтоб не лететь и не остаться камнем в отряде?

Янкель ответил, что можно. Идти под немцев. Люди спрячут. Но и людям плохо будет, и с вами разговаривать никто не начнет. В лучшем случае — знаете сами. А в худшем — придумывайте, что хотите, ошибки не получится.

И вот сидит Хая со своей ненаглядной костяной куклой. Сидят старики и старухи. Некоторые лежат в беспамятстве. Некоторые совсем глухие.

Переспрашивают:

— Шо он говорит?

А недослышавший им по губам переводит, что советуют быстренько травиться, потому что немцы наступают.

Крик, гвалт, плач и стенания.

Янкель скачет от одного до другого, успокаивает с разъяснениями разного рода.

Хая встала с куклой наперевес и кричит громче всех:

— Меня на самолете возьмут?

Тут стало перениматься через детский ум, что не надо травиться, а надо лететь на самолете под облаками вперед. Но и тогда спокойствие не наступило. Некоторые засомневались, что самолет собьют, и что лучше б остаться.

Янкель шикнул:

— Не крутите мне голову! Говорю ясно, кто не понимает, повторю и по-русски. Лететь на самолете — это не санаторий. Могут сбить. Но одно я вам обещаю крепко: до земли живым не долетит никто. От вас еще в воздухе пшик останется. Так что не волнуйтесь. Проследите за Хаечкой. Чтоб она никуда не спряталась в нужный момент. Ждите дальнейших распоряжений.

И вот ждут.

Одни вяжут в узлы свой какой-никакой скарб, другие раздают остающимся. Одни спрашивают потихоньку у Янкеля, оставить порционную отраву с гайтанчиком ему или кому он посоветует? Даже пытались торговать внутри себя.

Янкель пресек.

Как грохнул голосом:

— Евреи! Будьте достойны высокого звания советского партизана! Вы одним шагом в могиле, одно ногой с Богом разговариваете, а проявляете недостойное поведение! Вы отправляетесь в новую счастливую обстановку. Учтите!

Притихли.

В стариковскую землянку страшно входить. Лежат и ждут. Лежат и ждут. Не едят, не пьют. Одна Хаечка играет куклой. То к одному подойдет, на животе, как на столе, свою куклу разложит, тупает вроде походкой костяной по впалым животам от одного до другого и приговаривает:

— Иду-иду, иду-иду.

А то вдруг вверх задерет руку:

— Лечу! Лечу! К маме лечу! К папе лечу! К дедушке лечу!.. — и так по всему алфавиту. А весь ее алфавит стреляный в городе Сновске-Щорсе.

Между собой постановили один самолет пропустить — скопились тяжелораненые бойцы.

Потом еще один. По одинаковой причине.

Улетели на третьем. Через два месяца: восемь стариков и Хаечка. Четверо умерли своей смертью за время до переправы.

Из немощных решительно остался Рувим Нелидский — парикмахер и его жена Сима. Оба семидесяти двух лет на тот момент.

От них у меня осталось на вечную память две способности, которые в дальнейшем спасали мое существование: парикмахерское дело от Рувима и взгляд на действительность от Симы.

Сима учила:

— Невиноватых нема. Гиб гизунд[1].

Остались ихние с Рувимом виноватые косточки в густом лесу на подступах к городу Камьянец-Подольскому. Рувим ослабел, не мог передвигаться, а Сима отказалась его бросить в решительное мгновение боевого маневра. Слава героям.

Было это аж в начале 44-го, когда наша Украина освобождалась от Гитлера. Что касается отравы, то воспользовались ею Рувим и Сима или не восполь-

---

[1] Лишь бы был здоров *(идиш)*.

зовались — неизвестно. Кроме того, за годы испытаний яд мог потерять свою силу в связи с ненадлежащими условиями хранения непосредственно на голой груди в слабой бумажке.

Много лет потом, уже в наш современный момент, на переломе перестройки, в Черниговскую область приезжала группа американцев. С целью снять исторический фильм о вреде фашизма. Опрашивали евреев под камеру с магнитофоном.

Мне тогда довелось услышать понятие «Холокост». Я, в отличие от других, сразу понял его значение. Холодная кость. Хаечкина кукла на дохлых животах наших партизанских стариков. Но я американцам ничего не сказал. Пускай они свое вкладывают. Каждый имеет право. За то мы и сражались.

На вопрос, как я лично оцениваю позорное явление Холокоста, я ответил:

— Оцениваю отрицательно.

Тогда мне порекомендовали расширить заявление.

И задали наводящие тезисы:

— Вот вы прошли всю войну, видели много смертельных случаев. Фашисты убивали не только евреев. Но Холокост есть Холокост. Он стоит гранитной глыбой над миром в назидание потомкам. В таком роде скажите что-то.

Ну, я выразился примерно так:

— Холокост — это когда убивают без разговоров. А человеку нужен разговор. Этим человек отличается от животного мира.

Переводчица перевела один раз, второй. Я уже повторять устал.

А она опять уточняет:

— Что вы имеете в виду?

Я ей прямо сказал, что ничего не имею. И никогда не имел. Голым родился и голым уйду.

Не знаю, показывали меня в кино или не показывали. Хотелось бы знать наверняка. Очень интересно — то ж на весь свет, как знаменитые артисты.

Итак, война осталась позади.

Впереди наступала мирная жизнь. И так, надо сказать, наступала, что только держись.

Хотелось счастья.

Весь период невзгод и лишений со мной находился Букет. Возраст у него уже подступил престарелый, даже сильно сверх нормы, но дружба наша закалилась в боях. Мы находились голова к голове в засадах, не раз он согревал меня и давал силу идти вперед, к долгожданной Победе.

Если кто-то выходит из доверия, вернуться в доверие очень трудно. Остёр у меня из доверия вышел.

В конце 1944 года вместе с Букетом я заявился в областной центр — город Чернигов на берегу реки Десны. Было мне почти шестнадцать мальчишеских лет. Я сильно возмужал, хоть ростом не дотягивал до среднего. При мне находилась только уверенность, что искать родителей не надо, а надо их ждать в один прекрасный момент. А где подобный момент наступит — решать не мне. Где я, там и момент. Хоть в Остре, хоть в Чернигове, хоть где.

Однако по совету понимающих людей я написал в остёрский райсовет письмо о том, что жив и здоров, и прошу, если обнаружатся следы Зайденбандов Моисея и Рахили, сообщить мне и им перекрестную информацию. Адрес указал «до востребования».

Конечно, во мне жил интерес к другу Грише, к родной измученной остёрской земле. Но сердце мне подсказало, что этот интерес пустой и душераздирающий, а надо жить дальше и не вести бесплодные углубления.

С ножницами Рувима я прямо с поезда и после почты хотел устроиться в какую-нибудь парикмахерскую.

Мне указали место в самом центре, возле красивейшего здания дворца Тарновских, в котором после революции переоборудовали обком партии, а после войны строение опять подкрасили после фашистской комендатуры и возобновили прерванную по независящим причинам партийную работу. Но меня туда парикмахером не взяли по совокупности веских причин. Документально я был как следует не оформлен в жизни. Паспорта нет, так как ко всему еще и шестнадцати нет, а для паспорта по достижении возраста нет и метрики. Только мое честное слово и справки: что с такого-то по такое-то я находился в партизанском отряде Чубара и что я имею сильную контузию и поэтому не подлежу дальнейшему использованию в армии.

Опять добрые люди помогли советом. Но совет удручающий — надо ехать в Остёр, по факту рождения, и там выправлять бумаги. На мой вопрос, нельзя ли обойтись прямо тут, мне ответили, что можно, только надо дать хабар. Откуда у меня хабар? Заплатили добрые люди, и я получил паспорт с другим месяцем рождения. Как раз выходило — шестнадцать лет.

Паспортистка меня спросила, не желаю ли я заменить запись про национальность, а то мало ли что. Надо было решать мгновенно, пока она в настроении. И я пришел к решению не менять. А то опять же — мало ли что.

Теперь про добрых людей.

Меня приютили муж и жена по фамилии Школьниковы. Самуил Наумович и Зинаида Ивановна. Как видно из их имен — семья интернациональная. Люди очень пожившие, умные, с открытыми глазами смотрящие как вперед, так и назад.

Мы встретились и породнились в поезде возле станции Зерново, за несколько часов до прибытия в Чернигов. Школьниковы возвращались из эвакуации из Саратовской области.

Выслушав мою неприкрытую историю, они сильно разволновались и заявили, что берут меня с Букетом к себе на неопределенный срок. У них маленький домик на улице Святомиколаевской, она же — Менделеева, рядом со священной жемчужиной Украины — Валом с петровскими пушками и соборами, в которых единогласно голосовали за Переяславскую Раду при Хмельницком.

Самуил Наумович все же проявил некоторую осторожность и прочитал мою партизанскую справку еще в вагоне.

И заметил:

— Тут написано, что ты находился в отряде. А что ты там делал — не указано. Это плохо. Можно истолковать образом того, что, может, ты там в плену находился, у партизанов. Ты лучше эту справку никому не показывай без крайней нужды. А лучше — выброси. Ты человек молодой, ты по возрасту вообще мог нигде во время оккупации не находиться. Болтаться и все. С тебя по возрасту спроса нет. Спасся — и точка.

Я обиделся и заявил:

— Спасибо вам, конечно, Самуил Наумович! Но я за эту справку кровь из себя цедил по капельке. Я ее ни в уборную, никуда не выброшу, как вы намекаете. Если надо — отвечу за нее.

И стал собирать свои вещички, а также дергать Букета за мотузку ближе к тамбуру — в другой вагон. И ушел бы. Если б не общая скученность. Народу — не протолкнешься.

Остался. Только обидно, что слез со своей нагретой третьей полки, а никуда не пробился.

До Чернигова со Школьниковым помирились.

Я поселился у них. Букет — в будке. Без цепи. По старости он и не гавкал уже.

В отряде я приучился смоктать цигарку. Частенько я выходил к Букету ночью вроде покурить — и плакал ему в теплую почти голую спину. Вот что значит беззаветная дружба. Плачу, а про что слезы лью бурным потоком — определить ни за что не могу. Одной причины не было. Было много причин. Через них и плакал навзрыд.

С документом устроился в парикмахерскую, в ту, возле обкома партии. Место хорошее, ответственное. Два кресла — мужской зал и три — женский. Шик по тем временам. Еще не залечили раны войны, а красота просилась наружу. А тут я. Напеременку стриг и мужчин, и женщин.

Отношение ко мне сложилось теплое. Специалистов осталось мало. А я, хоть и юного возраста, сразу выделился на фоне.

Некоторые женщины заигрывали без учета возраста:

— От гарнэнький хлопчик! Визьмэш мэнэ замиж?

Я всем отвечал одинаково:

— Возьму.

Но дальше не двигалось. А мне и не надо было. Как говорится, доброе слово дороже второго.

Так я работал и совершенствовал свое искусство несколько лет. Так-сяк закончил вечернюю школу, наверстал упущенное войной. В аттестате за семь классов оказалось по преимуществу «посредственно», но важен сам факт. Вступил в комсомол.

Наконец, определился с направлением в основной профессии. Перешел в женский зал.

Один человек из Свердловска-44 (тогда только-только строился город науки и атомной бомбы, как я узнал гораздо позже), бывший проездом, научил меня, как закреплять женскую прическу.

Говорит:

— Сеточка — это хорошо. Но слишком старомодно. Получается букет моей бабушки. Укладка все равно мнется. Надо взять канифоль, растворить в ацетоне и брызгать на волосы. Берется отлично, пушкой не пробьешь. Держится несколько дней вплоть до недели. Женщины очень довольны. И отдельно взятые мужчины, если на лысину зачес сделать, тоже не брезгуют подобной нужной уловкой.

Я попробовал. Получилось очень качественно. Угадал масштаб. Ко мне стали ломиться очереди. Некоторые мастера из других мест хотели позаимствовать, но я никому не рассказал. Конечно, по запаху дошли, что и как. Но один довел пропорцию до скандала, так как сильно переложил канифоли, и клиентка рассталась с косой ни за что ни про что.

Скрепляющую жидкость я назвал «Букет» — в честь моего Букета и как воспоминание про букет моей бабушки, о котором упомянул командировочный, может, даже и ученый, на что он туманно намекал. Имя его затерялось в годах. А фамилия у меня сбереглась — Кутовой.

Известий из Остра не поступало. Хоть я регулярно отправлял поддерживающие письма с просьбой передать мой адрес родителям, если они появятся. Адрес теперь указывал Школьниковых.

Отношения со Школьниковыми у нас сложились ровные. Но неясные. То ли я квартирант, то ли сын-племянник. Они брали с меня плату за стол и угол. При этом отношение ко мне являлось настолько добрым и ласковым, что я их полюбил до последней своей и их косточки.

Мы не вели долгих бесед, все понимали без звука.

Самуил Наумович ходил по людям и восстанавливал из ничего старую мебелишку. Клеил фанеровку — тогда на буфетах и комодах без дела и с делом лепилось много фанеровки, а то и с ноля склеивал-сбивал столы, стулья, шифоньеры и прочее. Сам варил клей — запах шел страшенный. Хвастался, что ни у кого в Чернигове такого клея нет. Возможно, это была чистая правда, потому что заказов было всегда много, и Самуил Наумович даже пытался приохотить к своему ремеслу меня. Несколько раз я участвовал, но вскоре наотрез отказался. Меня привлекала красота человеческая, а не деревянная. Парикмахер не шел ни в какое сравнение со столяром, хоть и первоклассным.

Я объяснял:

— Я работаю с головой, с самым сокровенным местом человека. А вы, уважаемый Самуил Наумович, имеете дело с неживыми предметами обстановки. Разница есть.

Самуил Наумович сопротивлялся:

— В голове только мысли, и ничего больше. А в табуретке, в столе, в шкафу, на этажерке проходит вся жизнь. Ты про красоту, а я про силу, прочность вещей. Вещь ценится прочностью, а не красотой твоей дурной.

— Красота — не дурная, если к ней подходить с умом и контролировать по длине и пышности. В этом секрет. Если б вы были краснодеревщик, я бы поучился. А так — щепку к щепке лепить — мне интереса нет.

И потому я испытал особенную радость, когда начался успех моего закрепителя для волос. В противовес клею Самуила Наумовича.

Зинаида Ивановна вязала рукавицы и платки на продажу.

Она как-то заметила, что собачья шерсть самая целебная при ревматизме и что из нее хорошо вязать. Только сначала требуется мыть, прясть, и так и дальше. И что, может, попробовать с нашим Букетом. Я согласился. Но когда мы примерились, оказалось, что с него и клок не соберешь. То сеченая, то колтунами, то на шерсть не похожая, а больше на сухой чертополох.

Возникает закономерный вопрос.

До Остра от Чернигова ехать на попутках часа два. Кроме того, в навигацию идет по воде пароход. Ну, съезди, спроси людей, поговори, после огромного послевоенного перемещения кто-нибудь что-нибудь, может, и слышал про родителей. Фамилия ж нечастая.

Но я не мог.

Не мог.

И этим все сказано. А что не сказано, то и не надо.

Когда в 47-м году 9 мая отменили как выходной и сняли наградные — по просьбам фронтовиков — я про себя решил: баста, пора про войну забыть. Не говоря уже про победу над Японией. Тоже ж выходной убрали.

Надо жить без оглядки на прошлое. С прошлым — это не жизнь, а мука. И указы Президиума Верховного Совета тому порукой.

И вот однажды открылась дверь и в парикмахерскую вошел Субботин Валерий Иванович. Мой младший лейтенант. Я его сразу узнал. А он смотрел на меня несколько минут и только потом показал мне в сердце пальцем.

И сказал:

— Василь. Зайченко. Живой!

Мы обнялись и расцеловались. Я постриг Субботина модельно и за свой счет побрызгал одеколоном. Волосы у него густые и волной. Как сейчас помню. И мягкие-мягкие.

— Вот, — говорю, — есть мнение, что мягкий волос — признак слабого характера. А про вас такого никто не заподозрит. У вас напротив.

Он голову поднял — я как раз линию шеи ему ровнял опасной бритвой, я машинкой никогда по шее не работал, машинка руки не чувствует. Только бритвой. Меня Рувим твердо наставлял.

Субботин голову, значит, поднял, я аж отпрыгнул, чтоб не поранить его.

И говорит, глядя в зеркало:

— Ой, Василек, Василек, примета твоя верная. И я ее не нарушил. Ну давай, заканчивай свое дело.

И просидел грустный до самого последнего волоска. От бритья отказался.

— Мало тебе, что ты в женском зале меня обрабатываешь, так еще и бриться тут. Нарушение на нарушении сплошное. Дисциплины у тебя нет. Сейчас какая-нибудь фифа залетит перманент делать — а ты бритвой махаешь. Убежит. А тебе строгий выговор.

Выговора я не боялся. А чего боялся — затрудняюсь определить. Страха как такового не испытывал. Но опасался.

Была зима. Я проводил Субботина до самой двери. Хотел покурить с ним на улице, перекинуться хоть парой задушевных слов. Но ветер задувал со всех сторон, и градусов тридцать мороза.

Субботин меня рукой обратно в дверь запихнул без рассуждений:

— Успеем еще, наговоримся!

Я его взамен пригласил вечером к Школьниковым.

Отпросился, чтобы купить того-сего к столу.

Спешу, одеваюсь кое-как наотмашь.

А мастера мне удивленно замечают:

— Что он тебя Василем звал, а ты и не перечил?

Я отвечать не завелся — для быстроты, только буркнул, что то дела партизанские, прошедшие.

В спину мне посмеялись. Но я привык и внимания не обратил.

А дома меня поджидал не праздник. Ушел из жизни мой дружок Букет. Собирался-собирался, и собрался.

Я прибежал с работы, сеткой размахиваю.

Кричу от калитки:

— Зинаида Ивановна, топите печку, готовить будем! Я того купил, я сего купил, я вина красного достал, и чая, и халву, — и по сложившейся привычке одним глазком заглянул в будку, поприветствовать Букета.

А его в будке и нет. Сердце мое ёкнуло. Побежал за дом — там полоска неширокая, между стеной и забором, летом в лопухах, зимой мягким белым снегом прикрытая — любимое место Букета. Он там. Занесенный, запорошенный. Снежинка на каждой шерстинке. Переливается и блестит. И глаза его собачьи открытые навстречу небу.

Я сетку с продуктами бросил. И неудачно. Бутылка разбилась об заборную доску, заледенелую аж до железной крепости, вино полилось красной рекой. И хлеб вывалился, и курица, и яйца светло-коричневые побились, и газетный кулек с халвой порвался, и через ячейки нитяные выглядывал на снег.

Посидел я над Букетом. Закрыл его глаза.

Продукты, какие можно, собрал и двинулся в хату — сообщить две вести. Одну печальную, другую радостную.

Зинаида Ивановна приготовила хороший ужин.

Самуил Наумович предварительно расспросил меня про Субботина. Я рассказал, не утаив ни крошки.

Самуил Наумович заключил:

— Значит, ты его совсем не знаешь. Тем более столько лет прошло. И война, и после войны четыре года. И так просто зовешь человека в гости. А он, выходит, в плену был. И живой остался. И одет хорошо, говоришь. И упитанный. Безответственно поступаешь, Нисл. Ты подозрительного человека тащишь в дом, и не в свой дом, отметь себе на носу. Мы тебя приютили. Мы тебя любим, как родного. А ты вот как делаешь.

Я растерялся.

За меня вступилась Зинаида Ивановна.

— Сема, не говори глупостей. Ну, придет человек, ну, покушает. Нисл на свои деньги купил угощение.

Мало ли кто к кому приходит. Сейчас темно, фонари не горят, никто и не увидит. А тем более у Нисла сегодня состоялось большое горе. Умер Букет. Ты хоть из уважения к горю помолчи лишнее, не трепи языком свои придумки.

Самуил Наумович стукнул кулаком по столу.

А он хоть и худющий был, но стукнуть умел:

— Вот этим самым кулаком припечатываю, чтоб гостя своего ты спровадил на подходе. В хату не пускал. У меня нервов почти не осталось, чтоб их тратить на что попало. Ты распоряжаешься в моем родном доме, как хозяин. Я тут отсебятины не допущу. Я хозяин, я и решаю, кому тут за столом сидеть, а кому — в другом месте.

То ли под воздействием потрясения, то ли накопилось уже во мне, но я спокойно встал и сказал:

— Спасибо, люди добрые. Особенно вам, Самуил Наумович. Я вам свою зарплату отдаю, как в родную семью. Вы мои гроши брали и прятали — не знаю куда, мне все равно. А если я своего боевого друга хочу пригласить на угощение, так вы поднимаете хипеж. Извините на добром слове, но вы с ума сдвинулись. Вам шпионы под каждым кустом сидят с временно оккупированных мест. Война закончилась победой советского народа под руководством Коммунистической партии и лично товарища Сталина. Я вам просто для сведения напоминаю. И тот человек, которого я жду в вашей хате, под крышей, на мои гроши перекрытой, офицер Красной Армии. Коммунист. Я лично его партбилет держал вот в этих руках. И я лично тот билет своими детскими руками разорвал на мелкие кусочки, чтоб он не достался врагу. А вы в эвакуации сидели.

Да, не сомневаюсь, обидно получилось. Но ведь и правда. После выше изложенного оставаться было нельзя.

Я под взглядами двух стариков собрал кое-что со стола в сетку. В коридорчике нашел мешок, оделся, и без дальнейших слов вышел во двор.

За домом наощупь затолкал Букета в мешок, взвалил за спину, прихватил сетку с едой и пошел на улицу.

Вдалеке заметил фигуру мужчины. Вроде встречное движение. Я направился к нему в уверенности, что это Субботин. Но то оказался совсем другой человек.

Так я встретил своего отца Моисея Зайденбанда.

В кромешной темноте я почувствовал его всей душой. И он меня тоже. Мы только и прошептали: «Татэлэ, татэлэ» — «Зуннэлэ, зуннэлэ»[1].

Я бросил мешок и сетку, крепко накрепко обнял родного человека. Слез не стало. И голоса не стало. А стала одна боль за все порушенное.

Раз такое дело, вернулись к Школьниковым. Я тащил мешок волоком, и за нами открывался большой путь среди бескрайних снегов.

Школьниковы обрадовались, что это не Субботин, а мой пропавший столько лет без всякой вести отец.

Опять накрыли на стол. Мы ели и обсуждали, как мы все рады такому происшествию.

Отец спросил:

---

[1] Папочка, сынок (идиш).

— Почему ты не спрашиваешь про маму?

— Она мертвая, — ответил я. — Если б была живая, тут бы сидела. А раз ее нету, значит, нету совсем.

Отец кивнул.

— Ты никогда спрашивать не любил. Еще когда маленький был. Никогда не спрашивал: что, как, почему. Мы удивлялись.

— А что спрашивать? Я и так знаю. Не головой. Сам не знаю, чем.

Отец опять кивнул. Ел он мало. Чая пил много. Без сахара. Хоть смотрел на него с интересом. Но, видно, не решался взять. Я не предложил специально, чтоб не смущать. Сам демонстративно пять кусков вприкуску съел, чтоб дать понять, мол, вообще-то жалеть сахар не надо.

Все-таки отец взял кусочек, еще на несколько крохоток его расколол щипцами, и держит на ладони.

Я не выдержал:

— Кушай, папа, сахар. Кушай.

Он в рот кинул, и сосет, как леденец. И лицо маленькое такое, и щек совсем нету. Внутрь ушли. И весь он внутрь ушел. И изнутри теперь ко мне явился.

Отец проговорил всю ночь. Из этого я ничего не вынес, так как не находил связи между словами. Только одно повторялось бесконечно: бежали, бежали, бежали. Как именно погибла мама, он не уточнял. Я хотел вставить свое слово про партизанский отряд, но отец не слушал. Только заглушал все одними повторениями: бежали, бежали, бежали. И еще — хотели кушать.

Наконец, мне удалось сказать:

— Вы собак ели?

— Нет. Не было собак.

— А если б были?

Отец посмотрел непонимающе.

Я думал про Букета и стремился рассказать отцу про его кончину, про окоченевшее его тело в мешке на улице. Но отец закрыл глаза и тяжело уснул.

Под утро очнулся и тронул меня за руку — я спал на полу, рядом:

— Слышишь, зуннэлэ. Мы такие важные люди, что за нами целая армия гонялась. Целая армия. Важные люди, важные люди. Я и Винниченке сказал. А он смеялся. Аж до икотки. До икотки из самого живота. Кричал, что живот разорвется, а перестать не смог.

И провалился в забытье.

Потом я его не добудился. Он умер.

Зинаида Ивановна обмыла его и одела в штаны и рубашку Школьникова.

При отце нашлись документы, из которых следовало, что он возвращается домой в город Остёр Черниговской области Украинской ССР после заключения в лагере смерти «Гросс-Розен». На правой руке Зинаида Ивановна показала мне номер. Я не запомнил. Столько в памяти держу, а номер выпал. Думаю, что мой ум просто спасался и потому не задержал проклятые цифры.

Легко сказать — возвращается. Столько лет возвращался через весь мир. До Остра добрался, из Остра ко мне в Чернигов. И тут нашел свой вечный пункт назначения.

Долго. А что не долго, спрашивается. Все долго.

Похоронили отца на еврейском кладбище по адресу: улица Старобилоусская, через сто метров от мясокомбината. Я хотел найти раввина, так как решил, что отцу, как насмерть пострадавшему именно еврею, будет приятно, но Школьников упросил не искать. Сказал, что сам договорится с человеком, чтоб тихонько почитал кадиш, не выделяясь. И правда, молитву человек прочитал тактично, не качался, не голосил. Прочитал по-русски, как пожелание на смерть. Мол, всего тебе хорошего, Моисей Зайденбанд. А там, где про Бога, голос принижал до шепота. Но кому надо наверху, услышал. Так мне представляется. Остальное — проформа.

Букета закопали там же. В отдельной ямке. Не слишком глубокой. За отдельную плату. Это являлось хоть маленькой, но отрадой. Сам бы я могилку ему не вырыл. Холодно, земля, как железо. Теперь же Букет где положено, как настоящий друг.

Субботин так и не появился.

Школьниковы меня жалели.

Самуил говорил:

— Отец есть отец. Но рассуди, какой он к тебе пришел. На нем подштанников не было. Рубашка рваная. Кожа и кости. Из зубов — четыре передних. Он бы не жил, а тебя за собой в обратную сторону тянул. Я считаю, что он отмучился.

Зинаида Ивановна поддерживала мужа:

— Да, горе, конечно, большое. Но у тебя и так двое стариков на руках, — имела в виду себя с мужем, — а тут еще один.

И тут я быстренько посчитал, что отцу было под самые пятьдесят, никак не больше. Много, но не старик же.

Я обиделся.

— Вы уже определили, что вы у меня на руках? А вы меня спросили? Я вас до смерти вашей досматривать не собираюсь. Отца своего — досматривал бы. Пылинки б с него сдувал. Вы мне предлагаете с вас сдувать?

Притихли. Видно — испугались. Конечно. Бездетные, старые. Кому нужны? А тут я. Теперь по всему — сирота. Им приятно в глубине души.

А с другой стороны — куда мне деваться?

Ни отца, ни матери, ни Букета.

На этом я поставил точку и поклялся в мыслях, что досмотрю Школьниковых до последнего их вздоха, а потом продолжу жизнь самостоятельно. Времени у меня полно.

Жизнь распорядилась — значит, исполняй.

Весной, когда зацвела природа, я гулял по Валу. Любовался на вязы, липы, каштаны.

И тут мне захотелось любить конкретно какую-нибудь женщину. Тоска завладела мной, как в кино. Но вокруг ходили парами и меня не замечали.

Любовь явилась бы для меня отвлечением от мыслей, спасением. Все чаще снился Остёр и мое трудное детство, и подростковый возраст. Лес, партизаны, полицаи. Рувим махал ножницами и резал ими высокое небо, а Сима мешала что-то в здоровенном казане литровым черпаком. Я заглядывал в казан, там плавало сало и неясная крупа. Во сне я радовался, что сейчас буду сытый навек, и Букет ластился к моим ногам. А ноги босые. И в крови. Я отмываю ноги варевом из казана, оно не обжигает, а ноги становятся белые-белые и вроде уже не мои, а какой-то чужой женщины.

И вот в такой обстановке закончилась весна.

Уже стоял в разгаре июль месяц.

В парикмахерскую зашла дивчина. С длинной косой. Брюнетка. Коса пушистая, и вообще волос пушистый, непокорный. Такой стричь — мука.

Садится ко мне в кресло и просит буквально со слезой в глазах:

— Срежьте мне косу. И под мальчика постригите.

А я знаю из опыта, что под мальчика такие волосы делать нельзя. Закрутятся мелким бисером и будет некрасиво, и ко мне претензии.

Я мягко говорю:

— Зачем — под мальчика? Давайте я вам длину оставлю до плеч. Вы сможете и на бумажку накрутить, на пиво хорошо держится. Или как еще. Или пучок аккуратненький на затылочке закрепить. И раковиной на один бок.

— Нет. Режьте под мальчика.

И разрыдалась. Сморкается в простыню, обмотанную вокруг нежной шейки.

Я делаю замечание:

— Вы в свой платочек сморкайтесь, а не в простыню. Я после вас стирать не буду.

Сказал строго, изо всех сил.

Она прекратила.

Оказалась с характером:

— Ну, так вы стричь будете? А простынку я сама постираю. Вы, главное, постригите. Мне домой надо скорее.

Ну ладно. Стригу.

Для начала косу распустить надо. Распустил. И запах такой пошел по помещению! Трава. Чистая трава.

Спрашиваю как специалист:

— Вы чем промываете?

— Мылом хозяйственным. Потом полощу. Чабрец. Кора дуба. Аир, — и опять заплакала.

Стригу и напеваю песню. Какая на языке попалась, такую и напеваю. Примерно, «рэвэ та стогнэ Днипр широкый...» Песня драматического содержания, чтоб девушке поднять дух.

Подстриг, простынку аккуратно снял, встряхнул. Моим глазам открылась шея невиданной красы. И дальше спина в тонкой вязаной кофточке.

Девушка спрашивает:

— Сколько я вам должна денег за работу?

— Нисколько. Идите себе в дом. Косу забирайте. Все забирают. Заберете? А хотите, не забирайте, я у вас куплю.

Она посмотрела на свои бывшие волосы — я сразу повыше отрезал, чтоб длину не портить, а потом уже голову выстригал фигурно, хоть и под мальчика, но все-таки и челочку по-дамски оставил на бочок, и ушки до половины закрыл, и чтоб оставались завитки. Короче, высший разряд.

Она махнула на волосы рукой. И не уходит.

Я повторил:

— За работу ничего не надо. А если косу оставляете, так я вам еще и приплачу. Сколько хотите?

Сантиметров семьдесят есть. А то и восемьдесят. Сейчас померяем. Я обмана не терплю. За каждый сантиметрик получите, не думайте плохого.

Дивчина постояла какую-то секундочку. Выбежала. И так выбежала, что меня ветром обдало до костей.

Мой товарищ подмигнул мне через зеркало. Я на безмолвную шутку не отреагировал. Потому что сильно разозлился: если б она в простыню не сморкалась, я б ее вытрусил и еще раза два использовал на клиентке, как положено. А теперь иди и проси. Объясняйся, что у тебя на рабочем месте сопли льют.

Пошел. Заговорился. Слышу, в зале крик, гам.

Выхожу.

Стоит та самая дивчина и, видно, ее мамаша. В хустке по самые брови. Мамаша сгребла волосы в кучу, прижимает к животу.

И кричит:

— Косу забралы сылою, обдурылы дивку! Хто забрав? Хто обманув? Ты, гад паршивый? Ты, жид пархатый?

И на меня прет со всей материнской злости за свое дитя.

Я объясняю, что наоборот, что можно косу сейчас же обратно сформировать хоть колоском, хоть на два плетения, хоть как, и пусть себе забирают на здоровье. А за жида пархатого можно и ответить. Но то отдельное дело. А коса нетронутая. Берите и идите куда шли.

Дивчина мамашу свою бешеную дергает за завязку фартука назаду.

— Мамо, мамо, та годи. Та вин нэ вынный. Я сама. Нащо вона мэни? Вы ж казалы самы. Та кыньтэ ии.

А мать плачет уже и рыдает, и пучком душистых волос утирает слезы. Выплакалась, и пошла. Човгает пудовыми ногами. Одной рукой волосы жмакает, завернутые в передник, другой рукой поправляет хустку. А та съезжает и съезжает. И дивчина за ней.

Я за ними. Как был, в белом халате, ножницы зачем-то схватил. Сжимаю в руке — чисто трофейный пистолет.

Вижу, заходят, как с похорон, в хатку по соседству, через дорогу. Я каждый день мимо ходил. Низенький заборчик весь в дырках. Калитка слабенькая. От честных людей. Посмотрел. Постоял. И вернулся на рабочее место.

А после смены неведомой силой постучался в двери этой хатки.

Никто не отозвался, а дверь приоткрылась сама.

Я прошел дальше.

Там моим глазам предстала картина. Дивчина лежит на топчане. Лицом к стенке. Колени поджала, руками обхватила плечи крест-накрест. Голову нагнула прямо в грудную клетку. Рядом сидит ее мамаша, считает на потолке трещины. Тишина. Только ходики с кукушкой стучат.

Я для разрядки обстановки пошутил:

— Ку-ку!

Дивчина повернулась навстречу моему веселому голосу.

Мамаша встала рывком и раскинула руки над своей доченькой. Не забыла хустку половчее поправить-подвязать.

— Ану гэть звиздсы! Як ты зайшов?

Я посоветовал закрывать двери, вместо того, чтоб гнать гостя.

Тем временем мамаша рассмотрела меня: костюм хороший, ботинки хоть и не новые, а начищенные, в руках сетка с бутылкой ситра, пакетики там всякие — магазинные.

Я первым делом залез наощупь в сетку рукой и достал бутылку с ситром, поставил на стол, разложил кулечки, начал раскрывать, чтоб было видно: и халва, и подушечки, и сахар. И чай развесной, черный.

— То шо вы прынэслы? Навищо? — мамаша приблизилась, стала самостоятельно лазить по кулькам и все пробовать на зуб.

И к дочке:

— Надя, вставай, став кыпьяток.

Села на табуретку и уставилась на меня с вопросом.

— Ну шо скажэтэ, шановный панэ? — и манера уже другая, не базарная, а я бы выразился так, что как в кинотеатре контролерша. С культурой, а строго.

— Сегодня недоразумение получилось в парикмахерской. А я не люблю недоразумений. Вот зашел. Чтоб вы не сердились на меня.

— А шо на тэбэ сэрдытыся? Шо ты мэни, ридный, чи шо. Кажи, чого прыйшов. Правду кажи. Очи сытром своим мэни залыты не думай. Надя, ты його знаеш?

Дивчина уже стояла наготове с чайником. Я подумал, что так скоро он не закипел бы. Мимо плиты проходил, дрова в ней нетронутые. А тут, получается, и разожгла, и вскипело.

— Надя, чайник холодный. Кто ж холодный чай пьет?

Дивчина смутилась и опять выбежала.

Мамаша кричит вслед:

— Та кажи, бисова дытына, знаеш ты його чи ни?

— Нэ знаю, мамо! Нэ зна-а-а-ю! — слышу, готовится к слезам.

Я мамашу бросаю — и к Наде.

— Надя, я к вам пришел не просто так. Вы мне понравились. Давайте с вами встречаться и дружить.

Ну, как репетировал, так и сказал. Может, не слишком тактично. Зато честно, как мне присуще.

Надя крикнула мамаше:

— Мамо, йдить-но сюды! Наш гисть вже йты збыраеться, — и меня толкает к выходу, — йдить, йдить. Я до вас завтра забижу. Писля обиду.

Я и попрощаться с мамашей не успел. Выскочил сразу из-за порога на улицу. Кажется, и через калитку одним махом перелетел.

Назавтра Надя пришла в парикмахерскую. И вот что прояснилось.

Она надумала поступать в киевский институт имени Карпенко-Карого на артистку, так как с детства хорошо пела, танцевала и декламировала стихотворения. Для поступления ей показалось необходимым отрезать косу, чтоб придать себе оригинальный вид. Тогда короткие стрижки встречались редко.

И вот результат. Мама дошла до рукоприкладства, и меня незаслуженно оскорбила.

Но это полбеды.

Беда состояла в том, что Надя утратила связь со своим любимым человеком. И сердечно молит меня о помощи. Подробности потом, когда настанет момент.

Я заверил ее, что помощь окажу, так как готов на все, чтоб Надя успешно сдала экзамены и обрела душевное равновесие в личной жизни.

Мои личные чувства отступили на второй и третий план. Я смотрел на девушку и видел в ней свой человеческий долг. Переступить лично через себя для меня был не вопрос.

Надя очень спешила, ведь нарушение домашней дисциплины грозило ей новыми неприятностями. Для дальнейшего она назначила мне свидание назавтра в семь часов утра на Валу возле памятника Александру Сергеевичу Пушкину.

Ночь я не спал. Вторую ночь после знакомства с Надеждой. Теперь я считал, что вообще никогда не прикорну. Хоть и немного прочитал литературы, но знал, что влюбленные лишаются сна и аппетита.

Несмотря на это, несколько раз вставал и немного закусывал — хлеб с молоком — от нечего делать. Даже курить не хотелось. Горло сухое и першит.

И вот я на Валу. Пусто вокруг. Черный Пушкин в окружении черных цепей. Чорнобрывцы у подножия поэта. Только что высадили, видно, еще как следует за землю не схватились. И земля черная. Жирная.

Надя подошла сзади и закрыла мне глаза своими руками. Я сразу угадал.

Мы двинулись к беседке неподалеку.

Надя аккуратно уселась на узкую скамеечку, окинула меня взглядом и начала.

Как и многие горожане, они с матерью ходили на многочисленные стройки, где отрабатывали свой плен немецкие солдаты. Ходили не с проклятьями, как можно подумать, а для обмена вещей на продукты. Наши несли теплые вещи — немцы им за это платили хлебом и кое-чем прочим. Как придется. Тогда подобных строек было очень много. И жилые дома, и дороги.

И так это вошло в обычай, что Надина мамаша стала отпускать ее одну. Немцы, конечно, трудились под присмотром. Но мирная жизнь диктовала перемены в отношении, и конвоиры смотрели на общение между народами сквозь пальцы.

Так Надя хорошо познакомилась с неким Вернером Мадером. И даже влюбилась в него. Он отвечал ей взаимностью. Дальше взглядов и рукопожатий дело не двигалось, потому что свобода передвижения у Вернера ограничивалась.

Он строил трехэтажный дом на улице Коцюбинского. Несколько таких уже заселили. Этот был последний на данном участке.

Как раз перед приходом в парикмахерскую Надя побежала навестить Вернера, но увидела, что никого из немцев нет, а только наши строители что-то доводят до победного конца.

Она спросила, когда приведут немцев. Ей ответили, что тут их уже не будет.

Надя в отчаянии завернула в парикмахерскую, чтобы чем-то перебить печаль. Тем более что собиралась косу резать, но со временем, перед экзаменами. А тут одно к одному.

Вопрос в чем? Вопрос в том, не могу ли я найти Вернера. Жизнь или смерть лежит перед моими глазами, и только я могу помочь. Больше никто.

Надя уронила слезу и взяла меня за руку.

— А я ведь даже не знаю, как вас зовут. Я только чувствую, что вы меня спасете.

— Меня зовут Нисл. Фамилия Зайденбанд. И я для вас луну с неба достану, Надя.

— Я так и подумала, что вы еврей. Евреи очень ответственные. Нисл — что это такое, это значит или не значит?

— Есть значение. Орешек. Ну, орех.

— Я люблю понимать смысл. А фамилия?

— Фамилия смешная. Шелковый бант. Примерно так.

— Да. А у меня просто — Надежда Приходько. Вы по-еврейскому говорите, Нисл?

— Говорю. Немного забыл. Но могу вспомнить.

— Жалко, что я не говорю на вашем языке. А то бы мы тайно обговаривали действия, чтоб никто не догадался.

— А как вы с Вернером говорили? По-немецкому?

— И по-немецкому, и по-русскому. По-всякому. Мы мало говорили. Сами понимаете. Больше жестами. Но главное — глаза.

Я согласился.

Когда Надя рассказывала, лицо ее переменилось с грустного на радостное. Но в конце опять вернулось на свою исходную позицию.

— Я мечтаю стать знаменитой артисткой. Я год после школы работаю учетчицей в речпорту. Скучно. Мама ругает, чтоб я замуж выходила и не думала про Киев. А как мне не думать, если там мое будущее? Нельзя жить без будущего. Как вы думаете?

— Нельзя. Только не надо меня на «вы» называть. Давай на «ты». Между нами разница небольшая. Тебе сколько?

— Восемнадцать.

— А мне почти двадцать один.

— Я думала — старше. Раз так, можно и на «ты». Когда начнешь искать?

— Сегодня и начну.

— Хорошо. Встречаемся по четным числам тут же, в семь часов утра. Будешь докладывать.

Надя упорхнула, а я бездумно остался в беседке. Позавидовал: у человека будущее. Даже два. Одно — институт, второе — Вернер Мадер. А у меня никакого будущего нету. Такого, чтоб наперед себе представить в общих и целых чертах. Но влюбленность взяла свое. Я направил мысли на выполнение задания.

Дело простое. Для девушки, конечно, неудобное, ходить, выпытывать. А мне как мужчине — ничего.

Отпросился на работе ввиду непредвиденных обстоятельств и прямиком в горисполком. Там работал мой шапочный знакомый — механиком в гараже.

Он посоветовал обратиться к своему знакомому в горкоме комсомола.

Я туда.

Из горкома в военкомат. Из военкомата в райком партии. И все по знакомым, по рекомендациям.

День гоняли меня по закоулкам. Но никто на четкий вопрос, как узнать, где конкретный пленный что-то строит, ответить не могли. Смотрели на меня с подозрением: зачем тебе? За войну не насмотрелся на фрицев? Ясно, то были десятые люди, не при должностях, в списки посмотреть возможности не имели. А до тех, кто в списки смотрит, как я понял, не добраться.

День прошел даром.

Назавтра было четное число.

Ровно в семь утра я сидел в беседке.

Надя немножко опоздала. Я сделал комплимент, что короткий волос ей идет.

Тряхнула кудряшками и даже не покраснела.

Я с места доложил ей о временной неудаче.

Она не расстроилась, а напротив — воодушевилась.

— Так еще интересней. Давай дальше ищи. Мне бежать надо.

И быстро зацокала каблучками в удаляющемся направлении. И ноги так высоко назад выкидывала, что я заметил — на каблучках подковки железные. Справа и слева.

Я планировал признаться в своих чувствах. А после подковок полюбил еще сильнее.

Пропускать работу за счет хорошего отношения нехорошо, и я оформил отпуск за свой счет. На неделю. Но предупредил, что, возможно, мне понадобится больше.

Лето наступало все дальше, клиентов видимо-невидимо. Директор меня строго предупредил, чтоб через неделю как штык.

Я рассудил, что самое верное — ходить по городу, где идут стройки. Увижу немцев — буду спрашивать Вернера Мадера.

Так и проходил весь день из конца в конец. Нету и нету.

Потом еще день.

На одной стройке наши мне сказали, что немцев срочно перекинули на железнодорожный вокзал — там намечается торжественный пуск, подмазывают последние кирпичики.

Новое здание вокзала открывалось издалека во всей своей красе: с башней и часами.

Подошел вплотную — оцепление серьезное. С винтовками. Спрашиваю:

— Тут пленные немцы работают?

— Зачем тебе знать?

— Мне один нужен. Кое-что купить хотел. Вернер Мадер. Молодой хлопец. Красивый. — Надя мне портрета Вернера не давала, но я описал, как представлял по логике.

Один постовой меня прогнал, другой прогнал. Третий оказался добрый.

Позвал какого-то немца, спросил:

— Вернер Мадер тут? До ньюго наш громадянын прыйшов.

Немец посмотрел на меня, кивнул, махнул рукой, чтоб я подождал. Сам кричит, голову наверх задрал, что, мол, к Мадеру еврей явился.

Кто-то из раскрытого окна загоготал и заиграл на губной гармошке. Потом передал эстафету новостей дальше.

И весь громадный дворец загоготал, запиликал на гармошке.

И каждый кирпичик поддакивал:

— Юдэ, юдэ, юдэ!

И вот передо мной человек. Не молодой. Лет тридцати пяти. Не красивый. Но осанистый. Высокий. Черноволосый. Смотрит на меня удивленно и сверху вниз.

По-русски спрашивает:

— Что надо?

— Вернер Мадер?

— Да, я есть Вернер Мадер.

— Надя просила передать привет.

— Надья? Не знать Надья. Никогда не знать Надья.

— На Коцюбинского дом строили?

— Я.

— Туда Надя приходила. Красивая девушка.

— Не знать Надья. Передать Надья, что я ее не знать. Забыл. Я возвращаться на хаус. Майнэ семья. Надья — пшик!

Ясно по глазам бесстыжим — брешет.

Мадер повернулся по-солдатски. Быстро двинулся к зданию.

Я за ним. Постовой отвлекся, не заметил. Кругом тачки, возят по доскам битые кирпичи, пыль столбом. Мадер на лестницу, и я тоже. Он побежал, я следом.

Мадер остановился у раскрытого окна на третьем этаже. Рукой об подоконник оперся, как на картине. Стекла только что вставили — замазка еще блестела, мокрая.

Я говорю:

— Мадер, тебе не стыдно? Она девчонка, а ты взрослый дядька. Она тебя полюбила. Ты ей повод давал.

Он смотрит, не мигая.

И я смотрю, ни один глаз не дрогнет.

Мадер говорит:

— Кто она тебе?

— Сестра. Родная сестра.

— Ах, зо. Юдэ. Юдэ Надья. Плен капут. Ферштеен, кляйнэ юдэ?

И в голову мне пальцем, будто курок спускает.

— Пуфф!

Я как стоял, так и вдарил его. И так вдарил, что он отклонился сильно назад. Лучше сказать — переломился. Больше от неожиданности, а не от силы. Какая у меня сила по сравнению. Смешно. И так переломился, что у него в спине треснуло. И в таком полуперевернутом назад положении — ноги тут, а спина с головой наружу и вниз — он застыл. Повисел в неопределенности пару секунд и повалился за окно.

Я кинулся на выход и бежал, пока мое сердце не остановилось. А остановилось оно где-то в районе базара. Километра через четыре.

День хоть и не базарный, но народу крутится много. Кто что пытается продать. Я для вида тыркаюсь то к одному, то к другому. А в голове стучит: убил, убил до смерти.

И тут меня сзади кто-то легонько притиснул кулаком.

— Василь!

Я обернулся. Субботин.

— Украл что-то? Признавайся, а то сейчас в милицию сдам!

Вижу, он выпивши. Не сильно. Но ощущение стойкое.

Я через силу улыбнулся:

— Ой, Валерий Иванович, какой судьбой вы тут?

— Прогуливаюсь. Сегодня у меня праздник. Пойдем со мной. И тебе веселей. И мне компания.

Субботин уцепился за мою руку повыше локтя и крепко повел рядом.

Зашли в столовую возле базара.

Субботин трезвым голосом спрашивает:

— Выкладывай. Я насквозь знаю. У тебя лицо, как тогда в лесу. Ты мне такой и снился.

Я понурил взгляд.

Субботин пошел на раздачу, принес две тарелки с перловкой, хлеб, два полстакана водки.

Выпил свой. Подвинул мне.

— Пей.

Я замотал головой.

— Пей, а то залью.

Я выпил.

— Закуси.

Я закусил. Отхватил шматок толстой хлебной корки, не рассчитал, в рот не полезла. Рукой помог. Жую и ничего не думаю. Только думаю: еще долго, еще все переменится на хорошее — пока прожую, пока еще кусок в рот запихаю.

Субботин не торопит.

Я один кусок съел. Второй. Принялся за кашу.

В голове кружится. Я ложку зачерпну, пока в рот несу, половину по воздуху размажу.

Субботин выхватил из моей руки ложку, бросил на стол.

Закричал:

— Ну, давай! Давай, гадская твоя морда! Колись!

Мужики по соседству насторожились.

Уборщица замахала мокрой тряпкой в нашу сторону, как начальник:

— Ну, хлопци, выпылы — йдить на вулыцю. Тут люды голодни, а вы им апэтыт ломаетэ. Йдить по-доброму.

Субботин ее успокоил жестом:

— Мы тихо, мамаша. Не волнуйтесь. — И ко мне: — Ну, Василек, айда на воздух.

Поднял под руки, на ноги поставил. За шиворот вывел за дверь.

Сели на скамейку с краешку палисадника.

Субботин носком ботинка на земле знаки чертит. И я тоже молчу. Язык заплелся за шею.

— Вася, не бойся. Расскажи. Помогу.

И я рассказал. Про артистку Надю Приходько, про ее задание.

Из моего рассказа получилось, что я убил немца из-за Нади. То есть из-за любви. Тогда я тут же перерассказал по-другому, и получилось, я этого Вернера Мадера кокнул из-за того, что он меня как еврея оскорбил по национальному признаку. Но тут же исправился, и еще раз перерассказал, что фриц — поверженный враг, а я его, поверженного, стукнул, что недостойно советского человека.

Как Субботин в своей голове свел три рассказа в один, не понятно. Но сказал он следующее:

— Ох, Вася. Я думал, ты взрослый человек. Я думал, ты казенные деньги растратил или с женщиной замужней связался, а муж застукал. А ты не взрослый.

— Я не Вася. Я Нисл. Я вам тогда в лесу соврал. Чтоб вы меня не прогнали.

— Знаю. Все про тебя знаю. Я у Чубара был. Из Седневского лагеря бежал. Три раза бежал, как в сказке. На третий удачно. Попал к Чубару. Ты тогда с Евтухом по другой линии ходил. Мосты взрывал помаленьку возле Бахмача. Не встретились. Потом меня к Нехамскому перебросили, вашему, из еврейского пополнения, потом я со своей группой немножко в сторону свернул, авангардом разведки, так сказать. А про тебя мне тогда же и рассказали. Геройский дурачок. Еврейчик Вася-Нисл Зайденбанд. А для меня ты Зайченко. Хоть что. Зайченко. Фамилию твою трудную запомнил. А ты вот как. Человека жизни лишил.

Я говорю:

— Букет умер. Собака моя любимая. Друг. А вы в тот день не пришли. Обещали, а не пришли. Я отца встретил, когда с Букетом в мешке шел.

Отец тоже умер. И мама умерла. Ничего про них не знаю.

— Как не знаешь? Говоришь — умерли.

— Что умерли — знаю. А больше не знаю.

— Больше и не надо. Поверь мне, Вася-Василек. Больше ни за что не надо. Что делать будешь, хлопец? Ты хоть к Наде еще не бегал докладывать с партизанской прямотой?

— Не. Не успел.

— И не бегай. Забудь ее. Ясно, она роль придумала и перед тобой репетировала. А ты купился. Книжек начиталась и купила тебя своими взглядами да улыбочками.

— Нет. Она по-честному.

— Ладно. Пускай так.

Помолчали.

— Я, Вася, в МГБ работаю. Как раз в тот день, когда в парикмахерской встретились, первый раз по Чернигову гулял. Перевели из Брянска. К тебе не пришел, потому что был занят по делу. А сейчас я с тобой буду разбираться.

Субботин решительно встал и скомандовал:

— Следуй за мной.

Он привел меня к себе — в новый красный дом на улице Коцюбинского. С башенками и лепными карнизами. Один из тех, что построили пленные.

Комнатка небольшая, кухня еще меньше. Зато потолок высокий, метра три. Балкончик крохотный, с красивой загородкой из белых столбиков.

Субботин вышел на балкон и показал папиросой вдаль — на развалины города, на Вал, открывающий свою тысячелетнюю историю в неприглядности разрухи.

— Вот, Вася. Это все война. И эту войну сделал Гитлер. А Вернер Мадер ее поддержал. От всего сердца поддержал или по принуждению. Но поддержал. Не застрелился. Не сбежал куда глаза его бесстыжие глядят. А поддержал. Пошел на нашу Родину с автоматом. И убивал советских людей всяких национальностей. И лично тебя бы убил, если бы был встречен тобой на кровавой дорожке войны. Теперь дальше. Я своей властью объявляю тебе амнистию. От имени твоих родителей, в первую очередь. И от себя лично. Сейчас мы с тобой хорошо покушаем с крепким чаем. Я уже свою порцию спиртного выпил. И ты выпил. Больше не станем. А чая попьем. С вареньем. У меня засахаренное, с прошлого года. Женщина одна хорошая мне прошлым летом дала на здоровье. Не сложилось у нас с ней. Варенье осталось. А наша встреча с тобой, считай, посвящена присвоению мне очередного звания — капитана. Показать удостоверение?

— Не надо.

— Ну и не надо.

— Я ваш партбилет порвал. Чтоб врагу не достался. А планшетка ваша у Винниченки осталась. У Дмитра Ивановича. Ее уже на свете нету, планшетки. Он из нее подметки вырезал. Точно вырезал. Там кожа ух какая. До сих пор в глазах стоит.

Субботин взглянул на меня исподлобья. Но ничего не сказал.

Я немного успокоился. Рядом с Валерием Ивановичем я почувствовал себя снова подростком. С пустым будущим.

Попрощались тепло. Договорились, что в случае чего Субботин меня найдет и ничего плохого не допустит.

Дома был переворот.

Школьников припер откуда-то громадный стол овальной формы. Столешница раздвигалась на две половины, и под ней открывалась большая круглая тумба. Самуил Наумович как раз над тумбой и колдовал. Изнутри подкручивал, шкурил, клеил.

Хватал меня за грудки:

— Посмотри, какая работа! Ему лет сто. А почти как новенький. Дерево крепкое, а лакировка! А подогнано как! Ты глянь, глянь! Трофейный. Из самого Берлина перли. Я его сделаю, як лялечка будет. Еще сто лет прослужит. Ты внутрь загляни, в тумбу. Загляни, загляни. Нагнись, нагнись, на самом дне какая фанеровка. Орех! Видишь? На самом дне. А как с лица. От работа так работа! Немцы!

Школьников меня гнул за шею прямо в самое дно, моя спина не гнулась. А он гнул и гнул.

Я его оттолкнул от себя.

— Что вы, Самуил Наумович в немецкое дерьмо меня носом засовываете? Не нанюхались сами за войну? Перед фашистами преклоняетесь. И меня преклоняете. Позор вам.

Школьников как обрезался. Воздух ртом ловит, руками водит, а ответить не может.

Зинаида Ивановна говорит, даже заискивающе:

— Нислик, сыночка, ты голодный. Покушай, дытынка. Не нравится тебе стол? И мне не нравится. Всю комнату загородил. А Сема ж, ты знаешь, добро из рук не выпустит. Хай йому грэць, цьому столу. У тумбу я скатерти положу. И шось, мабуть, ще влизэ. Тумба хороша. Глыбока. А так — тьху на цей стол! — и плюнула демонстративно.

Я затаился за занавеской, сказал, что голова болит. Меня не трогали. Школьников больше со столом не возился. Только бесконечно шептался с Зинаидой Ивановной. Я ничего разобрать не мог. А хотел. Прислушивался, прислушивался, без толку. Так и заснул, вроде в глубокую шахту упал.

Проснулся часов в пять утра. Объяснил старикам, что заболел, и неделю буду сидеть дома. Они отнеслись с пониманием.

Самуил Наумович предложил, что если мне стол не нравится, выкинуть его к чертовой матери. Я отказался. Раз припер — пускай стоит. Будем об него бока-колени оббивать, покуда не надоест.

Больше всего меня мучило соображение о том, что я не увижу Надю. А ведь сегодня как раз встреча. Представлял, как она прибежит в беседку, будет ждать меня. Потом решит, что я побоялся выполнить задание, нарушил слово. Скажет, жид — он жид и есть. Кому доверилась — жиду. И забудет про меня с обидой на сердце. Или еще хуже: придет в парикмахерскую, через неделю ж мне выходить на работу, посмотрит мне в мои поганые глаза своими очами. Ничего не скажет. Молча осудит.

Я принял решение идти на встречу.

В беседке просидел два часа. Надя не появилась.

В запале я бросился в речпорт, через четыре ступеньки пробежал длинную деревянную лестницу с Вала вниз, кинулся в контору. Спрашиваю у девушки-машинстки:

— Как найти Надю Приходько?

— А кто вы ей?

— Товарищ.

— Надя с сегодняшнего дня в отпуске. Поехала в Киев сдавать экзамены. Еще позавчера оформилась и поехала. Она в театральный поступает. Знаете? — девушка мечтательно завела глаза вверх.

— Знаю. Когда приедет?

— Как провалится, приедет, — девушка привела глаза в нормальное состояние. — Провалится, провалится. Не волнуйтесь. Приедет ваша Надя. Товарищ.

Я поплелся обратно. Считал ступеньки, а некоторых и не было. Дырки.

Дома валяюсь безвылазно. Не ем, не пью. Только курю. Прямо на месте. Раньше так не делал. Теперь сделал.

Самуил Наумович с утра уходил тихонько, чтоб меня не тревожить. Зинаида Ивановна тоже старалась не произвести лишнего звука. Только спицы стучали. Тут уже она ничего не могла поделать.

Как стукнет спица — ойкает:

— Прости, дытынка, больше не буду.

А мне что. Мне ничего. Считаю дни. А зачем считаю — не понятно. Считаю и чувствую себя со стороны. Я — два оборота одной медали. На одном обороте — человек. На другом — еврей. И вместе два оборота соединить не могу. Не получается. Не склеивается.

И до того довел себя подобными представлениями, что начал себя с головы до ног щупать, ноги-руки. Сколько их. По две или по четыре. И так и дальше.

В какой-то день, когда я совсем запутался, поздно вечером, можно сказать, ночью, в дверь постучали.

Старики спали.

Я бросился к окну — смутно рассмотрел человека, а кто — непонятно. Думаю: открывать не буду. Постучит и уйдет. Но другая мысль затмила: не уйдет. Раз ночью явился — не уйдет. А за калиткой еще трое, наверное, стерегут. И они не уйдут.

Открыл двери. Субботин.

— Кто в доме? — спросил шепотом.

— Двое. Я третий. Спят. Старики.

— Выйдем.

Пошли за дом. В высоких лопухах и крапиве нас не видно. Я хотел закурить.

Субботин отвел руку от спичек.

— Не кури. Слушай внимательно. Собирай манатки и уезжай из города.

— Куда?

— Куда хочешь. Куда можешь. Без разницы. Немец и правда разбился насмерть. Тебя ищут. Приметы сообщили и все такое. Сейчас обстановка сложная. Если б ты хоть не еврей был. А тут сошлось: могут теракт приписать. Вокзал, железная дорога и пошло-поехало. У нас инструкции каждую минуту: еврейский заговор не дремлет. Немца героем сделают, хотел тебе помешать, а ты его и кокнул. С работы завтра с утра увольняйся, спокойненько только, с улыбочкой. Скажи, что по семейным обстоятельствам. Напусти тумана. У вас то еще местечко. Синагога под ногами обкома партии.

— Почему — синагога? — обиделся я.

— Сколько вас работает, бритвами и ножницами махает? Пятеро? Четверо евреев. У нас сигналы поступают.

Я заикнулся, что он амнистию обещал.

Субботин меня осадил, аккуратно взял за майку, в кулак собрал материю, аж затрещала:

— Не обсуждать! Делай, что говорю. Сделаешь — может, уцелеешь. Не сделаешь — сам заплатишь. И меня подставишь. И Надю свою тоже. И стариков потянешь. Вася-Василек.

Отпустил майку. Не попрощался.

Я стоял, как закопанный. Крапива жалила голые руки и ноги. Хотел сделать шаг, но не получилось ни в какую сторону. Горела кожа, горело внутри, горело вокруг головы и подступало к глазам.

Как очутился в своей постели — не помню. До скорого рассвета проворочался.

Встал первый. Собрал мешок с вещами, затолкал в угол возле топчана.

Сел за стол, сложил руки крест-накрест, опустил голову и так, с опущенной головой, просипел:

— Вставайте, люди добрые. Прощаться настал час.

Старики повскакивали от таких слов. А только заметили мой вид, совсем испугались.

Но я напустил улыбку и продолжил:

— Шутка. Чтоб вам веселей с утра. Я заранее тревожить не хотел. Сегодня уезжаю. Давно собирался. А сегодня-таки еду.

— Что? Куда? Почему?

— Как говорится в стихотворении, «В далекый нэвидомый край, аж на Донбасс», — бовкнул первое, что пришло на ум из школьной программы, — Шевченко Тарас Григорович, — добавил я, чтоб отсрочить время.

— Ну, Шевченко. А ты при чем? И что у тебя волдыри на руках, на шее? По крапиве лазил? — Самуил Наумович вытаращил глаза. — Ты из-за стола обиделся? Я его сейчас топором порубаю. Гада фашистского! Чтоб из-за него ты нас бросал? Скажи! Из-за него?

Схватился за стол и вроде хотел перевернуть. Сил не хватило. Такая махина. Втроем не повернешь.

Зинаида Ивановна к мужу:

— Сема! Нэ чипай його! Он не в себе. Ты ж не в себе, дытынка? Кто в такое время из дома выходит? Никто. И ты не пойдешь. Не пойдешь? Ты поспи, полежи, успокойся.

— Нет. Пойду. Больно мне вас от себя отрывать. Но вы не волнуйтесь. Я вас не брошу. Если живой буду, не брошу. У меня кроме вас никого нету.

Чувствую, приклеенная улыбочка никак не сходит. Рот кривлю на бок, слова кривые. А ничего поделать не могу.

— Может, у тебя любовь? Может, ты с дивчиной какой бежать надумал?

Зинаида Ивановна подошла ко мне, протянула руки, как в народной песне:

— Может, тебя ее родычи нэ прыймають? Кропывою з подвирья выганялы? Дак я до ных пиду, в ноги кынуся, розкажу, якый ты хороший. И бигты нэ трэба. Мэни повирять. Мэни уси вирять.

Я схватился за эту соломинку и с порога сказал последнее:

— Именно из-за любви. Вы ж понимаете. Любовь — сила. Не плачьте. До скорого свидания. Точно вам обещаю.

Выбежал и торбу свою с вещами забыл. Обратно влетел пулей — торбу за плечо закинул.

Тут Зинаида Ивановна спросила:

— А деньги у тебя есть? На какие деньги ты едешь, скаженный?

Денег у меня не было. Я так и сказал.

— Господи, с ума сошел! С ума сошел! — Заголосил Самуил Наумович, — Зинаида, дай ему его деньги. Все отдай.

— Где они? Ты ж их без конца перепрятывал. Где? — засуетилась Зинаида Ивановна.

Бросилась к буфету, раскрыла дверцы, пошарила рукой под газетой на одной полке, на второй. Побежала в коридорчик. Загрюкала ведрами, железяками, со стены упало корыто.

Самуил Наумович сдернул скатерть со стола. Раздвинул столешницу, со дна тумбы достал сверток.

— Вот твои деньги. Я брал с того, что ты давал понемножку. На хлеб. Я их тебе собирал. Забирай.

Сунул мне сверток под нос.

— Забирай гроши свои. Мы думали — по-человечески. А раз ты так. Забирай.

Я поцеловал Сему и Зину. Они еле держались на ногах. А стояли или уже упали, когда я калитку закрывал, неизвестно.

Шел зигзагами. Но сколько ни кружил, до открытия парикмахерской оставалось два часа. Пересиживал в сквере. Дворник шваркал метлой у меня под носом. Шваркал и шваркал. Шваркал и шваркал.

Наконец, спросил:

— Приезжий?

— Приезжий.

— Звидкиля?

— Откуда надо.

— Ты не грызись. Время такое. Надо спросить. Для формы.

Я безответно пошел через дорогу. Посидел в следующем месте. Не на просторе, а в кустах смородины. Поел, конечно. Еще зеленоватая. Но пахнет хорошо.

Молодость взяла свое. Заснул на траве. Последняя мысль перед сном была про то, что я не рассказал Субботину об армянском солдате. О том, как тот умер. Как я забросал его ветками. Как последним из всех людей смотрел на него. Дал себе клятву в следующий раз исправиться. Если наступит случай.

Мне снилось, что я лежу в лесу. Надо мной склонился Букет. И солнце пробивается в глубину глаз сквозь его патлатую шерсть.

Проснулся от звуков вокруг. Люди шли в разных направлениях. На меня не обращали внимания. Пристроил свой мешок под кустом, прикрыл травой. Отправился по месту работы.

С увольнением прошло гладко и правдоподобно. Сразу выписали расчет.

Я шутил и намекал, что с невестой уезжаю по оргнабору. Место назначения не объявляю, так как еще не все документы собрал и боюсь сглазить.

Уже на улице стукнуло в голову. Паспорт тут, в кармане штанов. Аттестат за семь классов тут. Трудовую книжку забрал. Справку про партизанский отряд не взял. Осталась запрятанная у Школьникова. Он ее как в первый день куда-то сховал — места и не выдал. Идти просить? Второй раз у мня внутренностей не хватит, чтоб с ними прощаться.

Куда ехать — вопрос не стоял. Туда, где хоть что-то знакомое. В Остёр.

Внутренне я надеялся, что куда-то в другое место. Ноги сами понесли.

Ну, что надо во-первых сказать. Деньги у меня украли с торбой. Когда я добирался на перекладных, близко Козельца шофер сворачивал с моей дороги, я вылез. Стою себе и голосую. Голосую и голосую. А никто не останавливается. Пошел пешком. Торбу волоком тащу. Не сильно тяжелая, а все-таки и ботинки, и пара рубашек, и брюки, и белье две смены. И ножницы Рувима. Возле лесочка зашел вглубь по надобности. Торбу оставил, чтоб с ней не продираться сквозь непролазные кусты. Зашел, видно, далековато. Не спешил. Подышал воздухом.

Выхожу — не в то направление. Поблукал, вышел на старое место. Точно на старое. Дерево то, трава та. Торбы нет. Я туда, сюда, направо, налево. Нет. Искал долго. Не обнаружил.

В карманах, кроме документов, — никаких признаков жизни. Конечно, большое огорчение.

Но добрался. Мир не без людей. Доставил меня один остёрский на подводе за «спасибо». Незнакомый. Послевоенного заселения. Спросил, зачем еду. Я сказал, что с целью навестить знакомых. И первую фамилию болтанул: Винниченко.

Дядька на меня глянул удивленно, поерзал на сене, сплюнул и неопределенно сказал:

— Дак ото ж.

Возле базара я опустился на остёрскую землю.

Остёр предстал передо мной. Садочки, палисадники во всей красе. Хат не видно за цветами и всякой зеленью. А те, которые видно, не хаты, а развалины. Черные печи, трубы, наполовину сбитые войной. Кое-где стройки из подручных материалов.

Иду, руки в карманы, смотрю по сторонам. Куда иду — не знаю. Здороваюсь со встречными гражданами. Знакомых нету.

И только глядя по сторонам, понял окончательно, что я в Остре. И надо искать пристанище на неопределенное время. То есть жить тут. И работать. И кушать что-то.

Добрел до городского парка. Сел на лавочку. Ноги вытянул, руки на груди сплел, голову вверх задрал. Отдыхаю для видимости.

А сердце стучит: чего сюда приперся? Мало тебе страны от края и до края, от Северных гор до Британских степей? Мало.

Как в народной сказке, ждал, что присядет рядом со мной добрый человек и скажет, как быть.

Но в разгар летнего дня такого человека не обнаружилось во всем Остре.

Выбор я сделал себе следующий: искать Янкеля Цегельника. Можно и Гилю Мельника. Но с Гилей у меня на войне не слишком получалось, так как я всегда принимал сторону Янкеля. И Гиля осуждал меня: Янкель людей спасает, а как им спасенным потом жить, не размышляет. А Гиля, значит, размышлял. Ладно, его дело такое.

Я и до войны не знал точно, какой дом Янкеля. А после войны совсем неизвестно. Это при условии, что он вернулся живой.

Логика у меня обычно находилась на должной высоте. Я выяснил у встречных, где райсовет.

Меня с порога встретили, как героя. Председатель — Мельниченко Сергей Миколаевич — партизан, секретарша — Дужченко Оксана — партизанская связная, еще кто-то из нижестоящего персонала — тоже партизанского прошлого. Знакомые лица.

После минутной радости наступила ответственная минута. Мне сообщили, что сюда когда-то своим чередом пришел мой отец Моисей Зайденбанд после мучений в фашистском лагере. Тут ему сказали, где меня искать. Но своими ногами он отсюда не вышел, а был вынесен на руках, так как внезапно утратил возможность передвигаться. Доставили в фельдшерско-акушерский пункт. Там он пролежал две недели рядом с роженицами. Под крики младенцев он приходил с сознание, но все равно уходил. За него боролись самоотверженно. Прогресс отступал и отступал.

И вот, в одно прекрасное утро, отец раскрыл свои настрадавшиеся глаза и сказал:

— Отпустите меня к моему сыну Нислу в Чернигов.

Его не пускали. Но когда сгустилась зимняя темнота, он ушел.

Музыченко рассказывал мне печальную повесть, как равному. Хотя он — большой руководитель. Горе роднит и стирает границы.

Оксана Дужченко его поправляла добавками подробностей, и получилось некоторое разнообразие.

Сергей Миколаевич полагал, что отец ушел прямо из больницы, а Оксана утверждала, что из больницы его забрал к себе Янкель Цегельник, и уже от того отец попал в Чернигов. То есть где-то с месяц кантовался у Янкеля под крышей.

На этом месте я потребовал, чтоб мне дали адрес Янкеля.

Музыченко без запинки дал, но выразил уверенность, что дома я Цегельника не застану. Мотается по селам и хуторам. Оксана во всяком случае вызвалась проводить до Янкелева дома.

По дороге в разговоре я пытался сделать вид, что счастлив. Тем более, что Оксана была не сильно старше меня — лет на пять — и перед ней особенно хотелось показаться.

Но она по-хозяйски меня осмотрела внешне и задала вопрос:

— Невеселый ты, Нишка. Надолго к нам? Погостить?

— Как получится. Соскучился по родной земле.

— Оставайся. У нас в людях недобор. Где твои вещи?

Я машинально ответил:

— Украли.

Она засмеялась. И я засмеялся.

Оксана продолжила расспрос:

— А в Чернигове у тебя кто остался? Успел жениться?

— Не женатый и детей нет.

— У нас женишься. Девчат хоть на хлеб намазывай и ложкой ешь. А вдов еще больше. И молодые, и всякие. Если Янкеля дома не найдем, поселишься у меня. Погуляешь, подумаешь, может, останешься. Какая у тебя специальность?

— Парикмахер. Дамский мастер.

Оксана остановилась и новыми глазами посмотрела в мою сторону:

— Парикмахер? Правда? Не даром Рувим тебя учил ножницами махать. Дал путевку в жизнь. И хороший ты парикмахер?

— Хороший. Зарабатываю — и на хлеб хватает, и на масло, и на сахар.

— У нас мастер плохой. И не мастер, а так. По знакомству. Ленивый. Лишний раз ножницами махнуть боится. До войны, помнишь, Давид Плискер орудовал. Ну, ты маленький был. А я знаю на себе. Теперь — одно расстройство. Только и название на старом месте. Как до революции, под горшок стрижемся. Мы ж молодые, нам хочется и того, и сего. Ты ж понимаешь. А тут горшок предлагается к услугам.

Я не слушал Оксану. Слушал, как поют птички, как шумят сады, как скрипят подводы и с них тихонько падает трава. Она без звука падает, а я чую.

Пришли к Янкелеву дому. Оказалось, тот же, что и до войны. Только подправленный. Небольшой, но добротный. Была большая семья. И дети, и старики, и все. А теперь стоит закрытый. И ставни закрыты.

— Цегельник не женился?

— Нет. Шлендрает по селам, стучит молотками. Теперь работы много. И для дома, и для всего. Сапку хорошую найти — нельзя. А Янкель же ж серьезный мастер. Дошел до того, что в кожаном фартуке и спать лягает. Черт хромой. Прости, Господи. Сейчас есть надежда, что через недельку явится домой. Сидит один. К нему ходят в основном разговоры разговаривать. А он гонит от себя. Наши говорят, от него дымом и огнем полыхает. Сам аж раскаленный. Не успокоится никак. Все ему не устраивает. А что? Сам не объясняет. Не понимает потому что. Музыченко должность Янкелю предлагал хорошую. Отказался. Его воля. А вообще ничего, здоровый. Не молодой, а ничего.

Я посчитал, Янкелю получилось еще до пятидесяти. Возразил Оксане насчет возраста, что, конечно, годы большие, но пока не безвозвратные.

— Ой, Нишка. У него в голове одни годы, на сердце другие, на душе третьи. Ну, пойдем ко мне?

И глянула на меня с подмигом.

— Ты ж в отпуске. А в отпуске надо отдыхать и радоваться. Покормлю тебя, спать уложу. На часок на работу сбегаю, покручусь. Вечером в кино пойдем.

Я молчал. Оксана вдруг переменила настроение. Сердито махнула рукой:

— Дурной ты, Нишка. Другой бы не думал. А ты думаешь. Как будто умеешь. Надоест думать — знаешь, где меня найти. Сейчас незнакомого за ради Бога никто не накормит, спать не пустит. Не война. Мирное время. Имей ввиду.

И пошла.

Я ей вслед смотрел, пока она не свернула за угол.

От Янкеля до моей бывшей улицы имени Фрунзе далековато. Но раз я пришел тут жить, свидания со старыми знакомыми не миновать. И я поплелся.

В нашем родительском доме жили чужие люди. Их лично я не видел на тот момент, но видел чужие занавески, другую краску на заборчике, другие цветы.

Мама любила мальвы, кроме мальв во дворе ничего не росло. Новая хозяйка развела на свой вкус. Мальвы только по краям, возле заборчика, лицом на улицу, дальше кусты пионов, астры, жасмин. Плотно, стеночкой. Мама делала простор. Теперь простора не было.

Хата Винниченки выглядела свежепобеленной. На крыше, как и раньше, всякий хлам, чтоб не сдувало солому. Тын хороший, тоже сделан недавно, не выцветший, не перемерзший-перемоченный дождями и снегом, а как живой. Такой тын мог в Остре плести только сам старший Винниченко. Дмитро Иванович. А до него — Винниченко Иван Матвиевич, его батько. Все знали. И я знал. Теперь стукнуло на ум.

Глаза мои разглядывали тын с глечиками и макитрами, а сердце стучало.

Наконец, я подал голос:

— Хозяева, вы дома?

Никто не отозвался. Я зашел во двор. Сарай закрыт. Скотины никакой не слышно, не видно.

Постучал в двери. Толкнул, открыл.

— Есть кто живой?

— Хто там?

Голос слабый. Но я узнал Дмитра Ивановича. Он лежал на печи под кожухом. Только нос наружу.

Не глядя на меня, пробормотал:

— Сидай. Никого нэма. Я одын. Хворию. Ты хто? Я молчу.

Он опять:

— Ты хто? Кажи, бо я голову повэрнуты нэ можу. Шия болыть. Усэ болыть. Хто?

— Я Нисл Зайденбанд. Вашего Гриши товарищ. Помните?

— А-а-а-а, Нишка. Ага. А Грыша у армии. У армии, кажу, Грыша. А Мотря моя помэрла. Помэрла Мотря моя. Нэ побачить вже сыночка свого Грышу. Очи выплакала. И помэрла. Шо ты мовчиш, Нишка? Ты тут?

— Тут. Вы доктора звали?

— Ай. Тии дохторы. Нэма у нас дохторив. Фэршал. Прыходыв, посыдив. Говорыть: у больныцю. Можэ, у сам Чернигив. Чи куды ще. А ты, Нишка, допоможи мэни. Дай якусь судыну. А то я на пич ссу и ссу. Так хоч по-людському поссаты пэрэд смэртю.

Я взял грязную миску со стола. От растерянности ничего другого не бросилось в глаза.

Винниченко справил дело, как смог.

— От спасыби тоби, Нишка. А шо то за имья — Нишка? Ты хто? Ты тутошний хиба?

Я стоял с миской, отвечать неудобно. И я ничего не ответил.

Ушел.

У ближайшего колодца долго мыл руки.

Там на меня обратили внимание.

Я посмотрел взаимно: несколько женщин перешептывались между собой и указывали глазами друг дружке на меня. Женщин я узнал с первого мига. Постарели, конечно. Но до войны в Остре считались лучшими красавицами среднего возраста. Все трое крепко дружили, не разлей вода. А перед самой войной громогласно рассорились.

Та история была мне раскрыта из разговоров мамы с отцом. Мама прямо намекала, что на квартире у Хиври стоял один специалист по сельхозтехнике из Киева, заявленный как холостяк. Поэтому Хивря находилась в особом почете у пересидевших девок. Они одна перед одной задабривали Хиврю, чтоб посватала именно ее. Хивря всем обещала, и всем — в первую очередь. А этот моторизованный мужчина сильно заглядывался на мою маму. И она смеялась и веселилась перед папой, что может и попасться на удочку киевлянина. И что папе тогда делать со своей одинокой жизнью, да еще и с сыном?

Так как веселились мои родители не часто, у меня в памяти хорошо отложились эти отголоски.

И вот они стоят, руки в боки.

И меня в глаза обсуждают:

— Чи нэ Зайденбандов Нисл?

Я к ним навстречу развел руки и говорю:

— Что, не узнаете меня? А я вас сразу узнал. И вас, Вера Кузьмовна, и вас, Харытя Потаповна, и вас, Одарка Ивановна! Неправильно вы сомневаетесь — я Нисл Зайденбанд собственной персоной. Здравствуйте вам! Доброго здоровьячка!

Женщины подошли ближе, по очереди меня обняли. Пустили для порядка слезу.

Наперебой заговорили:

— А батько твий тут був. Страшенный!

— Ты звидкиля? Надовго? Житы тут будэш?

— У свОий хати був? Выганяты новых хазяив будэш чи як?

— Гласкер выгнав, як повэрнувся, а Мулявський нэ гнав. Там таки, шо их нэ выженэш.

— Нэ наши, нэ остэрськи, з Глобына их сюды занэсло бисовым витром. Воны йОго выштовхалы. А вин поранэный. Дак кудысь подився. Нихто нэ бачив.

Я кивал в знак внимания, а сам думал, пригласят они меня покушать или не пригласят.

Намекнул:

— Я только что с дороги. Устал. Погулял тут немножко. Хотел к Янкелю Цегельнику присоседиться, а его нет дома. Не знаете, когда явится?

Женщины переглянулись.

И одним голосом отвечают. Но шепотом:

— Янкель загуляв. Ой, загуляв. Издыть до жиночки аж на Рыков. А як поидэ, дак на килька днив. Учора поихав.

Я специально переспросил:

— Точно в Рыков?

Меня заверили, что сведения последние и точные.

Я не знал, что добавить. Повернулся для отхода. Но меня схватила за ремень Вера Кузьмовна.

— Нишка, ходимо зи мною. У мэнэ борщ смачный. И сальця трохы е. Попоиж. Ходимо! Дэ ты того Цегельника знайдэш? И ночуй у мэнэ. Я ж сама. Одна-однисинька. Поговорымо з тобою. Я тоби усэ розповим, що знаю. И бражка в мэнэ е. Вышнэва. Ходим!

Я с радостью согласился.

Вера Кузьмовна рассказала мне следующее.

Мой отец Моисей Зайденбанд явился в Остёр с моей мамой Рахилью Зайденбанд в ноябре прошлого, то есть 48-го. Их видели вместе. Но в больницу отец попал уже один. Куда подевалась мама — неизвестно.

Этот рассказ меня удивил и обрадовал. Вера Кузьмовна уверяла, что Дмитро Иванович Винниченко что-то знает, но недавно впал в беспамятство и хворобу, так как очень страдал по своей жене Мотре, безвременно умершей полгода назад. Но страдания отдельно, а нынешнее его плачевное положение — особое дело.

Намечался приезд из армии Гриши. Дмитро Иванович в ожидании встречи саморучно побелил хату и сделал тын. А когда заплел в тын последнюю лозинку, упал вроде в обморок. Его поднимали человек десять, а он от земли не отрывался, как приклеенный. Весь день пролежал на земле, а был сильный дождь. Потом сам встал и поплелся в хату. И с тех пор — месяц лежит. Люди помогают, но у всех свое.

Со дня на день демобилизуется Гриша, тогда старший Винниченко воспрянет. Так заверяли бабы. Но Вера Кузьмовна повторила их голословные утверждения без доверия.

— Нишка, то ж хвороба. Вона ж из организма йдэ, а нэ звэрху. Хиба Грыша ии знимэ? Вин шо, унутри у батька засядэ? Унутри там и кишки, и кров, и усэ такэ. Воно ж само повынно справляться. Правыльно я говорю?

Я одобрил рассуждения Веры Кузьмовы и подтвердил из собственного опыта, что лечиться надо изнутри, а не ждать облегчения со стороны. Хотя с какой стороны, тоже вопрос.

После ужина стал прощаться. Вера Кузьмовна меня не задерживала.

С улыбкой сказала:

— Йды вжэ! А то наши бабы очи проглэдили, колы ты выйдэш. Почнуть плитки розпускаты. Хай им грэць. Тьху на ных.

В этот миг до меня дошло, что не только Оксана Дужченко, но и немолодая Вера Кузьмовна имеет на меня женские виды. Вот что наделала подлая война. Несмотря на это сердце мое отдано другой. А то кто бы смог поручиться за мое поведение?

Я шел к Винниченке. Мои мысли шли со мной в едином направлении: добыть информацию про маму и отца.

Дмитро Иванович пребывал все так же в невменяемом состоянии.

Я сел за стол и пристально смотрел на печь, на лысую голову Винниченки, на самую макушку. Другого ничего видно не было. Смотрел и молчал.

Внутри меня кричал голос:

— Винниченко, говори сейчас же, что ты знаешь! Говори, а то я тебя убью! И не учту, что ты больной!

Посидел еще.

Потом встал и твердым шагом подошел близко к Винниченке. Подергал за кожух. Кожух потянулся в мою сторону, свалился на пол.

Винниченко лежал передо мной в исподнем, черно-грязном — от тесемок на штанах до ворота рубашки. Лежал, свернувшийся калачиком, как малый ребенок. На боку. Глаза закрыты.

Я повторил вслух отрепетированное предложение.

Раз. Второй. Третий.

Громче и громче.

Винниченко открыл глаза.

Показалось, он узнал меня в лицо.

Я уточнил:

— Я Нисл Зайденбанд. Говори про моего батьку! И про маму мою говори! Я Нисл Зайденбанд.

Винниченко повторил за мной с моей же интонацией:

— Я Нисл. Я Нисл. Я Нисл.

Отвел глаза. Но только на мгновение.

Попросил:

— Закрый мэнэ кожухом. Холодно. Дай мэни трохы полэжаты. Трохы.

Я сурово ответил:

— Не закрою. Замерзнешь. А я тебя не закрою. Говори.

Молчит. Смотрит на меня открытым взглядом. Но не видит. Точно не видит.

Я наступаю:

— Подушку заберу у тебя. С печи столкну. Воды не дам. Пока не заговоришь, гад полицайский. Ходить по тебе буду ногами своими.

Молчит.

Я его с печи стащил. Говоря откровенно, скинул на пол.

Скинул и стал над ним:

— Говори!

Молчит.

Хотел его ударить ногой. Не смог.

Сел рядом, повалился ему на грудь, обнял руками, захватил, сколько смог, и стал качать, как младенца качает мамаша.

И рыдаю страшным последним плачем:

— Говори, гад, говори! Ой, говори мне, что знаешь! Некуда мне идти от тебя! А ты молчишь, гад проклятый! А ты молчишь, гад фашистский! Ты меня зачем спасал, зачем ты меня спасал, я тебя спрашиваю?! Я тебя сейчас буду убивать за всю мою сиротскую жизнь, а ты молчишь!

В общем, я потерпел неудачу. И не прибил Винниченку, и не привел в сознание. А только даром вошел в страшное состояние, из которого мне выхода не оказалось. И от усталости, и от обиды, и от всего на свете, я заснул. На полу. На земляном. В обнимку с Винниченкой.

Среди ночи я очухался. Винниченко храпел от несвойственного лежания. Храпел, даже будто захлебывался воздухом изнутри. Затащил его на печь. Он был легкий. От голода и болезни остались кожа и кости. Накрыл кожухом. Ничего он не просил. Ни пить, ни что другое.

Я лег на кровать. Помню, тут Гриша всегда спал, прямо у окна. Я ему в окошко условно постукаю, а он тут же ответит и голову высунет. Нет Гриши. А есть только бессловесный Дмитро Иванович. И ничего не осталось от меня. Ни папы не осталось, ни мамы. Ни сведений никаких новых.

Положил руки под голову и для отвлечения стал свистеть мелодию. Я любил свистеть и свистом разгонять свою тоску. Школьниковы меня одергивали, указывая, что от свиста не будет денег в доме. Я сдерживался. А тут никто не мешал.

Посвистел и заснул. Как наново на свет народился.

В хате и в сарае Виниченки я обнаружил кое-какую еду. Картошка, лук, желтое старое сало.

Я готовил себе и кормил Дмитра Ивановича. Сменил ему белье, грязное сжег в печке. За водой ходил к ближайшему колодцу, где встречал знакомых.

Вера Кузьмовна одобрительно кивала в сторону Винниченковой хаты:

— Грыша прийдэ, а батько доглянутый. А як же. Ты ж з ным друг. А Грыша прыйдэ, а тут друг закадычный. Вы з ным и выпьэтэ, и поговорытэ. А як же ж. Як люды. Молодэць, Нишка. А баб дурных нэ слухай. Бабы говорять: еврэйчик наш ночуе в полицайський хати. А шо? Дмитро на хорошому счету до войны був. И писля вийны на хорошому став. А в вийну... А шо в вийну? То ж дирка. Дирка, кажу, вийна. Дирку зашили жиламы, и дали живэмо. Правыльно, Нишка?

Я не отвечал, но видом показывал, что обсуждать не намерен.

Я рассчитывал, что как только появится Янкель, бабы мне скажут. Тогда уже я перееду к нему. И начну восстанавливаться на новом месте. Янкелю можно доверить всю подноготную. Как он к ней отнесется — я старался наперед не размышлять.

У Винниченки я прожил неделю. Когда я мучил Винниченку, во время резких движений моя рубашка треснула, на спине и под мышками. Нитоки-иголок я не нашел. Гришина одежда пришлась мне как раз. Хоть и плохонькая, но чистая. Выстиранная еще Мотрей.

Каждую секунду я ждал, что Дмитро Иванович подаст осмысленный голос.

И вот случилось.

Когда я давал ему напиться, он посмотрел на меня удивленно:

— Нишка? Зайденбанд?

— Я.

— Прыйшов. Я знав, що прыйдеш. Нишка. От зараз я встану. Зараз.

Винниченко сделал попытку подняться. Раз. Второй. Третий.

Сел, свесил голые ноги.

Уставился на меня:

— Нишка, шо ты тут робыш?

— Вас смотрю. Вы ж болеете, а я вас смотрю. Кормлю.

— Ну-ну. А я шо, спав?

— Болели вы, Дмитро Иванович. Сильно болели.

— А тэпэр шо, нэ болию?

— Теперь нет. Теперь вы здоровый.

Я на всякий случай надбавил оптимизма в свое сообщение. И Винниченко поверил. Слез с печи. Дошел до стола. Там и картошка, и сало, свежие огурчики, и яйца вареные. Вера Кузьмовна дала.

Поел.

Сидит как на иголках.

Я спрашиваю:

— Что такое? Может, вам помочь? За большим делом надо? Так не стесняйтесь, я вас кругом уже изучил, и спереди, и сзади. До уборной доведу под ручку.

Пошли во двор. Но Винниченко не имел в виду уборную. Остановился, оперся об мое плечо и крепким ненатуральным голосом говорит:

— Ось тэпэр буду жить.

Сказал, меня оттолкнул и твердо стал своими босыми ногами на траве. Раздетый, разутый, грязный, аж запах по воздуху льется неприятный. В хате вроде принюхались. А на солнце слышно сильнее.

Я говорю:

— А раз будете жить, так давайте грязь смывать общими усилиями. Хватит размазывать.

И так громко сказал, чтобы соседские бабы слышали. А то как мертвому помогать, так их нету. А как шептаться насчет гигиены — они первые.

И обращаюсь в лицо:

— Женщины, окажите помощь. Я сам, как мужчина, не имею навыка. А вы ж сможете лучше всех.

Устройте немощному помывку. И генеральную уборку в хате. Коммунистический субботник.

И улыбаюсь приветливо.

И правда, бабы отозвались душой на мое пожелание. И помыли, и убрали, и двор подмели.

Сидим все — человек восемь — в хате. Нас мужчин двое — я и Винниченко — лежачий. Остальные бабы. Бабы принесли еду, самогонку, наливку. Едим, пьем, говорим тосты.

Винниченко лежит на печи, как именинник. Ему наперебой то картошечку поднесут, то сальца жареного кусочек, то яичко беленькое, то помидорчик красненький, то огурчик зелененький. То яблочко желтенькое.

Он рукой отодвигает и требует глазами выпить. Налили стопку. Выпил одним махом.

Заснул.

В ходе подобного мероприятия люди невольно сближаются. Пошли разговоры по душам.

Выяснилось, что весь Остёр ломает голову, почему я приехал. Я объяснил, что хочу поселиться здесь наново. С чистого листа.

Бабы приветствовали мое решение. Каждая по своему особому знакомству в той или иной сфере деятельности предлагала мне помощь. Разнеслись слухи, что я парикмахер. Харытя Потаповна заверила, что у нее в райсовете кто-то заведует вопросами бытового обслуживания, и в два счета меня определят в парикмахерскую вместо нынешнего мастера. А если не вместо, так что-нибудь придумают, чтоб использовать по назначению. После войны много заботились о культуре. Культурный человек меньше склонен к зверствам.

Потом перешли на прошлое. Вспомнили павших героев. Хмель брал свое.

Я говорю:

— Вот как распорядилась судьба. Пьем в хате полицая. Отдаем дань павшим партизанским героям и бойцам Красной Армии. А полицай на печке, накормленный и помытый до белого состояния вашими трудовыми руками, храпит.

Бабы замолчали. Отставили стаканы.

Стали прощаться. Я объяснил, что не имел в виду ничего обидного. Мало ли как жизнь складывается. Но напрасно. Веселье не вернулось.

Когда все разошлись, я подумал, что надо было рассказать, как Винниченко меня отогнал от верной смерти. Решил, что сделаю это в следующий раз.

Приснился Субботин и величественное здание вокзала в Чернигове. Я проснулся под внутренние звуки губной гармошки.

На пороге стоял Гриша Винниченко.

Меня узнал сразу.

Я кинулся обниматься, но он отступил.

— Ты чего тут, Нишка? Мне писали, ты в Чернигове на теплом месте.

— Был. А теперь тут. Ты против?

— А что мне против. Земля общая, советская. Я удивляюсь, что ты у нас в хате кидаешься обниматься со мной. С отцом пьянствовал, вижу. Сулея ополовиненная.

Гриша решил, что я просто в гости зашел. Про плачевное состояние отца не догадался.

Я рассказал. Про ухаживание, про то, что батько его одной ногой побывал в земле на два метра. Неизвестно, очухается или дальше в землю заглубится.

Гриша слушал меня и смотрел на печь, где надсадно храпел Дмитро Иванович. Подошел к нему, постоял. Потрогал рукой голову.

— Горячая.

Я обиделся.

— Я ему температуру не мерил. Я его с того света тащил. Руки занятые были. Сам меряй, если такой умный.

Гриша задумался.

Через силу протолкнул слова в мою сторону:

— Нишка, ты мне честно скажи, зачем пристал к батьке?

— Ничего я не пристал. Вещи у меня украли на подъезде к Остру. Куда мне идти? К тебе пошел. Не к батьке твоему. А ты в армии. Сказали, вот-вот прибудешь. Ждал. И дождался.

Гриша облегченно вздохнул.

Но сказал со злостью:

— А я подумал, ты с отца шкуру явился сдирать. Так я тебе хотел посоветовать с половины Остра содрать, чтоб больнее получилось. Чтоб тебе большее облегчение сделалося.

Я промолчал.

Сели за стол. Кое-что осталось из еды. Выпили. Я немножко. И Гриша немножко и сразу еще целый стакан.

Пошел разговор.

Гриша хотел записаться добровольцем, как только освободили Остёр. Смыть кровью позор за отца-полицая. Но по возрасту его взять не могли.

Мотря рада была сына со двора вытолкать хоть куда, только б с глаз начальства долой. Пусть бы он был далеко, если батьку пустят в расход или в лучшем случае в тюрьму. Тогда думали, что всех полицаев и других прихвостней постреляют без рассуждений. Но как-то обошлось. А Гриша нужное время пересидел на хуторе, а в свое время призвался. И после войны служил. Между прочим, на самом Дальнем Востоке. И там якобы видел отдельных японских женщин. И отзывался о них хорошо. Аккуратные и приветливые. Говорят тихо и ласково, а не как наши некоторые.

Я слушал внимательно. Но думал о своем.

При Грише Дмитра Ивановича не потрясешь. Не выгонишь из него правду. Замолчит под защитой Гриши, даже если что-то и знает про моего отца и маму. Я рассудил трезво: если б у него в голове хранилось что-то, что можно всем рассказать, давно б понес по Остру каждому встречному и поперечному. А раз не понес, значит, тайна. Может, у отца ценности какие были. Тогда много рассказывали, что после того, как погнали немцев, на дорогах золото валялось. Фашисты бежали и бросали свое добро.

И так подобная мысль мне понравилась, что я в ней утвердился. И сказал про нее Грише.

— Мой отец у твоего батьки гостевал после войны. Из лагеря вернулся. В 49-м. Где прохлаждался после победы — неизвестно. Так, видно, ему хотелось на родную землю попасть, что аж застревал по дороге в каждой ямке. Не знаю, почему к вам двинулся. Сведения призрачные. Но надежные.

— Ну, и что? А ты подумай головой своей дурной, Нишка, пришел бы твой батька прямо с лагеря в нашу хату полным ходом? Он бы в свою зашел. Ну, выгнали б его оттуда, не выгнали, а люди б видели. Потом бы к кому-то из ваших пристал для отдыха. И ваши б его видели в глаза. А сюда — в последнюю очередь. Причем в самую последнюю. Его б сюда совесть не пустила. Ему б еще на улице доложили, что его друг и соратник Дмитро Винниченко, которого он раньше горячо приветствовал, стрелял евреев над Десной. Нет. Тут его ноги не стояло.

— Так никто его не видел, чтоб он по хатам стучался. Музыченко его в больницу сдал. Вроде Янкель забрал его оттуда. Вроде не забрал. Маму с ним вроде видели. Вроде не видели. Но сюда он точно заходил. Он Дмитра Ивановича вспоминал за минуту до своей смерти. Правда, он находился не в себе. Но вспоминал.

Я подумал и решил, что буду размышлять дальше сию же минуту. И додумался, пока Гриша выпивал и закусывал.

Про ценности, которые находились у отца.

Причем по моим размышлениям невольно получилось буквально из ничего, что я сам лично знаю, что ценности таки были. И чуть ли не сам отец мне открылся в свою смертную минуту.

И только тут у меня в голове стало на место. Ясно и понятно. Раз незаконное богатство, то к кому ж идти, как не к Дмитру. Он замаранный, значит, смолчит и поможет для отмазки. И друг. И обязанный по гроб после всех своих провинностей.

Все сошлось в один узел. В Чернигове у отца при себе ничего особенно не находилось. Значит, оставил у Винниченки на сохранение.

Я невольно обвел хату новым взглядом. Каморка и есть коморка. Но несколько сундуков по углам. Чем-то ж они набиты до верха, крышки не закрываются плотно. Погреб. Потом — сарай. Земля за домом. Садик.

Где искать? Когда? Мне некогда было, Гришину одежку сверху где-то хапнул — и ладно. Теперь у Гриши на виду не разойдешься в полную силу. Поздно я спохватился. Поздно.

Грише ничего не разъяснил. Просто перевел на другое.

Назавтра Дмитро Иванович открыл глаза во всю ширь и узнал своего сына.

Гриша как будто забыл про наш разговор. А может, и забыл, так как выпил в отличие от меня многовато. Я и не возвращался к объявленной теме. Тем более что мне доложила Вера Кузьмовна: в магазине видели Янкеля.

Я сообщил Грише, что перехожу на жительство к Цегельнику.

Янкеля застал за отдыхом. Он сидел возле стола и читал газету.

Я зашел с широкой улыбкой на лице, чтоб сразу не испугать человека.

Янкель ни «здравствуй», ничего, спрашивает утвердительно:

— Ну что, Нисл, дорогой мой побратим. Весь Остёр с ног на голову поставил? Всех переполошил?

Я отшутился, что веду себя спокойно, как обычно у меня принято. Янкель знает по своему опыту. Мостов не взрываю. В засадах с гранатами не сижу.

Янкель нахмурил лицо. Но в следующую секунду обнял меня, как родного и близкого.

— Нишка, запахло жареным, и ты тут как тут. Нюх у тебя звериный. Я всегда говорил: Нишка ночью сон потерял, значит, ждите немцев. И ни разу ты не подводил. Чувствовал их, гадов, за десять километров.

Мне нечего было возразить. Военное прошлое нахлынуло на глаза, на уши, в середину живота. Захватило все. И шею мою захватило, не продыхнуть.

Я присел на табуретку, сложил руки на коленях, опустил голову. Хотел что-то сказать, но Янкель меня опередил громким ударом кулака по развернутой газете.

— От, читаю газету. «Правду». Центральная газета, в самой Москве ее пишут. Сто раз пишут черновики, чтоб ошибки не получилось. И в газете написано в первой странице по белому: космополиты раз, космополиты два, космополиты три. А на закуску фельетон, как один космополит продал свою совесть за три копейки врагам. А зачем продал? А ни зачем. Сказано ж — за три копейки. Такой у космополитов интерес. Три копейки. А больше даже не гроши те поганые, а чтоб назло. И я тебя, Нишка, спрашиваю, кому назло? От ты есть отборный космополит. И по лицу и по всему. От ты кому назло за три копейки свою совесть продал бы б? Молчишь? И я молчу. И все у нас тут в Остре молчат. Затихли.

— Кто затих? — я готовился со своим рассказом, а Янкель меня сбил.

— Кто? Евреи. Космополиты. Поджигают третью мировую войну на просторах СССР. Всех людей, кроме себя, хотят убить и пановать тут до заворота кишок. Жрать, пить, гулять. Или еще какие планы есть? Ну, в кино ходить без перерыва. И там квасом наливаться и салом заедать.

Янкель замолчал и уставил на меня известные своей твердостью глаза.

— Нишка, ты в Чернигове жил. Областной центр. Там сведений больше обретается. Не даром ты сюда приехал. Без вещей. Мне доложили. Дужченко Оксана и доложила. Украли, говоришь? Ага. Любенький мой хлопчик, ты удирал с Чернигова. Удирал. И таким манером, что нитки с собой захватить не успел. А ты придумал — украли. Только осознать не могу, зачем ты такой тарарам устроил. Зачем всему Остру глаза мозолил. Почему не сидел тихонько. И тем более не понимаю по законам партизанского движения, почему ты сюда приперся, где тебя каждая собака знает наизусть?

Я не мог вникнуть, к чему Янкель клонит. Откуда и что ему известно и как он это перекручивает у себя в мозгах.

Но Янкель и сам мне разъяснил, что имелось в виду.

Янкель посчитал, что я появился скрываться от линии партии и правительства насчет космополитов. Из областного центра в глухую местность. Он рассудил, что я такой дурак, что могу себе разрисовать в мозгах своих куриных, что от линии партии и правительства можно убежать. И вот я прибежал сюда.

Он мне такое изложил.

А я ему толково ответил:

— Янкель, я газет не читаю. И сплетен бабских не слушаю. Не скрою, умные люди мне намекали, что широко развернулось в частности в Чернигове еврейское засилье. У нас в парикмахерской и так и дальше. Но я не в курсе полного объема. Я сюда совершенно по другому поводу прибежал. Именно прибежал. Тут твоя правота имеется. И вещи у меня в действительности по дороге украли. Так я вещи заранее собрал в торбу и торбу неосмотрительно бросил в небойком месте. Я не виноват, что оно оказалось очень даже бойкое. Я, Янкель, человека убил. Немца, правда, пленного, но почти расконвоированного перед отъездом в его проклятый фатерлянд. И меня по описаниям ищет милиция. И даже не милиция, а бери выше. МГБ. Вот, Янкель. А ты с талмудами своими газетными на меня прешь и слова сказать не даешь.

Янкель поднялся из-за стола. Газетку сложил в четыре слоя.

Гладит ее и говорит:

— И чего ж ты ко мне приперся?

Я говорю:

— Приперся, потому что ты был партизанский командир. Я ж немца убил, а не советского человека. Это раз. Кроме Остра у меня нигде никакого кола нету. Это два. И три: ты моего отца из больницы забрал и от тебя он пришел ко мне в Чернигов. Я хочу узнать его слова в твоей передаче.

— Понятно, — Янкель газетку в трубочку свернул, подошел к окну. Стал бить мух на стекле.

Побил немножко для отвода впечатления и приговорил:

— Сейчас ты ко мне пришел под защиту. А я тебя защитить не могу. Спрятать могу. А защитить никак. Устраивает такое?

Я удивился:

— Зачем меня прятать? У меня паспорт, у меня специальность. У меня тут и хата есть. В ней посторонние люди живут, но мне ж положено. Тем более я партизан. Буду тут проживать на виду у всех. Усы отпущу. Волосы перестригу. Ты, Янкель, представить не можешь. Ты височки немного по-другому подбрей и шею высоко не сними — и все лицо по-другому играет. Меня ж не по фамилии ищут, а по внешности.

Янкель окружил меня со спины и захватил мою голову своими ручищами как раз возле ушей. Аж до солнечных лучей в мозгах. Поднял с табурета. Я чуть не висел на воздухе.

— Слушай сюда. Подробные черточки ты мне потом расскажешь дословно. Как убил, где, по какому празднику. И такое подобное. Сейчас пойдем в твою хату к людям, которые там расположились. Вроде просто поздороваться. Скажешь им, сюда приехал погостить налегке. Жить тут не собираешься. Пусть не пугаются и с соседями не обсуждают скорое твое воцарение на старом месте после того, как они с углей твою хибару отстроили из чистого золота. Потом зайдем к Винниченке. С Гришей попрощаешься. Я на дороге постою. Я в ту хату даже через тошноту не взойду. К Музыченке заглянем. Там прощальные слова произнесешь по всем адресам. Заверишь — сегодня остаешься ночевать у меня, а с рассветом — обратно домой, в Чернигов. Посмотрел тут, вспомнил былое, хватит. У тебя отпуск кончается, тебе очень хорошо и прекрасно. Понял?

Распустил зажим. Отправил меня на землю.

Я мотанул головой утвердительно. По давнему опыту знал: если слушаешь Янкеля — слушай. Целиком и полностью. Наполовину — бесполезно.

И мы с ним пошли по Остру. Оба для вида веселые и устремленные в светлую даль.

В моей бывшей хате я не узнал ничего.

Там находилась глухая старуха, насквозь перевязанная платками: и вдоль и поперек, и голова. А также трое детей различного маленького возраста. Один еще в люльке. Всего четверо.

Я говорю:

— Здравствуйте вам у хату, хозяечка. Я тут до войны жил. Зашел сказать доброе слово родным стенам.

Старуха молчит, но напряжение чувствуется.

Старший хлопчик тянет ее за подол:

— Бабця, бабця, то той жид, що тато казалы. Вин нас прогоныть на вулыцю. Чуеш, бабцю! Зараз прогоныть! Я за татком побижу.

Выбежал. И на меня оглянулся. Кулачком погрозил. Две девочки попрятались. Одна под лаву, другая — под печь. Старуха к люльке пошкандыбала, вроде ей там что-то срочно надо. А ребеночек там мирно спит. Ему ничего от бабкиного участия не требуется. Мне с порога видно. И Янкелю видно. Он мне подмигнул.

И во всю силу голосом произнес:

— Мы зараз пидэмо. Мы тилькы на хвылылку. Чуетэ? Вин тут житы не будэ. Вин у Чернигови живэ. У Чернигови, чуетэ?

Бабка взяла ребенка на руки, стала колыхать. А сама на него ноль внимания, на Янкеля пялится, силится прочитать по губам.

— Цяя хата за вамы зостанэться. Йому нэ потрибно ничого. В ньго нова е. У Чернигови. Пэрэдайтэ свому сыну.

Янкель махнул рукой на прощанье и вышел первый.

А я прирос. Стою и стою.

Бабка с дитем стоит. Дите орет. Его ж разбудили до времени. Бабка специально и разбудила, чтоб орал.

Я ее замысел раскусил, быстренько подошел к ней и забрал из ее слабых старческих рук младенца. Она не проронила ни слова. Окаменела. Я младенца голого, мальчика, держу на руках и не знаю, что с ним делать. Как успокоить. Качаю из стороны в сторону. А в голове морок.

Тут прибежал маленький, что за отцом бегал. За ним забежал и мужик. Здоровый. Сильный по внешности.

Янкель курил за калиткой, не сориентировался или папиросу пожалел. Докуривал.

Мужик на меня с кулаками:

— Виддай дытыну. Виддай, кажу, — тихо говорит. — Забырай свою хату, а дытыну виддай.

Я держу. Руки затекли, не пошевелюсь. Только вожу глазами по хате из края в край, из угла в угол.

Мужик ко мне. И ударил бы. А у меня ж хлопчик заливается на руках каменных. Вроде заложник. Так мужик решил.

Тут зашел Янкель. Увидел такое страшное дело, взял у меня младенчика, в люльку засунул, качнул, люлька ходуном пошла по своему накатанному пути.

Я вернулся в себя.

Мужик ко мне — и замолотил кулаками прямо в лицо.

Бабка орет благим матом, и Господа и черта вспоминает, дети кричат по своим углам.

Не помню, сколько длилось испытание. Янкель как-то положил всем нам конец. Меня за плечо одной рукой придерживает, чтоб я не упал от душевной слабости, мужику локоть назад завел, аж лопатка вывернулась, как у горбатого.

— Цыц, — говорит. — Цыц всем. И вы, мамаша, и ты, бешеный, и ты, дурак, — это в мою сторону. — Успокойтесь. Садитесь кто куда.

Расселись. Бабка заняла пост у люльки. Завела платок за ухо, чтоб хоть что-то в ухе застряло. Слушает.

Янкель провозгласил:

— Мы к вам с добром. Поздороваться. А вы ждали другого. Понятно. Вы детей против нас настроили. При них обсуждали. Что обсуждали, сами знаете. Нехорошо. По закону хата чья? Зайденбанда, — кивнул на меня. — Вы здесь живете на каких основаниях? На птичьих основаниях по случаю войны и ее последствий. И вот хозяин, — Янкель опять кивнул на меня, — добровольно отказывается от своей родной хаты. Чтоб вам в ней вечно жить с детьми. А ты его кулаками встречаешь! При детях. Ану, миритесь! И мы пойдем.

Я с готовностью протянул руку мужику.

Спросил:

— Как вас зовут?

— Дудко. Павло. Ивановыч.

— А меня Нисл Зайденбанд. Моисеевич.

— Я ж думав, ты хату назад забэрэш. А у мэнэ диты. Маты стара.

— Не. Не забэру.

— А як пэрэдумаеш?

— Не. У меня в Чернигове и хата, и все.

В глазах Павла Дудки засверкали искры.

Он предложил:

— Ну як такэ дило, напыши одказ. Шо вид хаты своеи отказуешся у мою пользу. Зараз пидэм у контору, печатку поставымо. А? Нэ напышеш? Ни, бачу, нэ напышеш. Обманюеш. Помучиты хочешь. Познущатыся з нас. Отаки вы уси. Всэ з вывэртом. Нэ по-людському.

Я взглянул на Янкеля. Янкель сплюнул. Но без слюны. Не пачкать же пол в чужой хате. Но подошвой по полу шоркнул.

— А что, Нисл. Пиши.

Я написал бумажку.

Втроем пошли в райсовет. Бабка с детьми смотрела на нас и махала руками.

В райсовете Музыченки на месте не оказалось. Оксана стучала на машинке. Объяснили ей суть дела. Она оформила бумажку. В каком-то закутке шлепнула печатку. Отдала Дудке. Тот побежал со слезами радости.

Янекль теперь взял инициативу в свои руки. Объяснил, что я уезжаю утречком, на самом рассвете. Просил поблагодарить Музыченку. Хлопал меня по плечу, чтоб я улыбался. Но я ни разу не сумел разорвать свои губы.

Потом на очереди находился Винниченко.

Янкель отказался даже стоять на дороге возле его хаты. И совершенно справедливо. Уже если идти — так заходить. А не заходить — так и не идти.

Янкель двинулся домой и велел обернуться за двадцать минут предельно, потому что дальше он за себя не отвечает, так как я у него в печенках засел, хоть и за короткое время.

И вот я у Винниченки.

Гриши нет.

Дмитро Иванович лежит на печке, смотрит в потолок.

Я окликнул.

Ноль внимания.

Сильнее гаркнул.

Он на меня глаза спустил, но без особого выражения.

Я говорю:

— А что вы со мной не здоровкаетесь? Не узнаете?

— Узнаю, — и опять устремляет глаза в потолок. — Я тэбэ ще через викно упизнав. И Янкеля Цегельника. Шо ж вин тэбэ покынув? Не захотив до мэнэ зайты. А я ж хворый. До смерти хворый. Я б вам двоим слово шепнув. Двоим. А тоби одному ничого не скажу. Иди отсюдова. Я на тэбэ сыльно обиженный.

— Интересно, за что?

— За Грышу. Грыша опысав, як ты за мною полудохлым ходыв, грязь мою подтырав. А як я очухався, ты и сбежав. Мертвому не стыдно помогти. А живому стыдно. Живой — опять, значыть, полицай замаранный. А ты партизан. А шо этот замаранный тэбэ спас? Не щитается? Батько твой другого мнения був. Сыльно другого.

Я насторожился.

— Вот вы, Дмитро Иванович, мне про батька моего Моисея Зайденбанда и расскажите.

— Токо наравне з Янкелем расскажу. Его сюды прывэды.

Отвернулся к стенке и принялся крейду колупать. Она сыплется и кусками тонкими, и белым порошочком. На кожух, на руки его. Я про отраву подумал. Если б у меня был цианистый порошок, без думок приставил бы к его горлу гадскому. Тогда б он у меня все сказал.

Разозлился без предела.

— Ну, морда говняная, оставляю сейчас тебя без своего влияния. Некогда. Но ты не надейся. Я с Янкелем приду. Все скажешь. И Гришу своего не зови. Не поможет.

Винниченко повернулся. Пульнул в меня ошметком крейды, попал на плечо. Я отряхнулся. А следок остался.

Винниченко засмеялся.

— Дак ото ж.

У меня родился план сию же минуту забежать к Янкелю, привести его мольбами к Винниченке и выбить-таки сокрытое из винниченковой души.

Но судьба распорядилась иначе.

Когда я с порога заголосил, что Винниченко гад и Янкель сейчас же обязан со мной пойти и душу из него вытрясти, Янкель сказал:

— Или ты зараз заткнешь свой поганый рот и сядешь в уголку тихо, или я тебе так врежу, что ты ляжешь и ногами будешь дрыгать до скончания веков.

Я замолчал и присел на табуретку возле этажерки в простеночке. Сел и сижу. Жду, что все равно вдарит. Лицо его ясно говорило про это.

Янкель начал:

— Ты что делаешь? Ты куда ходил? Ты по тылам противника ходил. Ты обманный маневр должен был совершить. Ты усыпить бдительность должен был. А ты что? Ты опять хипеж сделал. Ты дурной бесповоротно.

Я молчал от несправедливости. Потому что я не дурной.

— Что ты молчишь? Ты свое положение понимаешь? Оно тебе не мешает или что? Оно тебе на селезенку не давит?

— Давит. Я не виноватый.

— Виноватый. Ладно. Я виноватый. Я. С меня спрос за провал. Может, и лучше, что ты делаешь отход с обидой. Лучше запомнят. С добром когда уходят, забывают быстро. А обиду запомнят на носу. Согласен?

— Ну.

— Мне в спину визги твои поросячьи от Винниченки лупили, как мины. Артобстрел. Что ты к нему пристал, что ты его трусишь, як грушу?

— Надо. Он у моего батьки кое-что украл. И отдавать не желает.

— До войны украл?

— Не. После. Отец к нему из лагеря заходил. Тогда и доверился. А Виниченко украл.

— Откуда знаешь?

Я неопределенно мотнул головой.

Янкель не расспрашивал. А мне хотелось сказать.

Я безотчетно заговорил:

— Я тебе все равно. Меня не в счет. Ты меня и слушать не хочешь. Ты спроси, как я немца кокнул. Почему. Тогда по-другому заговоришь. Я не бандит с большой дороги.

— Заткнись. Ни слова я от тебя слышать не буду. Ни однисинького слова.

Янкель повалился на кровать в сапогах. Ногу на ногу положил, руки крестом под голову. Замолчал.

Потом выдавил:

— В три часа ночи подъем. Я разбужу. Сам из дома выйдешь. Дойдешь до шляха. Сменишь пару попуток в сторону Чернигова. С шоферами не болтай. Деньги заплатить я тебе дам. За Ягодным сойдешь в лес. И лесом своими ногами идешь до Мареничей. До пирамидки дойдешь, свернешь направо метров триста. Глубже в лес. И там меня жди. И ни с места. Сколько надо, столько и жди. Пожрать я дам. И чтоб ни одна живая душа тебя не видела. Сошел в Ягодном и пропал. Ехал в Чернигов и не доехал. Понял?

— Понял.

— Теперь слушай. Как ты это время жил, что делал, с кем водил знакомство — ни за что мне не говори. Если мне враги ногти рвать начнут, — вытерплю. Но от своих я и не вытерпеть могу. Выдам лишнее от тоски. Фашистам бы не выдал. А своим именно от тоски могу дать слабину. Задурят голову. От тебя не требую. Если начнут мучить, говори про меня. Понял?

— Понял.

— Теперь про твоего батьку. В Остре балакают, что я с ним виделся. Я с ним виделся глаза в глаза. Я к нему в больницу приходил. Он меня оттолкнул. Чтоб ты знал. А к Винниченке он заходил. Сразу, как в Остре появился. Это правда. Зачем — черт знает. За тебя поблагодарить. И за тех, кто возле Десны лежит. Ты Дмитру спасибо сказал? За себя.

— Не. Не до того было.

— И правильно. Хоть и неправильно. У нас тут такой клубок заклубился. Пол-Остра надо благодарить, а половину по мордасам лупить до второго пришествия. У нас другая задача. Я тебе всего раскрывать не намерен. Ты себя уже зарекомендовал. Гриша дома присутствовал?

— Не. Я ж думал, мы с тобой пойдем вместе. А тогда и Гриша подтянется.

— Гриша подтянется. Гриша обязательно подтянется. Ложись спать. И не крути мне задницу.

Я заснул. Не от того, что Янкель приказал, а от расстройства.

Среди темноты я проснулся и спросил у Янкеля ясный вопрос:

— Янкель, ты тут живешь жизнь. И твои родители, и деды-прадеды. Неужели ж ты думаешь, что

Мельниченко, к примеру, или Оксана Дужченко, твои боевые побратимы, поверят, что ты их хочешь свести со света? Неужели ж они тебе иголки под ногти будут загонять?

Янкель молчал. Курил, а молчал.

Потом сказал:

— Нишка, у немцев в Германии своих евреев было видимо-невидимо. Тоже от дедов росли и жили рука об руку и плечом к плечу. А что получилось? *Линия*. Вот в чем вопрос. *Линия и еще раз линия. Линия* с человеком делает удивительное. *Линия* начинается в мирное время, а заканчивается ого-го где. Невозможно понять высоту. Расскажи про своего немца. В двух словах.

Я коротко рассказал. Туда и Субботин уместился, и Надя Приходько. И старики мои Школьниковы. И Букет. И смерть отца.

Янкель послушал. Загасил папиросу в стакане с недопитым чаем. Приказал спать полчаса.

Растолкал в три. Дал узелок. Денег немножко. Повторил задание. Вытолкал на большую дорогу.

Про маму я почему-то не спросил.

Сделал, как наказал Янкель.

Дождался в намеченном пространстве до глубокой ночи.

Янкель вывел меня не на большой шлях, а на кривую дорожку. Там стояла телега. Гора травы. Меня спрятал в траву. Сам правил конякой.

Ехали молча. Только сначала филины ухали. Я для бодрости им подражал, как когда-то в военные времена. Но Янкель цыкнул, чтоб не выделывался.

Ехали шагом.

Я заснул. Спал и думал. Может, про меня в Чернигове кому надо — забыли или вообще в учет не приняли. А я тут шляюсь, людей баламучу. А если не ищут меня за немца, то остается только газетная установка на космополитов. Янкелевы опасения. Субботинские намеки. Ничего определенного.

Одно есть непреложное: Дмитро Винниченко и мой отец. И еще моя мама. Была она или не была? Куда делась? Почему не осталась при отце в больнице? Почему ее никто не видел после того, как она промелькнула на окраине Остра? Да и кто этот промельк видел? Домыслы. И мне представилось в сонном состоянии, что нет и не было на свете ни мамы, ни отца, ни войны, ни газеты «Правда», ни Винниченки. И стало мне свободно.

От раскачки в подводе заболела каждая косточка. Я крутился. Толкал Янкеля. Он не обращал внимания словесно, но кнутом меня пару раз огрел. Через траву.

Наконец, остановились.

Янкель скомандовал:

— Вылазь.

Перед моим взором обнаружилась партизанская стоянка. Землянка. Кое-какие строения на скорую руку. На скорую руку, а удержались за столько лет. И даже след от громадного кострища не зарос.

В кромешной тишине пели птицы, потому что начинался рассвет.

Янкель показал вокруг рукой:

— Тут будешь жить.

— Сколько?

— Сколько надо, столько и будешь. Пойдем
в землянку.

Мы спустились.

В землянке сидела моя мама. Старая-престарая. Но точно она. Она ж не Гитлер, чтоб разводить двойников.

Она закрыла рот руками, и я услышал только тихий стон.

Вот что я узнал из ее пересказа.

Когда Айзик Мееровский послал их с отцом для срочного спасения колхозной животины, они постепенно быстро оказались в тылу превосходящих сил противника. Они скрывались по лесам и у людей. Но их рано или поздно выдали немцам.

Маме и папе повезло. Их не расстреляли сразу, а отправили в гетто в Боровичи. Там они пробыли недолгое время — около восьми месяцев. Мама твердо запомнила этот срок, потому что она забеременела уже в гетто. По ее расчетам, в первый день пребывания.

Они с отцом словно сошли с ума в ту ночь, и, не сговариваясь, бросались друг в друга бесконечно. Прямо на улице возле дома, из которого их могли видеть. Если не считать темноты.

Мама говорила:

— Нам не было стыдно. Нам совсем не было стыдно. Ты взрослый, и я тебе могу сказать про это. Ты понимаешь?

Я не понял. Мне стало неприятно, что родная мать передо мной раскрывает подобные подробности.

Но она продолжала:

— Потом мы не прикасались друг к другу. Когда делили еду, я отдавала Моисею больше. Он брал. Я радовалась, что он не отказывается. Но он терял силы. Тогда я уговорила его стать помощником полиции внутри гетто. Он согласился. Кто-то ж должен был это делать. К тому же мы надеялись, что рано или поздно нас всех отпустят. Нельзя же взять и убить сразу столько народу. Ничего плохого папа не делал. Следил за внутренним порядком. Везде нужен порядок. Нам же будет лучше, если будет порядок. Он и еще такие же получали отдельный паек. Но я не брала себе больше, чем раньше. Все съедал он. Он много ел. Не так, конечно, как в мирное время. Но не голодал. Но худоба съедала больше, чем он сам мог запихнуть себе в рот.

Однажды какой-то старик не снял картуз перед полицаем. Не из принципа. Задумался. Старый человек.

Отец старика стукнул по голове. Не сильно. Можно сказать, смахнул с него картуз.

Старик специально спокойно сказал: нельзя еврею бить еврея. Отец закричал, что от этого все наши беды и есть. Что мы носимся со своим еврейством, как дураки с писаной торбой, и остальные люди думают, что еврей за еврея в любом случае встанет горой наперекор остальным в еврейскую пользу. И вот до чего дошло.

В один день я спросила Моисея, что, может, он состоит в какой-нибудь подпольной организации. Может, этим фактом вызвано его усердие в глазах наших мучителей. Он твердо посмотрел мне в лицо, одним махом во все лицо, не в глаза. И сказал: подпольная организация у меня внутри.

Я считаю, что Моисей был подпольщик. Он всегда при любых условиях такой.

В это время я убедилась, что в положении.

В гетто находились разные специалисты. Врачи. Профессора. Но я не знаю, чтоб женщины делали аборт. Рожали. И я пустила на самотек.

Потом меня отправили в концлагерь. Бельцек. Моисей остался в гетто. Он лично меня запихивал в товарный вагон первой, чтоб я заняла хорошее место у отверстия в стене. Для передачи воздуха. Он делал это не в первый раз и понимал, что без воздуха не доедешь.

Из очередного пополнения нашего лагеря я узнала, что следующим рейсом отправили и Моисея. Куда — неизвестно.

Я надеялась, что он, как опытный человек, занял место возле воздуха.

В лагере у меня родился ребенок. Мальчик. Очень слабенький. Но некоторое время он существовал. Потом его отобрали у меня, и его судьба повисла в воздухе.

Про Моисея я ничего дальше не знала.

И вот Бельцек освободили. От меня ничего не осталось, кроме костей. И кости тонкие, как сухая солома. Я шла с другими, сколько могла. В Польше нас разместили в разных местах, где нашлась возможность. Я лежала от слабости. А когда встала, чтоб подышать свежим воздухом, сломалась нога. Отвезли в госпиталь. Перелом случился в нескольких направлениях. Операция, еще операция. В общем, я задержалась еще на год.

Мысли мои были с Моисеем. По сравнению со смертью — лагерь это все-таки жизнь. Только надо его пережить. Как-то ж мне удалось. Я молила Бога, чтоб и Моисей выбрался.

Однажды я немного гуляла по саду госпиталя. На костылях. Меня окликнул Моисей. Своим голосом. «Рахиль, — сказал Моисей. — Рахиль».

Мы вместе стали пробираться домой. Пришлось надолго задержаться в одном польском местечке. Из-за моей проклятой ноги. Нога не хотела двигаться. Мы осели в еврейском домике. Хозяева еле выжили. В войну скрывались. А тут мы. Но ничего, приняли.

Как-то вечером хозяин вбегает с криком, что надо спасаться куда глаза глядят, так как начинается погром. Убивают евреев.

Я спросил:

— Почему? Война ж закончилась?

Мама не ответила, а продолжала:

— Я встала с лежанки, но нога не выдержала моей нагрузки, и треснула пополам. Я поползла вперед. Моисей меня подхватил на руки, но уронил. Хозяева с детьми выбежали на улицу. Там их и зарезали поляки. Когда их резали, подоспели советские солдаты. Мы с отцом остались опять живые. Меня отправили в тот же госпиталь. Отец находился при мне. Мы делили больничную еду и старались сохранять спокойствие.

Наконец, мы окончательно выдвинулись в Остёр. Но Моисей заявил, что в Остёр идти не намеревается, а хорошо бы осесть на другом месте. Не знаю, почему. Остёр оставался для нас местом, где мы могли узнать про тебя, уверенность, что ты погиб, присутствовала в нас постоянно.

Год прожили под Брянском у добрых людей. Я болела, Моисей болел. Потом все-таки двинулись в сторону дома. Я умолила его зайти в Остёр. Здесь наши стены, здесь знакомые. Кусок хлеба дадут, а потом сами начнем становиться на ноги. Хоть с тобой, хоть без тебя.

Я спросил маму, чтобы поддержать разговор:

— Вы говорили про меня? По дороге вы про меня вспоминали?

Мама промолчала.

Вела рассказ дальше:

— Моисей мне ничего не рассказал о своих мучениях. Только что был в Гросс-Розене. Название хорошее, правда?

Она застала меня своим вопросом врасплох. Я подтвердил, что название очень хорошее. Очень.

Мама кивнула с довольной улыбкой.

— Но до Остра мы вдвоем не дошли. Я осталась в Рыкове у хороших людей. Мне наступал конец. Моисей сам пошкандыбал в Остёр. Я надеялась, что он живой.

Янкель меня увидел в Рыкове. Рассказал мне, что ты живой. В Чернигове. Привез сюда, к Моисею в больницу. Но он разозлился, что я тут. Приказал ехать обратно в Рыков и сюда не показываться. Янкель доставил меня обратно.

От Янкеля вчера узнала, что Моисея больше нету. Что он пошел к тебе в Чернигов и умер там с тобой, а ты приехал в Остёр. Вчера сказал. Привез меня сюда. Спасибо ему. Правда, спасибо? Да, Нисл?

Янкель сидел тут же. Но как-то наготове. Будто чего-то ждал лишнего.

Вдруг он поднялся и занял место до самого наката землянки.

И резанул рукой:

— Ладно. Рахиль, хватит на первый момент. Поспи.

Мама послушно закивала.

Мы с Янкелем вышли.

Я спросил:

— Зачем она такие нервные рассказы делает? Понятно, женщина. Готовилась к встрече. Может, даже репетировала. А мне, может, сначала ей хотелось как матери тоже про себя рассказать. Надо забыть. И мне, и ей. Сейчас нас ждут новые испытания. А она старое на хлеб намазывает. А это ж не масло. Как ты думаешь, Янкель?

— Не масло. Она и правда репетировала. Я ей сказал, что привезу тебя. Она мне ой сколько рассказала. Ой, сколько. Не дай Бог.

— А ты ей про меня рассказал? Про отряд?

— В общем и целом. Но про твое мужество и беззаветную смелость отметил.

Мне стало лучше.

— Короче, Янкель. Забудем. Ты маму пригрел. Давай как в военных условиях — без вопросов.

Я сам удивлялся своим словам и настроению. Еще пару часов назад я мечтал узнать про родителей. По-человечески выпытать у Цегельника всю глубину. А тут выслушал из первых уст, и сам ставлю крест. Но то говорил не я, а мое истерзанное сердце.

И сердце продолжало, чтобы облегчиться:

— Янкель. Я убил человека. Немца. Ты меня скрываешь. И это есть вся правда. С моей стороны.

У тебя есть своя сторона. Если ты захочешь, ты мне дашь ее понять. Меньше знаешь — меньше достанется врагам. Твоя учеба? Твоя. Теперь давай задание на ближайшие дни.

Янкель молчал. У него проступал виноватый вид. Он сказал:

— Нисл. Я дал слабину. Я сказал Рахили, что ты тут. Она совсем плохая. Моисея не стало. Ее надо было поддержать. И я раскрыл про тебя. Теперь она не может возвращаться в Рыков. Она не сможет тебя бросить. Она к тебе прилепится. И ты ее не отлепишь. И я ее не отлеплю. Ей надо оставаться тут, с тобой. Ее надо тянуть. Потянешь?

Я растерялся. Сейчас не война, чтобы пожилой больной женщине постоянно находиться в лесу. Хоть и в удобной землянке.

Я высказал свое сомнение Янкелю.

Янкель согласился. Мы решили, что мама отправится в Рыков, где она уже прижилась у знакомой Янкеля. Знакомая никому не выдаст, даже если ей мама скажет про меня. В конце концов у каждой матери есть сын и запретить ей говорить про него не имеет права никто. Никто. Вплоть до самого сына.

Янкель поведал мне также, что женщина, у которой живет в Рыкове мама, — очень надежный человек. Янкель ее знает еще с партизан. Она находилась с ним рядом в 44-м году. Вместе они воевали. У них зародилась привязанность. Женщина украинская, простая и честная. Не раз и не два рисковала ради Янкеля. И он ради нее. Про любовь они между собой не говорят. Но если кто захочет их разлучить, тот получит. Янкель сжал кулаки и погрозил в небо.

Я сказал, что напрасно отдал свою хату Дудке. В ней могла бы жить мама на родной земле.

Янкель твердо указал мне, что я ошибаюсь. Я рубил концы. И это обязательная жертва с моей стороны. Если человек остается без хаты, значит, он и вправду уезжает куда-то. Если б я за собой оставил хату, бродили б подозрения, что кручусь где-то тут.

Я согласился.

Янкель добавил:

— Я предлагал Рахили жить в Остре. Я б ей вашу хату в два счета освободил. Еще как только Рахиль с Моисеем объявились. Но Рахиль ждала распоряжения от Моисея. А Моисей ни под каким видом жить в Остре не намеревался. Твердил, перед тем, как меня выгнать от себя: «В Остре жить не буду. Хоть мертвый, а в Остре жить не буду».

Я спросил, что ему мешало. Если предрассудки насчет поголовного убийства евреев, так где он, по его счету, собирался жить в таком случае?

Янкель ответил, что, по его мнению, Моисей вообще жить не собирался. И Рахили запретил. А она поверила, что запрет Моисея не переступишь. Вот у нее ноги и еле ходят.

Янкель высказал соображение, что лучше моей матери считать, что я живу в Чернигове, а тут просто временно отдыхал.

Дальше план такой.

Обустраиваюсь в лесу. Занимаюсь заготовкой дров, на сколько сил хватит. Деревья рублю не поблизости, а подальше. Янкель будет подъезжать с подводой и транспортировать. Нужно в первую очередь выкопать колодец.

Я свистнул от предстоящей задачи.

— Ты мне пятилетку ставишь. Одному столько планов не захватить. Ты ж как солнышко будешь показываться. Понимаю. Конспирация.

Янкель меня успокоил: руки боятся, а глаза делают. Например, землянку он сам восстановил из развалин в рекордный срок. Что касается продуктов — это 46-й был страшный. Неурожай, засуха. А теперь ничего. Голод постепенно проходит. Продуктами надо запасаться. Но то его забота.

Я спросил, не рассчитывает ли он здесь сделать себе дачу, как помещик.

Янкель серьезно ответил:

— Не болтай.

Мама ехала на подводе. Ноги ее болтались, как ненужные. Махала мне рукой, пока не пропала за деревьями.

В землянке я нашел продукты. Под большой сосной инструменты: кирку, лопату, топор, пилу. Как с ними по-настоящему обращаться, я не имел представления.

Руки привыкли сначала к оружию, потом к ножницам с бритвой. Но я надеялся, что Янкель подскажет при обучении.

Первую ночь я спал, как убитый.

Потом два дня работал изо всей силы. Работа мешала думать. Болели руки, волдыри вздулись на всю ладонь. И справа, и слева. Спина колола. Ребра трещали. К тому же дождь. Не слишком холодный. Но нитки сухой на мне не оставил.

Я растопил железную печку в землянке и грелся, пока находился в сознании.

Разбудил меня Янкель своим громовым криком:

— Спалить себя хочешь? Лес спалить хочешь?

Одежда, которую я разместил рядом с печкой, тлела. Землянка в дыму. Дышать нечем.

Янкель вытащил меня на воздух. Я очухался быстро. Но вины своей не признал. Из принципа. Чтоб Янкель не вообразил себя окончательным командиром надо мной с потрохами.

Я сказал:

— Янкель, я тебя уважаю. Но ты на меня не кричи. Я тебе не продался. Если ты меня спасаешь, так ты сам согласился первый. Не хочешь, не надо. Я пойду.

Янкель смягчился.

— Извиняй, Нишка. Я в Рыкове был. Рахиль ни на минуту не замолкает. Моей Наталке все мозги тобой провинтила.

— Наталка полностью в курсе?

— Полностью. Когда человек рискует, надо, чтоб он полностью за себя отвечал. Наталка говорит, что Рахиль подвинулась умом. Причем в ту сторону, что ты ее забираешь с собой в Чернигов с минуты на минуту и требует собираться и ехать самостоятельно, чтоб тебя не утруждать. Спрашивает у меня адрес.

— Ну и что ты ей сказал?

— Сказал, что у тебя пока планы другие, но с периодом времени ты ее возьмешь. А там, думаю, может, и ей сюда перебраться придется. Как-то ж будет.

— Ну да. Как-то ж будет.

Янкель привез щенка. В память про Букета я назвал собаку Цветком. Хотел дать имя Букет, но язык не повернулся проговорить вслух. Щенок не маленький, уже видно, что получится большая собака. Но пока не выросла.

Видя мое плачевное состояние, Янкель задумался. Мрачные мысли висели над ним. Со мной делиться не стал. Быстро уехал.

Я привыкал к лесу. Как будто и не выходил из него. Работал теперь не со всем рвением, а по мере сил. Сосредоточился на колодце. На вторую очередь наметил капитальные дрова.

Ходить к воде оказалось далеко. Ручеек мутился и не давал хорошей воды. Но я брал, какая была, кипятил, конечно.

Янкель явился через неделю. Привез мне календарь. На нем болталось меньшинство листочков по сравнению с оторванными. Сверху коркой нависали корешки оторванных дней.

Шли дни.

Чаще и чаще я опускался в свое прошлое. В военный холод и тревоги.

Янкель приезжал реже. Примерно раз в две недели. Говорил мало. Я спрашивал, где мои помощники.

Янкель отмахивался:

— Скоро.

С наступлением окончательных холодов я совсем расклеился. Одиночество, не считая Цветка, меня доводило до не знаю чего. Я попросил Янкеля, чтоб он мне привез книжек. Он привез. «Тараса Бульбу» Гоголя и Константина Симонова «Стихи».

Я начал с Симонова. Выучил наизусть стихотворение «Жди меня». Рассказывал себе по сто раз на дню. Цветок подгавкивал, и я его от души за это обнимал.

Читал Гоголя, заплакал один раз, когда Тарас Бульба выкликает своих павших побратимов.

Я видел не Бульбу, а себя, который выкликает Рувима и Симу, папу-подпольщика и неведомого мне родного брата, зачатого под забором, многих других своих довоенных товарищей и знакомых по Остру и партизанским дорогам. Это стало для меня каждодневным занятием. Зарядка с утра. Перекличка с четкими ответами. Ответ являлся всегда один: «Нету».

И однажды я громко сказал при этом:

— А Вернер Мадер где?

И ничего не ответил. Хоть бил себя по голове кулаками и приказывал:

— Говори, гад, говори на полную силу! Чтоб тем, кого ты, гад, впереди выкрикнул, стало слышно.

Я задавал себе и Цветку вопрос:

— Сколько можно выдержать в лесу одному? С едой, под какой-никакой крышей?

И отвечал:

— А зачем?

И вот однажды, когда приехал Янкель, я поставил интересующий меня вопрос на ребро.

— Я тут уже сколько. Дров нарубил много. Колодец не докопал. Долго мне в лесу одному еще куковать?

Янкель сказал:

— Я тебя силой не держу. Иди сдавайся. Тебя с почетом примут по твоему немецкому делу. И еврейское подошьют прицепом. Лет на двадцать пять потянет. А скорее — расстрел.

Я сказал:

— Янкель, где помощники, ты обещал.

Янкель сказал:

— Нету нам помощников. Евреи сидят по щелям. Чемоданы пакуют. Ждут, что их под ручки в Сибирь отвезут. Как будто кто-то доедет. Не понимают, дураки. Говорят: «Не может быть». Я говорю: «Может». А они: «Не может». А я: «Может». Одному в морду залепил. Ты его знаешь. Камский Илья. Боевой герой. А сидит трясется. На собрании после войны, когда особо злостных полицаев показательно судили, выступал красиво. «Мы не будем терпеть, нельзя такое спускать», и так же ж дальше. Я ему говорю: «Надо уходить в леса. Готовить оружие, запасаться продуктами. Надо устроить отпор». Он на меня шикнул. Прогнал. А я ж на него надеялся. Крепко надеялся. А Гиля Мельник? Тоже хороший гусь. Жениться надумал. Христосиком заделался. Бездомная какая-то из Киева, ее дочка прогнала, так она сюда вернуться намерена. Клоцвог ее фамилия. Абрама Клоцвога помнишь? Его вдова, получается. Не до того Гиле. Ему отдельно взятую женщину, интересную, между прочим, до ума доводить надо. А сражаться кому? Сражаться с оружием в руках вот этих будет кто? — Янкель растопырил свои ладони, опаленные, с содранной кое-где от ожоговых волдырей шкурой и ими тряс у моего лица.

И только тут до меня ясно дошло, что готовит Янкель. Массовый партизанский лагерь. Я и раньше подозревал. Но как-то не совсем. Янкель вызвался спасать меня. Лично. Но чтоб всех евреев?

— Ты, Янкель, сильно загнул палку. В лес никто на военных условиях не пойдет. Я б не пошел, если б не обстоятельства. Мне деваться некуда. Сам говоришь — поставят к стенке.

— А их всех — куда поставят, думаешь? На потолок? Обязательно надо к стенке. Можно и сразу в яму на чистом воздухе. И в воду можно. В Десну. И в Днипро можно. Стенок не хватит. А земли много. И воды много. А можно как немцы — в печку. Думают, тут печек не может произойти.

— Янкель, успокойся. Пока не приперло. Когда припрет, сами к тебе придут и попросят: «Отведи в лес».

Янкель светло взглянул на меня.

— Да, я тоже думаю, что попросят. Сам опять не буду ходить в земле ковыряться, вытаскивать по одному и в лес отводить.

С этой минуты я начал Янкеля жалеть, как маленького. За его непосильную ношу.

Я понимаю примерно так, что Янкель рассчитывал на более быстрое развитие событий.

Он мне пересказывал газеты и с собой привозил вплоть до сатирических журналов «Крокодил» и «Пэрэць». Там еврейская тема поднималась в отрицательном смысле то сильно, то не очень сильно. Четкая линия просматривалась. Но директив для широкого народа — никаких.

На Новый год — 1951-й — Янкель решил устроить настоящий праздник.

— Нишка, я думаю, что это наш последний мирный Новый год. Пускай он запомнится в памяти хорошо и красиво. Я тебя заберу, отвезу в Рыков, к Наталке. Она полностью в курсе тебя. Там мама твоя, там я буду, там Наталка с пирогами. Помоемся в бане. Проведем праздник в тепле и чистоте. Без задних мыслей.

Я обрадовался.

Наталке оказалось лет под тридцать. Русая коса, как корона на голове. Брови черные, полукругом. Губы красные. Румяная. А остальное лицо белое. Что говорить. Сердце мое разбилось с первого взгляда.

Мама вела себя активно. Помогала возле печки, носила воду в баню. По маленькому глечику, а носила.

Несла и приговаривала:

— Ой, сыночек, намоешься, намоешься! А папа так хотел в бане помыться. Так мечтал. Говорил: «Приедем в Остёр, в баню пойду». А на подходе у мужика спросил, где теперь баня работает, а мужик ответил, что взорвали. Ты ж намоешься. И за себя, и за папу. А мы с Наталочкой потом, за вами.

Янкель заметил мое восхищение Наталкой. Шутил на разные лады. Наталка смеялась, приглашала танцевать. Я отказывался, пока не выпил лишнего. А когда выпил, пошел с ней на вальс.

Я видел настоящий вальс только в кино. И теперь сам танцевал его с красивой женщиной. У Наталки была талия, и я ее обнимал.

Цветок бегал вокруг нас фигурами и тоже тан-цевал. Он сильно вырос в длину и ширину, не-смотря на скудное питание. Я б даже сказал, что он смахивал на немецкую овчарку. Не совсем. Но сходство несомненное. А что, в войну чего только не бывало. Отсюда и его внешность.

Особых тостов не говорили. Пили за здоровье и покой.

С ужасом я ждал, что ночью Янкель и Наталка лягут вместе. Так и случилось.

Мы с мамой в другой комнате.

Мама говорила без перерыва.

До войны я с ней и не говорил. Голову ей кру-тил своими двойками и поведением. И отцу тоже. Потом, работа у них ответственная, в разъездах. Я дневал и ночевал у Винниченков.

А тут в первый раз оказались прикованы друг к другу на ночевке.

Мама не хотела задувать каганец, объяснила, что привыкла спать так. У нее развился страх перед ночью. А с каганцом спокойно. Наталка не против.

Я не протестовал. Раз Наталка не против, так я и не протестовал.

Мама сказала:

— Наталочка поднимается, когда меня позовет, а я не отзовусь, и сама задувает. А сегодня ты заду-ешь. Я засну, а ты задуешь.

И завела рассказ про их с папой жизнь. От само-го начала.

Я слушал сначала без особого интереса.

Весь горел, как в жару, меня тревожило, что в дру-гой комнате. Доносились звуки Янкеля и Наталки.

И я понимал звуки. Но представить в полную силу не мог. Мозгами не мог. Телом мог. Вот в чем вопрос.

Так на этом фоне и вливался в меня рассказ мамы.

Мой отец Моисей Зайденбанд являлся сыном раввина города Чернобыль — Нисла Зайденбанда. А моя мама являлась дочкой Боруха Полиновского — приказчика лесозаготовительного хозяйства одного из богатейших купцов Чернобыля Соломона Вульфа.

И вот в первые послереволюционные дни, когда люди шептались по углам, мой отец и моя мама, еще не будучи знакомыми, встретились на митинге в знак поддержки революции на берегу реки Десны. Было им от рождения по семнадцать лет.

Первый ледовый покров пытался сковать широкую реку. Баржи с лесом прижимались к берегу. Вот на одну баржу взобрался мой отец, взбежал по высокой горе бревен в два обхвата и оттуда стал говорить речь. Мама его тогда и полюбила.

Они шли к революции каждый своим путем. Через кружок, через встречи с умными людьми. И вот они окончательно созрели.

Соломон Вульф скрылся, на ходу не переставая агитировать против советской власти. Мамин отец-приказчик не выдержал напряжения и сгорел от неведомой болезни, мать отправилась вслед за ним на тот свет по собственному желанию, не подумав про родную дочь.

Мой отец взял мою маму к себе в дом на птичьих правах, хоть и как жену. Раввин Нисл противился, но его сила закончилась. Он проклял сына и девушку. А мой отец и моя мама, в свою очередь, прокляли его. После того, как они все обменялись проклятиями, жить под одной крышей стало невозможно.

Отец с матерью перешли на квартиру к одному человеку. А тут Центральная Рада. Самостийна Украина. Погромы один за другим. Потом опять советская власть. Зеленые с переменным успехом.

И вот 19-й год. Отец с мамой неустанно работали на разных участках, куда их направляла партия, членами которой они стали. Надо было наводить порядок в Чернобыле и вокруг. И они наводили. Конечно, не исключительно сами, а в одном ряду с сотнями других товарищей.

Так, мой отец Моисей Зайденбанд, составлял списки религиозных евреев богатого содержания, которые вдвойне представляли опасность — и как одурманенные религией, и как денежные. Он вместе с назначенными сверху товарищами ходил по ним и требовал добровольно отдать средства и прекратить ругать новую власть.

Чтоб доказать свою нелицеприятность, он зашел с тройкой вооруженных уполномоченных и в дом к своему отцу — раввину Нислу. Потребовал выдать ценности и религиозные книги реакционного содержания. На что раввин ударил сына Талмудом прямо по голове. К счастью, обошлось без увечья, так как Моисей находился в красноармейской шапке со звездой и острым верхом из тонкого войлока.

Раввина забрали в тюрьму. Продержали месяц.

Моисей наведывался к нему каждый день, обязательно при свидетелях, и требовал агитировать за советскую власть.

Раввин сказал ему громко и по-русски:

— Моисей. Я воспитал тебя хорошо. Ты Тору наизусть знаешь, я рассчитывал, что ты тоже будешь раввином. Меня упрекнуть не в чем. Ты меня можешь убить лютой смертью, но ты ж знаешь, что у меня под шкурой золото не зашито. А тебя я на всякий случай еще раз проклинаю на русском языке. Ты ж теперь по-еврейски не понимаешь.

Отец, доведенный до отчаяния своим позорным положением, написал письмо в ЧК, что раввин Нисл Зайденбанд прячет золото в огромных количествах, но не признается. И так ему, Нислу и надо будет, если его прилюдно казнят. Потому что детям есть нечего в Москве и Петрограде.

Письмо не осталось без внимания, раввина сильно били, но ничего не выбили. Он кричал молитвы без толка. Несмотря на то, что большинство его мучителей также являлись евреями и вполне понимали язык, его обзывали и в отчетах писали, что раввин на допросах ругает коммунизм.

Его выпустили покалеченного.

За это время дом его разграбили кому не лень, деваться ему было некуда, и он бродил по Чернобылю с молитвами. Его боялись и гнали. Моисей при встрече лично на него плевал.

Вскоре в город ворвались зеленые. Красные, в том числе Моисей с Рахилью, бежали для подготовки обратного наступления. А раввина схватили зеленые бандиты и по неясным отголоскам содрали кожу с живого, приговаривая, что он под ней прячет золотые царские червонцы.

Когда вернулись красные, а с ними Моисей с Рахилью, они очень переживали. Жалели раввина. А с другой стороны, продолжали деятельность по выявлению врагов.

И вот разразилась трагедия. Их обоих вычистили из партии в 1927 году. Как еврейских националистов. Припомнили отца-раввина и другого отца-приказчика. Моисей писал в разные инстанции, что отец его погиб от зверских рук зеленых бандитов, а тесть был совершенно ни при чем по причине неизвестной болезни. Но партия ничего не слушала.

И на их — Моисея и Рахили — головы обрушился позор. От этого позора они с сбежали в Остёр. Потому что близко. Там родился я.

И мало того, в Остре их не оставляли привидения прошлого. Именно в Остре обосновался и пустил свои корни Соломон Вульф, бывший богатей. Когда до него дошло, что Рахиль Полиновская в Остре, он нахально явился к ней с провокационным разговором на еврейскую тему. Закрывали синагогу, а он хотел, чтобы не закрывали. И мутил воду среди евреев. А тут дочка бывшего сотрудника. На деньги Вульфа в гимназии училась. Преданность за все хорошее и так и дальше. Рахиль подвела его к порогу и громко выгнала, чтоб видели люди.

Люди видели.

И вот мои родители, которые к тому времени уже выучились на зоотехников, перебросились на животных. Работали добросовестно. Природный ум не давал им совсем пропасть, и они держались на одной ножке над пропастью между двумя сторонами одной медали.

Постепенно стали дома говорить по-еврейски. Чтоб я не понимал. Но в Остре не понимать по-еврейски долго — невозможно. И я стал понимать и тоже говорить на идише. Таким образом дома громких подозрительных разговоров они вести не могли ни на каком языке. Только когда оставались одни.

Из близко знакомых в Остре образовался только Винниченко, помощник отца и мамы в их профессиональной деятельности.

И вот папы нет.

И вот я лежу возле своей родной мамы Рахили и слушаю ее речи. И вся их жизнь промелькнула перед моим внутренним взором. Без учета Великой Отечественной войны.

Мама закончила свой рассказ такими словами:

— Как быстро, как быстро, зуннэлэ. Как быстро. Никто и представить не мог, что так быстро бывает.

И замолчала.

Я окликнул ее, но она не ответила. Задул каганец. Но не спал. Сон не шел. Пока в другой комнате не затихли Янкель с Наталкой.

Из нашего приезда в Рыков Янкель не сделал тайны. Никто не удивлялся, что в праздник у Наталки Радченко гости. К Янкелю и к маме уже привыкли, мама вроде родственница Янкеля. А я так. Пришей-пристебай.

Первого числа к Наталке заглянул сосед. Поздоровался с Янкелем, с мамой.

Представился:

— Щербак Охрим Юхимович. Учитель из Козельца. Рыковский, с Наталкой в козелецкую школу бегали. Восемь километров туда — восемь сюда.

А бывало, что сюда и десять. Так, Наталочка? — подмигнул он хозяйке.

Наталка по-дружески приобняла его за широкие плечи.

Я машинально ответил при пожатии:

— Зайденбанд Нисл. В гостях у Наталки.

Вижу, Янкель стал как земля.

Наталка быстренько взяла Охрима под ручку — и за стол. Закуска со вчерашнего, выпивка.

А меня из горницы вытолкала:

— Иди до Рахили посиди. Поговори. Она скучает.

Шепотом. Даже и не шепотом, а шипением. Как огонь, когда водой заливаешь.

Я и сам понял свою глупость. Но мы ж с Янкелем заранее не обсудили. Тем более обидно, что в голове у меня всегда жило мое второе родное имя — Василь Зайченко. А тут не щелкнуло. Короткое замыкание.

Мама сидела на топчане. Я рядом на табуретке.

Мы смотрели друг на друга. Молчали. Я имел намерение погладить маму по голове или по рукам, но не смог. Она протянулась ко мне растопыренными пальцами. И я сумел только схватить ее пальцы себе в кулаки и держать.

Они с отцом ушли от меня спасать колхозную скотину красивыми, сильными, молодыми. Как все люди до войны. А пришли неполные. Пришли куски. И вот ко мне тянулся страшный кусок моей мамы и хотел заграбастать к себе в неминучую смерть.

Очень скоро зашел Янкель.

Качает головой:

— Ну, Нишка, чуть не провалились мы с тобой.

Я кивнул. Появился повод отпустить мамины пальцы.

— Янкель, я сделал неправильно. Но с другой стороны, мало ли как кого зовут. Всех запоминать, что ли?

— Я сказал, ты мой знакомый. Не вдавался в тонкости. Охрим интересное рассказал. Пойдем. А ты, Рахиль, отдохни.

Мама послушно легла. Но пальцы не распрямила.

Я еще раз от двери оглянулся. Мама лежала скрюченная. И спина, и ноги, и руки с пальцами.

В комнату забежал Цветок и уселся рядом с топчаном.

— Сторожи! — приказал я.

Цветок замер на посту.

Янкель передал разговор со Щербаком.

Тот сказал, что мужики в лесу за Антоновичами постоянно наблюдают дым. Как будто там кто-то живет. Несколько раз натыкались на штабеля поваленных деревьев. Кто-то заготавливает дрова. Ворует. Хорошо, не удивительно. Но не вывозит. Так как про Янкеля знали, что он мотается по селам и хуторам из-за рода деятельности, Охрим поинтересовался, не замечал ли он чего-нибудь подозрительного в тех или иных местах.

Ходили слухи, что в необъятных лесах до сих пор скрываются дезертиры Советской армии и полицаи. А может, и агенты империалистов. Тито-Ранкович же ж не даром. И другие.

Охрим являлся бывшим офицером на инвалидности, входил в органы как свой человек. Так что Янкель заверил, что если что-нибудь увидит или учует, доложит прямо.

Рассказал мне все это Янкель и говорит:

— Перестарались мы. Я почти полгода лес валил, ты валишь. А вывозили слабо. Недоучли. Учили нас фашисты, учили, а недоучили.

Янкель сокрушенно оперся на локти. Наклонил голову над белой вышитой маками скатертью. Налил стопку, выпил не глядя.

Вступила Наталка:

— Янкель, а что случилося? Надо временно лагерь закрыть. Нисла оттуда убрать. Пусть приходят, смотрят. Ну, землянка. Ну, колодец. Если на то пошло, любой человек может в лесу отдыхать. Хоть лес и государственный, а преступление ж не уголовное. А еще лучше — выступи с инициативой, чтоб пионеры и комсомольцы там устроили свой лагерь. Летом оздоравливались. Переведи на мирные рельсы проблему. Мол, хватит жить войной, пора растить здоровых детей и будущее, как раньше. Очень просто: ехал в Антоновичи. Заметил дым. Нашел, откуда дым идет. Там человек, охотник. Тебе неизвестный. Спасается от временных трудностей. Действительно жил там. А ты не милиционер, чтоб допытывать и документы смотреть. Тем более человек явно сельский. Без паспорта ж. Пускай Сидоренко Иван Петрович. Сам так тебе и назвался. Сведи на нет. Ты ж знаешь, лучше всего сводить на нет. Пускай ищут Сидоренку Ивана Петровича. Охотника с колхоза. А ты еще руками комсомольцев и других школьников построишь свой лагерь. Когда время подойдет — уйдешь туда с кем надо.

Наталка смотрела на Янкеля довольная. Ее придумка казалась ей без укоризны.

Янкель возразил:

— Тогда место будет известно. А надо ж, чтоб место было тайное. Пока место нашли б, пока приступили, мы б мобилизовались. Выиграли время.

Наталка не умолкала:

— Твой выигрыш дурной. Временем тут не поможешь. Только оттянешь. А конец один. Я же ж тебе говорю и говорю. Ай, ну тебя!

Видно, разговор заводился не в первый раз.

Янкель стукнул по столу, как обычно:

— Тихо! Нишка, уезжаем. Моментально.

Я позвал Цветка. Он не забежал на мой зов. Я заглянул в комнату. Мама так и лежала скрюченная. Не дышала.

Я испугался, что последнее ее видение было собачья морда. Она ж не знала про Цветка, что он не немецкая овчарка. Просто похож. Он же ж маленький, хоть и больше других собак. А у немцев овчарки огромные. Я помню. И она помнила. Но, может, в последнюю свою минутку забыла.

На похороны я не остался, Янкель посоветовал не крутиться у села на виду.

Янкель повез меня в землянку. Он был как в тумане.

Повторял:

— Что ж они умирают, что ж они умирают сами. Гадство.

Ехали долго по большому снегу.

Янкель правил так, что сани дергались. Расстройство всегда передается всему вокруг.

Чтоб отвлечь Янкеля, я сказал:

— Мне мама всю ночь про них с отцом рассказывала. А я ж ничего не знал. Мне никогда не рассказывали. Моисей Зайденбанд — революционный герой. И мама тоже. Ты про них знал?

Янкель не повернулся на мой голос. Спиной показал положительный ответ.

Я продолжал:

— Да. Большие дела они делали. Революция. Из темной раввинской семьи, а отринул темноту. Ему ж нелегко пришлось. Правда, Янкель?

Янкель кивнул спиной.

— А откуда ты знаешь?

Янкель сказал не в мою сторону:

— Весь Остёр знал. Все евреи. Соломон Вульф разнес. А Моисей отнекивался. Он тайну делал. А какая тайна, если кругом евреи с места на место бегали. Кругом родственники. Болтали, обсуждали. Подумаешь, нашли скрытку — Остёр.

Замолчал. И я замолчал. Собирался спросить, зачем меня отец Нислом назвал, как раввина. Я ж ему глаза колол своим именем каждую секунду. Все ж таки неприятное воспоминание, а надо жить вперед.

Янкель повернулся ко мне всем туловищем и даже ногами:

— В революцию много героев ходит. И в войну. А как же ж.

Что-то хотел прибавить, но я не дал.

— Янкель, а я герой?

— Герой. Кто живой — тот и герой.

Я сидел в замороженной землянке. Перечитывал Симонова. Декламировал «Жди меня». Во весь свой голос. Я не знал, кому обращаю слова в рифму. То ли маме, то ли Наталке, то ли кому-то наверх.

Я считал с детства, что родители меня не любили. А они такое вынесли. Где ж им любить. К моему рождению на любовь сил не осталось. Их от меня оторвала проклятая война. А то б они развернулись, полюбили б меня, и я б их полюбил без исключения.

Янкель не приезжал долго.

Продукты у меня закончились. От Наталки мы убегали так стремительно, что ничего нового не взяли на прокорм.

Я вспоминал остатки праздничного стола и давился слюной. Шевелил губами и языком, как ел.

Спасался глубоким тяжелым сном.

Не знаю, сколько прошло дней и ночей.

В землянку вошла Наталка. С мешком. Я мало обратил на нее внимания. Сразу потянулся к мешку. Угадал — еда.

После еды я немного вернулся в себя.

Спросил, почему не едет Янкель. Наталка сказала, что Янкель заболел. Простудился и валяется в жару. В Остре. Она только что от него. Так как ему еще болеть и болеть, Наталка заверила, что не бросит меня. Берет на себя все заботы. Поэтому завтра к ночи приедет с подводой, загрузит меня и отвезет к себе. Перезимую у нее. Там видно будет.

Я засомневался, одобрит ли Янкель.

Она резко ответила в том направлении, что Янкель сам на волоске висит.

На следующую ночь Наталка не появилась. Появился Гриша Винниченко. В милицейской форме.

С порога сказал, что выследил Янкеля давно. Когда Янкель громогласно ходил со мной по Остру и со всеми подряд прощался от моего имени, Гриша заподозрил. Держал в уме мои разговоры. Слушал людей про мою маму и отца. Ошивался в больнице, беседовал с фельдшером. Дмитро Иванович пожаловался, что я его сильно тряс по неясному поводу. Гриша занял наблюдательный пункт возле Янкелевой хаты. Оттуда — до Рыкова. Там узнал про Наталку с Янкелем. Видел их вдвоем. Потом — за Янкелем в лес. А в лесу — я как муха на мишени.

Гриша засмеялся и попросил меня не пугаться.

Я спросил:

— Что ты за мной ходишь? Что надо? За хорошее отплатить хочешь?

— Может, и хочу.

Гриша достал из кармана шинели бутылку самогонки.

— Закусить есть чем?

— Найду.

Он поступил работать в милицию два месяца назад. Я выразил удивление, что сын полицая принят на такую ответственную должность при оружии.

Гриша положил на стол пистолет и любовно его погладил.

— А что. Сын за отца не отвечает. Или ты как думаешь?

Я промолчал.

— Товарищ Сталин нас учит, что не отвечает. Говори, Нишка, что ты тут сидишь и чего моего батьку тряс, як грушу. Он тебя лично спас? Молчишь?

— Спас. А других евреев стрелял.

— Он же ж не все время стрелял. Он один раз стрелял. И не сам, а в ряду. Говорит, сильно не целился. Может, и не попал.

— Может, и не попал, — я согласился. — Так и я его не сильно тряс. Он от болезни придумал.

Гриша выпил. И я за ним.

Гриша повеселел, хоть грустный и не был с самого начала.

— Слушай, Нишка, тут ориентировка пришла. Ищут хлопца лет двадцати. Худой. Волос шатенистый. Глаза голубые. Стрижка полубокс. По виду еврейской нации. Носатый и губастый.

Он смотрел на меня и описывал, как на портрете. Только полубокс мой пропал. Волосы выросли. Я их ножницами Янкелевыми постриг для порядка. Но не полубоксом. Нет, не полубоксом. И усы у меня отросли. Не густые, а усы.

— Особая примета, — продолжал Гриша, держа папиросу на отлете и щурясь, как артист на фотографии. — Зализ коровиный. Как раз посередине, где волосы на лбу кончаются.

Да. И зализ. С зализом коровиным ничего никогда не сделаешь. Никогда и ничего.

— Предположительно житель города Чернигова.

Я собрал чувства в кулак и сказал:

— И что этот хлопец натворил особенного?

— Ничего особенного. Бандит. Человека убил ни про что. Хорошего человека. Рабочего. Коммуниста.

Мне стало обидно. Но я сдержался.

Гриша расчетливо добивал:

— И самое интересное, фамилия этого бандита известна. А поймать не могут.

— И какая фамилия? — я уже не держался на земле, а висел в воздухе.

— А фамилия красивая. Сам скажи.

Гриша поднялся с папиросой. Он затягивался неровно, и папироса потухла.

Я сказал спокойно:

— У тебя папироса потухла. Дать спички?

Гриша отвел взгляд на папиросу. Я схватил оружие со стола. Направил на Гришу.

— Сядь, Гриша. Выпей стаканчик. А то я выстрелю.

Гриша и не подумал садиться. Кинулся на меня, выбил пистолет.

Мы начали драку.

Цветок выступал на моей стороне. Но больше гавкал и играл.

А все-таки немножко рассеивал внимание Гриши: то за рукав его потянет, то за сапог прихватит. Гриша отпихнул собаку сапогом, но не рассчитал, и Цветок обкрутился у него вокруг ноги. Гриша растянулся на полу. Я ударил его табуреткой по голове. Потекла кровь. Гриша затих. Я подобрал пистолет, сунул за пояс.

Я сел на Гришу сверху, приставил табуретку ножкой к горлу. Жду, что он сейчас откроет глаза. Нет. Тишина.

Гриша очнулся через полчаса. К тому времени я перетащил его на лежанку. Обвязал голову.

Цветок бегал по землянке. Разносил кровь в разные стороны.

Я позвал громко:

— Гриша, Гриша!

Он ясно посмотрел на меня.

— Дурной ты, Нишка, — и опять замолк, но хотя бы с открытым взглядом.

Я сказал:

— Зачем ты сюда пришел, Гришка? Ты меня сдать в милицию пришел? Сдавай. А глумиться не надо.

Гриша сел, а рукой держался за голову. Повязка намокла, но новой крови не появилось.

— Дурной ты, Нишка. Если б я тебя хотел сдать, я б не один пришел. Я б по закону пришел. С товарищами. А я без товарищей. Сам. Ты мне лучше скажи, зачем ты человека прикончил? Коммуниста причем.

— Он не коммунист. Он фашист. Пленный, а фашист. Он мне сделал провокацию. И я на провокацию поддался.

Гриша удивленно расправил плечи:

— Какой такой фашист? Про фашиста ничего не сказано.

— Если б про фашиста было сказано, меня б люди не так искали. Как думаешь?

— Искали б. Есть ориентировка с приметами — искали б. Перед законом все равны. А мне, если хочешь знать, плевать.

— Зачем ты в милицию пошел, если на закон плевать?

— Я оружие сильно люблю. Оно мне снится. Хотел в армии остаться. Но там дисциплина. А у меня душа широкая. Ты ж помнишь.

— Помню. А в милиции не дисциплина?

— Меньше. На край света не пошлют служить. Дома. И при оружии. И при власти. И паек. И обмундирование. А я тебя, Нишка, на пушку взял. Фамилии в ориентировке нет. Отсутствует фамилия. А ты раскололся. Дурной.

Я молчал.

— Нишка, давай выпьем, — Гриша потянулся вроде к бутылке.

Не знаю, как Гриша успел вскочить и выхватить у меня из-за пояса пистолет.

Выхватил и наставил на меня.

— Ну ты и гад, Нишка. Жидовская морда.

Что я мог сказать?

Гриша связал меня. Разорвал простыню и связал. Руки скрутил своим ремнем. Когда он мне руки крутил, задевал по носу планшеткой. Я смотрел на планшетку близко-близко, и в зрачки мне влезли две глубоко навек процарапанные буквы: ВС.

Планшетка Субботина.

И тут я выпалил.

— Гриша. Можешь меня связать насмерть. Но я тебе открою военную тайну. Я выполняю специальное задание. И Янкель тоже выполняет по моей указке.

— И Наталка? Она ж за Янкелем как хвост. И к тебе приходила. Я видел.

— И Наталка. Она меньше. Но тоже. Но это такая тайна, что никто в милиции не должен знать. Ни в милиции, нигде на этом свете. Это такое задание, что вся жизнь может пойти по-другому. Я тебе сказал, ты теперь тоже знаешь. Хоть и не все, краем только, но и ты теперь подключенный. В настоящий момент ты срываешь важнейшую для страны, партии и правительства операцию. Так и знай.

И твердо протянул навстречу Грише скрученные ремнем руки.

И продолжил:

— И я перед тобой не раскололся. Это ты передо мной раскололся. Ты за людьми, которые выполняют спецзадание, следил без участия товарищей, сам приперся, занимался провокацией. С неясной целью. Может, по заданию кого-то поумней тебя. Ты на оккупированной территории жил припеваючи. Твой батько фашистам прислуживал. Может, ты батьке патроны подносил, когда наши наступали в 43-м? Тебя потянут, ты батьку своего потянешь. Еще какие родственники есть? Есть. И брат батькин с семьей в Жуковихе. Мы ж с тобой к нему бегали на лошадях кататься. Живой он после войны?

Гриша мотнул головой в знак бессильного согласия.

— Ну вот. И детки у него есть. Большие уже, но дети ж.

Гриша сел рядом со мной.

— Ладно. Сейчас я уйду. Завтра с утра надо на службу. Я молчу. Но ты мне представишь доказательства, что не брешешь.

— Смотри, Гриша. Дело серьезное. Враз я со своими не свяжусь. У нас раз в неделю связь.

— Даю тебе неделю. Через неделю приду. Убежишь отсюда — найду с-под земли. Чтоб не сбежал — давай паспорт. Без паспорта ты не человек. А если ты и без паспорта человек — значит, говоришь правду. Вот ты мне эту правду и представь. А чтоб ты спокойный был — Янкель с Наталкой у меня пойдут заложниками. Янкель в жару валяется. Наталка кругом него возится. Весь Остёр на нее пальцем тыкает. Невеста появилась. Раньше она в Остёр глаза не показывала. На отлете дела свои обделывали. Так что беги себе на здоровье, если совести совсем нема. Нема?

На последнюю Гришину провокацию я не поддался.

Искать паспорт Грише долго не пришлось. На гвозде пиджак. В пиджаке карман со встречной складочкой. Клапан на пуговичке. А внутри карманчика под пуговичкой — паспорт. Гриша его и взял. Засунул в планшетку. Развязал меня. И ушел в морозную темноту.

Я прислушивался, не заржет ли лошадь. Не пешком же Гриша прителепался. Но тишина стояла неколебимая. Гриша действовал умно. Оставил сани где-то на подходе. Гриша умный. Его всегда считали в нашей двойке ведущим.

Янкель не скрывался от моего внимания — подъезжал прямо к землянке. Я слышал задолго. Янкель был здесь хозяин. Гриша меня как зверя выследил. И Янкеля. И Наталку.

А кто мы были? Что и требовалось доказать.

Неделя, которую я бесполезно выклянчил в свое распоряжение, почти подходила к концу. Ни Наталка, ни Янкель не появлялись. Еды и не было, а тут совсем не стало.

Янкель обещал мне ружье, но не доставил. Человек с ружьем — подозрительно. А с топором и вилами на охоту не двинешься. Да я и не охотник. На войне больше имел дело с минами и гранатами.

Я делил крошки на завтрак, обед и ужин условно досрочно. Больше губами шевелил и языком шоркал для зарядки.

Цветок делил со мной крошки и отодвигал ко мне свою миску с кое-какими призрачными остатками. Я доедал. Много думал. Но из окружающей действительности ничего, кроме голода, в голову не влазило.

В человеке все чрезвычайно маленькое: и печенка, и селезенка, и сердце, и такое подобное. И мозги. Я видел на войне. Самое большое — кишки. Если их размотать. И это не вывод. Вывод в том, что этими кишками цепляешься за жизнь. Не мозгами, не печенкой с селезенкой. Именно кишками, в которых или есть еда, или ее нету.

И еще тепло. Тепло немножко держалось. Растягивать дрова легче, чем еду.

Нового календаря тоже не было. Я ждал от Янкеля. Немножко сбился со счета и в точности не знал, какой день.

И вот в один из таких моментов в землянку вошла Наталка Радченко. Растолкала, сделала выговор, что лежу и ничего не делаю.

Я спросил, что мне делать, если еды нет и ружья нет.

Наталка ответила, что надо было идти к людям. Что люди накормили б.

Говорила она хоть и бойко, но с сомнением в своей правоте. Чувствовала свою вину и вину за Янкеля тоже на себя притянула.

— Я от Янкеля отойти не могла. Только теперь упала температура. А упала до ноля почти. Фельдшер советует везти в больницу в Козелец. Янкель брыкается руками и ногами. Приказал ехать к тебе с едой. Я думаю, он не скоро поправится. У него внутри плохо.

Горе присутствовало в голосе Наталки, но она его не показывала во всю ширь. Тяжело бухнулась на табуретку.

Смотрела, как я ем.

И говорит:

— Нишка, я считаю, тебе надо маскарад прекращать. Я тебе говорила, что заберу к себе до весны. Сегодня и заберу. Янкель не в курсе. Но ему и не надо. Его надо перед фактом ставить. Лицом. Он когда лицом упрется, тогда соглашается. Умозрительности у него не хватает. Собирай манатки, поедем. Я с санками. Дойдем. Мороз не сильный.

За три минуты я собрался. Все одежное имущество напялил на себя, ноги обмотал тряпками, поверх тряпок — газеты, Наталкой привезенные, потом валенки.

Оказалось, на санки валить нечего. Повезли пустыми. Санки поместительные, сиденье из толстых досок, полозья кованые, красиво загнутые колечками кверху. Веревка толстая, надежная на века. Дореволюционные точно. Или еще раньше.

Цветок трусил следом.

Морозило. Звезды не видны. Наталка заметила, глядя в небо, что на крещение неправильная погода. Я подтвердил. На языке вертелся Гриша. Но холод заходил внутрь и не давал сознательно говорить. К тому же Наталка махнула мне рукой, чтоб я заткнулся.

Шли долго. Началась метель. Сбились с дороги.

Я от предыдущей слабости упал, не смог подняться. Наталка затащила меня на санки, впряглась.

Цветок исчез за занавеской снега.

Я заснул.

Проснулся от тяжести. Наталка лежала на мне, обняв со всех сторон. Лицом в мое лицо. И, кажется, не дышала.

Я пошевелился руками и ногами. Высвободился с-под Наталки. Она свалилась в снег рядом с санками. Упала, как мешок с картошкой. И не охнула.

Я закричал:

— Наталка! Наталка!

Не отозвалась. Начал мять ее руками через кожушок. Растирать снегом лицо, руки.

Она застонала и открыла глаза.

— Нишка, надо идти. Я поднимусь. И ты поднимайся. Санки бросим. Давай, пошли!

Скомандовала и опять закрыла глаза.

Я обвел глазами вокруг. Лес и лес. А деревьев не видно. Видно только — белая марля колыхается от неба до земли. И в небо на сто метров, и в землю на сто. И марлей белой завернут белый свет, и мы с Наталкой в этом белом узелке колыхаемся. Как две черные замерзлые картошины в брюхе.

Не знаю как, но мы пошли. То я Наталку тащил, то она меня.

Я звал Цветка. Он не появлялся.

До Рыкова добрели, когда рассвело.

Топить хату у Наталки сил не нашлось. У меня тоже. Повалились в холодных стенах как были — в одежках и валенках.

Для теплоты на одной кровати. Той самой, где Наталка лежала с Янкелем в новогоднюю ночь.

Я открыл глаза первый. Наталка спала. Очень красивая. Румяная.

Я потрогал рукой ее щеку. Щека горячая. Поцеловал тихонько. Наталка не проснулась. Я ее тронул сильно за плечо.

Она разлепила глаза, с удивлением глянула на меня:

— Нишка, ты тут? А я думала, Янкель.

— Нет, не Янкель. Я. Мы сегодня с тобой второй раз на свет народились, Наталочка.

— Ага. А я работу пропустила. Зараз надо идти.

— Не иди. Завирюха крутит. Вечер уже. Темно. Ты сегодня будешь прогульщица. Ты ж от Янкеля и так неделю не отходила, мне говорили. Как за Янкелем подтирать, так можно. А как меня спасать, так нельзя.

Я выражал шутку, но Наталке не понравилось. Она вскочила, выбежала в другую комнату.

Оттуда начала выговаривать:

— Никто никого не спасал. Я тебя спасала, а ты меня. Получается, никто никого. Раздевайся и посмотри себя всюду, может, что отморозил.

Я слышал, как падала ее одежда.

Как она ойкала:

— Ой, мамочки, тут белое! Ой, мамочки, тут красное!

Я снял только валенки и размотал тряпки и газеты на ногах. Ноги немного подморозились. Но в хорошем состоянии. Руки, конечно, хуже. Рукавицы ж я потерял сразу.

Позвал Наталку.

Она вышла в кожушке на рубашку, обсмотрела, что я ей представил.

— Симулянт ты, Нишка. Подымайся, проклятьем заклейменный, печку надо топить. Принеси дрова. Тепла напустим, потом разберемся.

Я приступил к делу.

Когда я выбирал поленья в сарае, в хату кто-то зашел. Кто — не видел. Слышал только Наталкин возглас от двери. Я затаился. Переждал немножко, подбежал под окно. Смотрю — Гриша Винниченко при всем параде. Напирает на Наталку.

Я вбежал с поленом наперевес.

Замахнулся сзади на Гришу, но предупреждаю:

— Стой, Гришка, где стоишь!

Наталка засмеялась показательно, принужденно.

— Хлопцы, с ума посходили. Нишка, кидай полено, куда надо. Печка холодная, а ты выкаблучиваешься. Садись, Гриша. А лучше помоги Нишке. Перемерзнем тут все трое таким манером.

И первая принялась делать вид, что спокойно хозяйничает и нам предлагает так же.

Мы с Гришей вышли.

В сарае закурили. Гриша меня угостил. Я и раньше не сильно уделял внимание табаку, а в лесу Янкель посоветовал бросить. Я и бросил.

Курим цигарки.

Гриша говорит:

— Хорошо ты умеешь пристраивать себя. До Наталки под бок завалился, пока Янкель без сознания живет.

Я промолчал.

Подумал и сказал:

— Знаешь что, Гриша. Мы с тобой договорились. У нас завтра какой день?

— Воскресенье.

— Точно. У меня завтра встреча со связником. А ты раньше времени приперся и ворошишь людей без причины. Я ж тебе сказал, будут доказательства. Будут. А ты к Наталке.

Гриша запалил вторую цигарку. Мне не дал.

— Нишка, я к Наталке для проветривания ситуации явился. Без учета тебя. И вижу, что не напрасно.

Ты с ней уже сговорился, обсудил, как меня лучше обдурить. А я вас накрыл на горячем. Иди завтра на свою связь. Я тебя честно предупредил. Я тебе дал срока до воскресенья. И воскресенье тоже. Как раз седьмой день. До вечера. Но уже я отсюдова никуда не уйду. Буду с Наталкой и сегодня вечером. И завтра день. А ты иди. Связывайся дополнительно. Но помни — связанный ты уже по ногам и рукам. Так что тебе только веревку на шею осталось.

Гриша навалил себе на руки поленьев выше головы, потащил в дом.

Я за ним. Идти недалеко. А я увидел в Гришиной широкой спине мысленным взором всю свою жизнь. И ничего, кроме стыда перед Наталкой, не разглядел.

И тут я услышал лай. Обернулся — мой Цветок. Я обрадовался. Все ж таки подмога в трудный час. Взял его на руки. Пошел за Гришей уверенным шагом.

Наталка растопила печку. Гремела чугунками.

Гриша сидел за столом. Как гость. Обсматривался по сторонам.

Я показал Цветка Наталке, поделился радостью. Она тоже осталась довольная.

Тихонько спросила:

— Чего Гришка пришел?

Я ответил:

— Молчи. У него ко мне дело. А ты ни при чем. Он будет на тебя давить, а ты молчи.

Наталка кивнула, но показала глазами, что ничего не понимает.

Гриша крикнул:

— Что вы шепчетесь? Идите сюда, чтоб я вас двоих зараз видел. Нишка, не чипляйся за юбку, говорю. Иди сюда.

Я вышел к нему в комнату, а Наталка аж выскочила с кочергой:

— Гриша! Замолкни! Ты милиция, а не Господь Бог. Пришел — сиди. Грейся. Может, покормлю тебя. Если попросишь вежливо. А будешь орать, как фашист, — дам по спине, переломаешься. Понял?

Гриша примирительно засмеялся:

— Наталочка, я ж с добром. Посидим. Поговорим. Может, доподлинно проясним, кто тут фашист, — это в мою сторону.

— Дак ото ж, — Наталка вышла с высоко поднятой головой.

Гриша кинул вслед:

— От баба!

Наталка не оглянулась. А так задом вильнула, что у меня в голове замутилось.

Гриша постучал по табуретке.

— Сидай, Нишка. Говори следующие свои действия.

Я сел.

— Сейчас греюсь. Кушаем. Я иду.

— Куда идешь?

— Куда надо. Ты тут остаешься, если получится у тебя. Если тебя Наталка взашей не вытолкает.

— Если вытолкает — за тобой следом пойду. А ты постарайся, чтоб не вытолкала.

— Ладно. Завтра к вечеру я возвращаюсь. И катавасии конец. Ты меня оставляешь в покое. Я свое дело делаю. Ты — свое.

Гриша кивнул.

— А если не вертаешься, или вертаешься, а мне не понравится, что ты мне доложишь, я вас всех троих сдаю в милицию.

Я неопределенно кивнул.

— Так-то так. Только я тебе еще раз заявляю. Наталка ни при чем. Она по любви за Янкелем ходит. Она ничего не знает, и если ты ей хоть одно слово скажешь, — ты сам будешь предателем тайны. Понял?

Гриша смотрел серьезно:

— Понял.

Я продолжил маневр:

— Мне Наталке надо объяснить, почему я стремительно ухожу. Дай мне три минуты. Ты ж понимаешь, если мы с ней сообщники, так мы и так уже сто раз все обсудили. А если нет — три минуты для тебя — тьфу. А ей спокойней. И мне спокойней. Я ж на ответственное дело иду. И для тебя в первую очередь ответственное.

— Черт с тобой. Засекаю.

Гриша выбросил левую руку вперед и ловко согнул под прямым углом. Как виселицу.

Стукнул пальцем по циферблату трофейных часов:

— Ну.

Я отвел Наталку в самый дальний угол кухни.

Хриплю шепотом:

— Я сейчас пойду. Куда — тебе не надо знать. Завтра к вечеру вернусь. Если не вернусь до десяти вечера — значит, меня арестовали. Начинай меня поливать грязью и от Янкеля отрекайся, на чем свет стоит. Гриша хочет Янкеля и меня накрыть. Ты ничего не знаешь. У тебя любовь.

Наталка кивала, но было заметно, что с сомнением. В какой бок сомнение — выяснять некогда.

Больше мы с ней не перекинулись ни одним словом.

Поели наскоро, я при Грише во всеуслышанье сказал:

— Наталка, разреши, Гриша у тебя денек поживет. А я вернусь, заберу его у тебя. В лес пойдем, он любит в лесу походить. Да, Гриша?

Гриша сказал определенно:

— Не люблю. Помни, Нишка. Не люблю.

Вина моя захлестывала меня с головой. И от нее мне стало тепло. Шел я быстро. Цветок бежал за мной.

Если б я не тратил время на нежности и взгляды, а изложил Наталке правду про Гришу, все могло б повернуться на лучшее. Она б мне подсказала, мы б разработали план. А теперь план был на мне одном.

И состоял он в следующем: во-первых, добраться до Чернигова.

Найти Субботина.

Дальше плана уже не стояло. Стоял один страх. И страх гнал меня в спину, в шею, в голову.

До Козельца добрался еле живой.

Дальше попался мужик на санях. Подвез немного.

Потом попутка с молоком. Шофер сжалился. Без денег пустил в кабину.

В Чернигове оказался в утренней темени.

Добрел до улицы Коцюбинского. Дом Субботина не светился ни единым светом.

В дверь я постучал тихо. Но Субботин открыл сразу. Внутри комнаты горела свечка.

Я подумал, что он меня не узнает при таком накале и прошептал:

— Это я, Нисл.

Субботин замер. Охватил меня всего взглядом. Возможно, с толку его сбило то, что у меня в ногах скрутился Цветок и весь мой облик представил собой здоровенный куль.

Субботин громко сказал:

— Сейчас вынесу хлеба. Подожди.

Захлопнул дверь. Через пару длинных минут высунул руку с куском хлеба.

— На. Держи, — и почти неслышно прямо мне в ухо: — В восемь часов возле Пятницкой церкви. — И опять во весь голос: — Иди, иди, больше не дам.

Я вышел на улицу с хлебом в руке. Постоял. Который был час, я представления составить не мог. По моим прикидкам — не сильно около восьми.

Двинулся в сторону Пятницкой.

Шел быстро. Смотрел под ноги. Цветок крутился, нюхал снег. Подавал пример стойкости. Конечно, хотел кушать. Но не просил.

Хлеб я спрятал в карман, так как не знал, что ждет впереди.

Пятницкая стояла в развалинах. Но заметно было, что идут восстановительные работы. Я без труда затерялся в кучах кирпичей и бревен. Занял наблюдательное место.

Вскоре увидел Субботина. Он не смотрел по сторонам. Шел как бы по своему делу. Прошел мимо Пятницкой. Я не двинулся. Потом он вернулся и пошел в другом направлении. Я опять не двинулся. Держал Цветка за пасть, чтоб не гавкнул.

Когда Субботин появился в третий раз, я отпустил Цветка. Он гавкнул. Субботин вскинул голову. Мне показалось, что он сейчас гавкнет в ответ. Но он только легонько кивнул. Зашел в развалины.

Тогда я приблизился к нему.

Субботин сел на камень. Молча посмотрел на меня.

— Ну?

— Валерий Иванович, это я. Нисл Зайденбанд.

— Вижу. Рассказывай быстро.

Я сказал, что есть человек, который меня намерен выдать. Спросил, что мне делать.

Субботин ответил не прямо:

— А как ты рассчитывал, когда в Остёр шуганул?

Я удивился, что он знает про Остёр.

— Знаю — не знаю. Тоже мне, секрет и тайна. Все бегут туда, где можно за кого-то зацепиться. К родным, к знакомым. На том и горят. Все горят. И все бегут. И ты тоже. Сильно захотели бы — нашли. И найдут. Разослали приметы. Пока тихо. Где хоронился?

Я рассказал подробно про Янкеля. Про землянку. Про то, что Янкель в лес намерен собрать евреев и отбиваться на крайний случай.

Субботин слушал с интересом. В некоторых местах вставлял вопросы. Сколько человек у Янкеля в наметке. Есть оружие или нету. Какие настроения в Остре и окрестностях у евреев и населения.

Я говорил, что знал.

Наконец, Субботин спросил, кто напал на мой след. Я рассказал про Гришу Виниченку и его милицейскую должность. Что я ему признался нечаянно. Но про то, что приплел спецзадание, язык не повернулся.

— Зачем ты ко мне явился? Чтобы я убил Гришу? Сам не можешь?

Я остолбенел.

Субботин продолжал:

— Ты прячешься от совершенного тобой убийства человека. Появился еще один человек, который про это убийство узнал. Потом появится еще кто-то. Или Янкелю надоест с тобой возиться. Есть простой выход — всех последующих, включая Гришу и Янкеля — убивать. Как тебе такое?

Я молчал.

Субботин злился.

— Вася, ты кашу заварил. Я проявил слабость ради нашего общего партизанского прошлого. Но ты на это прошлое новое накрутил. Еще Янкель со своими евреями. Тоже мне, оборонщик. За тобой теперь кроме тутошних твоих стариков — Янкель. И еще наверное кто-то, кто за Янкелем. И конца нет. Поверь мне, нет конца. Подлота в том, что каждый кого-то может потянуть. На этом все держится. И плохое, и хорошее. Особенно плохое.

Цветок подал голос. Я отщипнул ему хлеба, чтоб вызвать его молчание.

Субботин смотрел, как ест собака. Погладил по шерсти.

— В общем, так, Вася. Есть выход номер один. Тебе исчезнуть с лица земли в фигуральном смысле. Но так исчезать ты не способен. Ты сам показал, что не способен. Выход номер второй. Тебе пойти самому с повинной. Но тогда и Янкель, и старики, и девчонка твоя артистка, за тобой пойдут по веревочке. Тебя расколют, как орех. И не заметишь. Но. Выход номер три. Самый что ни на есть хороший. Если ты сам себя порешишь — ты делу положишь конец. Вроде совесть не выдержала напряжения. Как смотришь на это?

Я молчал. Слова отскакивали от моей головы, как горох. Надю Приходько я уже совсем забыл, и мне ее не было жалко. Но Наталка Радченко. Наталку жалелось до отчаяния. И перед Субботиным стыдно. Он же главным пособником пойдет.

— Ты понимаешь, что я говорю? Ты должен сам себя лишить жизни. Как выберешь: повеситься, утопиться. И чтобы тебя потом нашли мертвого. Чтобы обязательно нашли.

Я кивнул.

— Что ты киваешь, что ты киваешь! Поздно. Раньше надо было. Теперь у нас Винниченко Григорий. Янкель твой на первый план выйдет во всей еврейской красоте. Еще кто тебя видел в последние дни?

Я вспомнил Охрима Щербака. Назвал.

— Партизаны. Засранцы! — Субботин поднялся.

Я понял, что сейчас он уйдет. И уже ничего поправить нельзя. Даже если я умру на месте. Уже ничего не исправлю. Но все равно умереть надо.

Я подал последний голос:

— Не думайте, Валерий Иванович, что я не могу сам умереть. Я могу. Вы сейчас пойдете, и я смогу. Об камень голову себе разобью. Или еще как. Гриша знает, что я до войны считался дурной. Он считает, я дурной и остался. А с дурного какой спрос? Правда?

Мне казалось, я говорил весело.

Субботин повернулся спиной ко мне. Руки в карманах ватника.

Я добавил:

— Валерий Иванович, идите. Не ваше это дело. Мое дело. Я понимаю. Не сомневайтесь.

Субботин обернулся. Глаза его стрельнули в меня, как пистолет:

— Ах ты сволочь! Что ты про меня знаешь? Что ты мне тут в душу плюешь? Думаешь, там место есть, чтобы плюнуть?

Я не знал, что ответить. Смотрел вслед, пока Субботин не исчез в провале.

И вот настал мой час.

Я сел на большой камень. Вспомнил как живую банку с новиковской отравой. Банку темного стекла. И бумажку на банке — желтую, с черными буквами — ЯДЪ.

Нету у меня яда. Нету.

Нужно вешаться. Вода холодная. Пока до Десны добредешь, там лед.

Я снял кожух, рубашку. Порвал рубашку на полосы. Связал веревку. Глазами искал, как перекинуть. Петлю вязал долго. Не получалась. Когда получилась, я передумал. Не от страха. Страха уже не было. Просто захотелось еще немного посидеть спокойно.

Цветок заскулил.

Я отдал ему хлеб и сказал:

— Беги, Цветок, куда-нибудь. Хоть куда-жнибудь, — и показал за стену.

Цветок покрутился за хвостом и выбежал.

Я остался один. Захотелось курить. В решительную минуту надо.

Положил петлю на землю. Набросил кожух. Вышел на улицу. Думаю: попрошу у кого-нибудь. Или найду окурок. А потом и сделаю свое дело.

Спешить некуда. Отспешил.

Люди тянулись на базар. Никто не обращал на меня пристального внимания.

Я попросил у одного. Не дал. У другого — тоже не дал. А мне все равно. Даже весело. Кто ж, думаю, даст человеку перед смертью покурить. Дал. Толстый такой мужик. В смушковой шапке. В пальто хорошем. Дал папиросу «Казбек». И прикурить дал от своей.

Спрашивает:

— Шо, хлопец, нездешний? Побираешься?

— Угу. Побираюсь.

— Дак трэба на базар. Тут нихто не дасть.

И двинулся себе ровной походкой, куда раньше направлялся.

Я курил. Голова кружилась. Как в госпитале в эфирном наркозе. Туман в глазах. Шея болит, будто я ее уже стянул насмерть. И видится мне, что ко мне направляется фигура Субботина.

И голос его слышу:

— Давай, давай, Вася. Давай, давай.

Я пошел, как мог, в развалины. Накинул петлю. Перебросил веревку через балку. Тяну телом вниз. И падаю в легкость.

Открыл глаза.

Надо мной склонился тот самый мужик, что дал папиросу.

— Ну, живой.

Я кое-как сел.

Он говорит:

— Кожух для тэбэ постарався. Скрутка твоя за воротник заплэлася. Ты б зняв кожух. И получилося б.

И засмеялся.

— Я за нуждой забиг. А ты ось дэ. Дывлюся — за воротник кожуха скрутка заплелася. Чуеш?

— Слышу.

— От и добре. Я папыросу залышу. Посыдь, подумай. Кожух знимы, якшо шось.

И правда, достал папиросу, прикурил сам и мне в рот засунул, сквозь зубы.

Я затянулся дымом, закашлялся.

Мужик смотрел и смеялся:

— Думай, думай. Я ж нэ против. А ты думай.

И ушел. Веселый.

Думать я не мог. Собирал свою решительность в кулак. Но она не собиралась.

Ноги понесли меня в сторону Субботина.

Люди наблюдали за мной, как за пьяным. Некоторые показывали пальцем. Кожух расстегнутый, болтается на одном плече. Без шапки. Живот голый светится. Руками машу для равновесия.

Так и дошел до улицы Коцюбинского.

Субботин ждал меня возле двери. Не дал постучать, сам открыл и втянул за шиворот.

— Я тебя через окно увидел. В тебе соображение осталось?

Я мотнул головой.

— Говорить можешь?

Я подтвердил.

— Сейчас мне надо уйти на час. Ложись и спи. Изо всех сил спи. К двери и к окнам не подходи. Вернусь — или сам тебя прикончу, или что-нибудь придумаем.

Субботин растолкал меня со словами:

— Два часа дня. Хорош дрыхнуть. Я приготовил поесть.

Я с трудом сообразил, где нахожусь. Потом вспомнил.

И первое, что сказал:

— Я Винниченке наплел, что выполняю спецзадание. Он только потому и отцепился. Я ему обещал доказательства принести.

Субботин присел ко мне на кровать. Больше от неожиданности.

— Вася, повтори, что ты сейчас сказал.

Я повторил. И добавил разъяснение, что я так Грише представил, что немца специально убил — по заданию. И с Янкелем тоже по заданию. Что все это — операция. И я в ней главный, получается. Через меня и связь, и все. Как в войну.

Субботин развернул меня к себе лицом. Злости у него в глазах было столько, что показалось, сейчас меня от этой злости не станет на свете.

— Вася, ты отдаешь себе отчет, что ты такое сам не мог придумать. Кто тебя научил? С кем ты работаешь?

— Ни с кем. Я придумал. От испуга. Сами подумайте, какая операция. На голову не налазит.

Субботин толкнул меня в живот. Не больно, но я упал на спину. Он мне колено на живот поставил и прижал к кровати.

— Я тебя раздавлю, как вшу. С кем ты работаешь?

Я понял, что сейчас точно пришел мой час. Субботин смотрел белыми глазами сквозь мой живот, сквозь матрац, сквозь пол. Куда-то глубоко вниз, через землю.

Я тихо сказал:

— Валерий Иванович. Вы меня если хотите убить, так убивайте. Только скорее, а то вы с ума сойдете.

Субботин будто очнулся. Отпустил.

Несколько минут посидел спокойно на стуле за столом. Погладил ладонью столешницу. Туда-сюда.

Говорит:

— А ты уверен, что Янкель сам от себя придумал евреев в лес собирать?

— Уверен, — я держал голос твердо, но дрожь меня била без остановки, и уверенность пропадала в каждой букве.

— Вот. И я тоже. Не уверен.

Помолчали.

Субботин пошел на кухню. Загремел посудой.

Позвал:

— Иди чай пить.

Я пришел.

Субботин налил чай. Порезал хлеб. С одного бока из буханки был выхвачен кусок. Тот, что Субботин просунул мне в дверь с утра.

— Сейчас, Вася, ты мне расскажи с учетом каждой секунды. Как ты познакомился с Надей Приходько. Как искал немца. Как убил. Как я к тебе пришел. Что я сказал. Как ты ушел от Школьниковых, куда потом пошел. Как ехал до Остра. И в Остре по капельке — каждый шаг. Каждое слово. И то время, что ты в лесу. До этой самой секунды, как я тебе кишки чуть не выдавил.

Я изложил раз. Потом второй. Потом третий.

Всякий раз Субботин задавал вопросы. Будто хотел сбить с толку. Но какой может быть толк, если я рассказывал чистую и неприкрытую правду. Утаил только про Дмитра Винниченка. Как я его мутузил. То ж мое личное дело.

Наконец, Субботину хватило.

Он сделал вывод:

— В твоей голове, Вася, появился гениальный план. Хорошо, что не на того напал. То есть на меня, а не на какого-нибудь падлюку. Если б на моем месте оказался кто другой, тогда бы ой-ой-ой. Мир содрогнулся бы. Точно тебе говорю. Твое счастье.

Я попросил разъяснить суть.

Субботин разъяснил:

— По всей нашей необъятной стране еврейское население выходит из отведенных ему берегов и начинает куролесить. Убивает неугодных. Вот ты начал с пленного немца. А можно — и не с немца. Можно и сотрудника милиции или советских органов. Готовятся в диких лесах базы с продовольствием и жильем, с запасом оружия для партизанской еврейской войны на территории СССР. Гнездо змей — в Остёрском районе. Отсюда рассылаются эмиссары и инструкции от Москвы до самых до окраин. А это уже не статейки в журнальчиках и газетках. Это прямая угроза безопасности государства, еще не оправившегося от потерь Великой Отечественной. Это могла стать величайшая провокация. Как поджег Рейхстага. Там Димитров на чистую воду фашистов вывел. А тут — фига с маком, а не чистая вода. У нас такое не пройдет. Всем роли напишут. И постановку сделают — первый сорт — куда едешь — на курорт. А тогда всех евреев как замахнувшихся делом на свою Родину, которая их из милости столько кормила и берегла от фашистов, с поля вон. Как сорняки. И настала бы отличная жизнь. Ферштеен, Вася? Вот что было бы, если бы твоя мысль в голову кому-нибудь другому засела. Жалко такую идею топить. Жалко. И ты бы с Янкелем сыграл на оценку «пять с плюсом». Вы же и так играете. Но пока, как умеете. По случайности. По сходу обстоятельств. А можно обстоятельства направить. Ох, Вася. Меня, как специалиста, мурашки мучают, как хочется планчик исполнить. Или хотя бы начальству предложить. Начало ты положил? Положил. Я тебя направил, получается? Направил. Ты сам проявил инициативу, вышел на Янкеля. Внедрился. Работаешь. Вызнаешь сеть. Агентов. Наймитов. Подпевал. Я тебя инструктирую. Пора и наверх. Доложить: снимайте мою голову, но я на риск пошел, сам большое дело начал. Можно сказать, необъятное. Рубите голову или давайте новые погоны. А евреев тут на нашей земле больше не будет. И ни один прогрессивный мир пикнуть не посмеет. Потому что бандиты и есть бандиты. Все как один.

Субботин говорил горячо. Увлеченно.

В какой-то момент я порадовался, что проявил смекалку и сумел порадовать умного человека.

Он не заметил, что стемнело. Я щелкнул выключателем, но электричества не оказалось. Я зажег свечку на столе. Субботин задул.

Чем ближе к концу приближалась его речь, тем больнее крутился у меня на языке один вопрос.

И я спросил:

— Значит, я главный? Без меня ничего не будет? Вся причина во мне? Если вы меня немца убивать не подучивали, в Остёр идти на направляли, если я вам ничего не рассказывал-докладывал, если я не ваш агент, значит, и не будет ничего потом? Отменяется? Рейхстаг отменяется, я спрашиваю? Или как? Или что?

Субботин ответил:

— Может, отменяется, а может, и не отменяется. И ты, Вася, много на себя не бери. Гладко было на бумаге, да забыли про овраги. Как говорится. Сейчас пять часов дня. Тебе надо быть в Рыкове в двадцать два. Ты не успеваешь. Я доберусь раньше. А ты — как сумеешь. Теперь — выходишь. И я тебя знать не знаю до встречи в Рыкове. Иди.

— А если я в Рыков не пойду и вообще никуда не пойду? Если я сейчас на себя наложу руки или еще как? Вы, Валерий Иванович, не сильно командуйте.

Субботин положил мне тяжелую руку на плечо и хрипло проговорил:

— Вася, запомни. На твоем месте может быть каждый. Каждый. Живой или мертвый. Разницы нет. Будешь ты в Рыкове — хорошо. Не будешь — обойдусь. Я не тебя сейчас спасаю. Я себя спасаю. Так мне видится твое положение, Вася. Мне пока интересно себя спасать. Абгемахт?

Я ответил:

— По рукам!

Мы пожали друг другу руки.

Какая сила несла меня в Рыков — неизвестно. Но донесла.

В хате Наталки уже сидел Субботин. Сидел как хозяин. Наталка и Гриша стояли перед ним, как на допросе.

Когда я зашел, чтобы разрядить обстановку, сказал:

— Двери нараспашку. Не боитесь?

Субботин, не поворачивая головы, бросил в воздух:

— Мы на своей земле. Нам бояться нечего. Верно, Гриша?

Гриша утвердительно хмыкнул.

Субботин был в форме. Держал на коленях планшетку. Я сразу определил — забрал у Гриши.

Водил пальцами по вырезанным буквам и говорил:

— Раз все в сборе, собрание объявляю открытым. Тебе, Григорий, задание. Следить, чтобы вокруг лагеря был покой. Ни один человек не должен знать. Пока затаиться. Янкель свое дело знает. Он его и делает. Нисл будет со мной на связи. Держи, Гриша, рот на замке. Это твой главный долг перед народом. Вопросы есть?

Наталка и Гриша молчали.

— Раз нет вопросов, то и говорить нечего. Нисл, сейчас пойдешь со мной. Наталка, покорми его. Заслужил.

Наталка молча дала мне еду. Не смотрела в лицо, а только все время нарочно толкала — то в плечо, то в грудь, то в голову.

Я не выдержал:

— Ты что, специально? Мне ж больно.

Она сказала во весь голос:

— Ничего. Не развалишься. Ты хлопец крепкий. В огне не сгоришь и в воде не утонешь, — и с вызовом в сторону Субботина прибавила: — Правда, товарищ капитан?

Гриша загоготал. Субботин его поддержал не-
ровной улыбкой.

Мы вышли вместе с Субботиным. Он перекинул
через плечо планшетку.

Я спросил просто так:

— Забрали?

Субботин огрызнулся:

— Я свое всегда забираю. Веди к Янкелю.

Пошли к Янкелю.

Шлях завалило снегом, но колея оказалась твердая. Я шел еле-еле. Субботин меня подгонял.

Я упал и говорю:

— Знаете что, Валерий Иванович. Мне теперь
все равно. Никуда я не пойду. Ни к Янкелю, ни
к Шманкелю. Идите сами, если вам приспичило.
Я тут полежу, отдохну.

Субботин схватил меня за грудки:

— Пойдешь. Поползешь. Я тебя смертью пу-
гать не буду. Ты и так неживой. Я тебя по-другому
в чувство приведу. И приведу я тебя в чувство
тем, что напомню список, который у тебя в голове должен светиться кровавыми буквами.
Старик Школьников — раз. Старуха его — два.
Приходько — три. Мамаша ее — четыре. Янкель —
пять. Гриша — шесть. Наталка — семь. Я — восемь. Плюс те евреи, к которым Янкель хоть на
минутку заскакивал хоть раз в жизни. Мало? Тебя
в этом списке нету. Не надейся. Потому иди и не
рыпайся.

Он прихватил меня под руку, как девушку на
прогулке. Поволок вперед.

Я плёлся и повторял в уме: «Жди меня, и я вернусь. Только очень жди». В какой-то момент забормотал вслух.

Субботин разобрал слова и подхватил: «Как я выжил, будем знать только мы с тобой...»

И так по кругу мы повторяли от конца до начала и от начала до конца.

Субботин скомандовал:

— В ногу!

И я взял шаг. Как мог, так и взял.

В Янкелеву дверь не стучали. Субботин ловко подцепил щеколду и открыл.

Янкель спал. По запаху чувствовалось, что в доме больной человек.

Субботин разбудил Янкеля.

Тот в темноте вскочил, но не удержался на ногах.

— Кто тут?

— Свои, — ответил Субботин. — Субботина помнишь?

Янкель повторил, как в гипнозе:

— Субботин. Помню.

— Вот и хорошо. Я с Нислом. Ты понимаешь? В своем уме? Или в горячке?

Янкель ответил, что в своем уме.

Зажег каганец. Сел за стол. Я тоже сел.

Субботин стоял над нами, как памятник.

— Ну что, евреи, будем разговаривать начистоту. Будем, Янкель?

— Не знаю, товарищ Субботин. Я тебя давно не видел. Рассмотрю, подумаю. С чем явился?

— Это ты мне явился, Янкель. Явился вместе с Нишкой в страшном сне. Я бы тебя сто лет не видел. Вспоминал, да. Вспоминал не раз. А видеть желания не было. Честно скажу. Мне та жизнь только в кошмарах геройских вспоминалась. И ты заодно с ней. Так что я если пришел сюда, то по крайней надобности.

— Ага, — Янкель рассматривал лицо Субботина, задрав голову.

Посмотрел, посмотрел. Встал.

И уже наравне сказал:

— Поговорим, Валера. Хотите, раздевайтесь. Хотите, нет. Угостить вас нечем. Не обижайтесь.

Янкель и Субботин стояли друг напротив друга. И я понял, что Субботин сильней. И ноги у него крепче стояли на полу. И руки в кулаках наготове. А Янкель согнутый. Весь согнутый. И ноги, и руки крюками. Он не стоял. Цеплялся.

Я тоже встал. Подошел к Янкелю немножко сзади и подпер его плечом. Вроде ненароком.

— Янкель, Валерий Иванович, садитесь. Стоять — это лишнее. Мы не стоять тут собрались. Правда, Валерий Иванович?

Субботин сел первый. За ним и Янкель. Я остался между ними. Третьей табуретки не было за столом. Я снял кожух. Сел на кровать. Постель горячая от Янкелева тела. Меня аж обдало жаром и запахом больного пота.

Янкель заметил, что я без рубахи:

— Что ты голый? Так спешили, что рубашку забыл напялить?

Субботин ответил за меня:

— Нисл на жалость бьет. Ничего. Ты не особенно жалостливый, не заплачешь?

Янкель ответил с улыбкой:

— Не заплачу. Ты ж меня знаешь.

Субботин снял ватник, кинул на кровать, развернулся грудью во всю ширь, показывая Янкелю форму.

Заговорил:

— Янкель, честно тебе скажу, я не знаю, что делать. То есть я знаю. Но что знаю — то делать не хочу. Нишка заварил кашу по своей части. Это пока отставим. Но ты такой кулеш заправил — я перед тобой преклоняюсь. На самом верху не додумались — а ты сообразил. Только, как я тебя понимаю, ты с теми, что наверху, не советовался. Ты у них не в поводу идешь. У тебя свой повод. Собственный. Правильно?

Янкель не сообразил, куда клонит Субботин.

— Ну. Дальше.

— Дальше. Ты опытный партизан. Ты понимаешь, что про твои еврейские штучки рано или поздно станет известно кому надо. Я тоже тот, кому надо. На мне погоны. И твою оглоблю развернут в нужном направлении. А потом, когда придет назначенный час разоблачения еврейских коварных замыслов, — вы с Нишкой, который к тебе подстегнулся из-за своей молодой дурости, первыми пойдете, и за собой евреев поведете, как баранов. Ты про это подумал?

Янкель опустил голову.

— Ты слушай внимательно. Пока по-настоящему в курсе только я. Ну, Гриша Винниченко краем уха. Я ему наплел в общих чертах, что выполняет-ся специальная операция. Что и как — не расписывал по буквам. Он будет молчать. Еще и Нишку оберегать. И вот я сейчас думаю: на корню пресечь твою вредительско-сионистскую деятельность, или подписать тебя в агенты и разыграть, как говорится, козырную на сегодняшний момент карту. Мне — новые погоны. Они на дороге не валяются.

Янкель поднял глаза:

— Погоны не валяются. А я валяюсь, получает-ся? Ты меня спроси, пойду я к тебе в агенты или не пойду. А потом себе погоны чипляй.

— Я Нислу объяснил, что ваша с ним воля меня не интересует. Он хотел повеситься, да петлю свернуть не сумел. Не дорос еще. Ты сумеешь. А что толку? Лагерь свой ты с землей не сровняешь. Мы туда оружие подвезем. Свидетелей твоих еврейских и других, Наталку Радченко, например, позовем. Они нам подтвердят про твои настроения. Устроим всемирный суд. Смерть поджигателям Третьей мировой войны. Лучше второго пришествия. Будь спокоен за этот вопрос. Учти, Гриша молчит-молчит, а выпьет лишнего и кому-нибудь болтанет. Про Нисла болтанет. Нисла в лагере найдут. Чей лагерь, кто его соорудил, зачем — ответ сам собой напросится. В общем, выхода у вас с Нислом нет.

— Нет выхода, — Янкель встал, ногой отодвинул табуретку. Оперся кулаками на стол. — Что так, что так — выхода нет. А ты не думаешь, товарищ Субботин, что ты живой от меня не уйдешь?

— Как сделаешь, так и будет. Отпустишь — уйду живой. Не отпустишь — неживой уйду. Меня будут искать. Выйдут по ниточке. Я тебя и неживой привяжу крепче некуда.

Янкель повернулся ко мне:

— Ну, Нисл, что скажешь?

Я ничего не сказал.

Субботин поднялся с силой.

— Ноги натрудил по снегам бегать. Оставайтесь пока. Делайте что хотите. Все равно вам конец. А со мной договоритесь — поживете чуть-чуть. А может, и потом поживете. В тюрьме, а поживете.

За Субботиным хлопнула дверь.

Янкель метнул в меня глазами:

— Так я и знал. Зачем ты его притащил сюда? Зачем ты к нему привязался веревкой, теленок паршивый! Все доложил? Ничего себе про запас не оставил?

Янкель говорил не сердито.

А я ему не сердито ответил:

— У меня по-другому никак не получалось. Гриша Винниченко разнарядку получил. Описание примет. Меня ж за немца ищут. Прижал к стенке меня, я сдуру болтанул, что это я и есть. Убийца немецкая. А дальше закрутилось, как в колесе. Прости меня, Янкель. Я б спокойно теперь пошел по своему делу. А теперь и ты ко мне пристегнут. А Субботин что. Субботин ничего. Он же меня тогда упас. С немцем. Я на него понадеялся. А вот как он заговорил. Ему рот не залепишь. Что делать, Янкель?

Янкель кышнул меня с кровати. Прилег. Закрыл глаза. И даже вроде перестал дышать. Я присматривался к его животу. Живот не поднимался и не падал.

Я испугался.

— Янкель, ты живой?

Он молчал. Я потряс его за плечо.

— Отчепись. Лягай на полу. Спи. И я засну. Потом обсудим.

Я пристроился на полу возле окна. На удивление, заснул в ту же минуту.

Янкель растолкал меня еще в темноте. Кричали петухи. Все-таки утро. Дал приказ: ехать с ним по селам. Самое время ехать по селам. Работа есть работа. Буду помогать.

Быстро собрались и поехали.

Я считал, что сначала двинемся в Бригинцы и Рыков. Но Янкель направил лошадь в другую сторону.

Вслух мы не договаривались, но внутренностями приняли закон: про Субботина ни звука.

В одном из сел я заметил у хозяина хорошие ножницы. И опасную бритву. Сразу понятно — трофейные, немецкие.

Мигнул Янкелю. Тот подошел с предложением к мужику. Мужик уступил. Продал по хорошей цене.

Так у меня образовался отличный инструмент. С того дня Янкель занимался своей кузнечной специальностью, а я — своей. Мечтал про машинку, шнырял глазами и вопросами насчет этого, но нигде не попадалась. Стриг всех подряд. Больше мужчин и детей. Женщины не слишком стремились. Коса и есть коса. Ее и так уложишь, и так прикрепишь. Разнообразие. А мужчине трудней. Женщины вшей боятся, но следят. А с мужика что взять. Ему легче волос снять до основания. Не говоря про детей.

Когда Янкель ездил сам, я оставался в тени на каком-нибудь хуторе. Потом опять сливались вместе и продолжали свой нелегкий путь.

Рыков обминали стороной.

Однажды я не выдержал. Спросил про Наталку. Ей же нужно объяснение, инструкции.

Янкель сказал:

— Забудь про Наталку навсегда. Твое счастье, спишь крепко. Она той ночью приходила. Я ей сказал с пятое на десятое, чтоб она выходила замуж хоть за кого. Чем скорее, тем лучше. Меняла фамилию и из Рыкова убиралась в чем есть.

Я высказал предположение, что Янкель поступает незаслуженно с любимой женщиной. Янкель ничего не ответил.

И вот как-то, в период Янкелевой отлучки в Остёр, я добрался до Рыкова. Чувствовалась необходимость поговорить с Наталкой.

По расчету, я дошел в глубокой темноте, под ночь. Постучался в окно.

Наталка открыла дверь и первыми ее словами было:

— Что с Янкелем? Почему один?

Я объяснил, что наведался без Янкелевого разрешения. Что и сам по себе могу быть, а не только с Янкелем.

Наталка выглядела очень красивой. Коса распущена, как у русалки. Рубашка белая длинная, а поверх рубашки коричневый шерстяной платок. И вырез виден. Она меня не стеснялась, так как она была Янкелева, а не моя. Я это понимал. Но я шел за другим.

Я планировал ей рассказать от себя лично, как получилось, что Субботин нас всех накрыл своей тяжелой рукой. Но с чего начать, замялся.

Наталка наступила со своими толкованиями известных ей фактов:

— Если ты грехи замаливать ко мне явился, так не трудись. Мне на твои грехи наплевать. У меня своих хватает. Ты только скажи, что Янкель надумал? Почему меня оттолкнул? У него кто-то другой завелся?

Женщина. Я понял, что ситуация ей понятна только в самых общих чертах, и то неправильных. Осторожно начал выпытывать, что она понимает.

Оказалось, она не понимает ничего. Только то ей ясно, что Субботина привел я. И что Субботин — враг Янкеля. И что Янкель ее прогнал от себя все равно к кому после разговора с Субботиным. Раз так — я самый виноватый человек на земле. И заслужить ее прощение я могу только тем, что опять поверну Янкеля к ней. А Субботин далеко. Он свое дело сделал, разлучил и до свиданья.

Получается, Наталка не знала всей глубины. И могла нечаянно усугубить.

Я сказал:

— Наталка, во-первых, оденься. Я все-таки мужчина. А ты женщина. И ты при мне голая не ходи туда-сюда. А во-вторых, Янкель тебя не оттолкнул, а отвел в безопасную сторону. Остальное — когда платье оденешь.

Наталка оделась наскоро. И дверь в соседнюю комнату не прикрывала. Спешила.

Я продолжаю спокойно:

— Скажи мне, как Гриша Винниченко? Не приходил?

— Нет. С той ночи нет. Я в Остре была, столкнулась с ним на улице. Прошел, как мимо пустого места. Я его зову, он голову не повернул. Рукой махнул чуть-чуть, вроде — отстань, а лицом не повел в мою сторону. В Остре говорят, Янкель по селам отправился, как обычно. А что — обычно, если он ко мне больше месяца не кажется. Как с цепи сорвался. Я при чем?

— Ты при том, Наталочка, что тебе надо свои чувства сократить до нуля. Мы с Янкелем на пару по селам мотаемся. И сколько так будет — не знаю. Кузнечные дела переделаем — на другое переключимся. Работы хватает. Я, например, людей стригу. Не нахлебничаю при Янкеле. Мы ударились в затишье. И ты нам своим поведением затишье не испорти. Надо протянуть время. Вот какая задача.

Наталка слушала меня внимательно, и я забыл свою начальную цель. Теперь я выставлял помимо воли то обстоятельство, что я вроде единственного связного между ней и Янкелем. Она так и поняла. И смотрела на меня уже ласково.

— Нишка, уговори Янкеля прийти. Прошу тебя. Ты ж виноватый. Ты и уговори. Мы без тебя так жили. Ой как хорошо жили. Ну, строил Янкель свой дурацкий лагерь. Я не перечила. У него с войны голова забита смертями. Я ж ему мертвых не поверну назад. Ясно, он не выдержал напряжения. Люди разберутся. Субботин сказал, что если Янкель его послушается, жизнь наладится. Надо, чтоб послушался. Я для Янкеля все сделаю. Что мне сделать, скажи.

Я молчал. И вдруг осознал, что это есть наш единственный шанс.

Я сказал:

— Пойди к Субботину. Я адрес дам. Скажи ему, что я и Янкель согласные. Он поймет. Только у нас условие — чтоб он подождал до лета. Янкель еще агитацию проведет с кем надо. Субботину широкая агитация нужна. Янкель широкую и устроит. А к осени пускай начинает делать, что задумал. Такими точно словами и передай.

Наталка кивала головой и плечами. И волосы ее падали на лицо, как волны. В ту минуту я был ее начальник.

И я добавил:

— А что касается того, что Янкель распорядился твоим замужеством, не слушай. Или слушай. Сама решай. Только знай. Судьба у нас с Янкелем неопределенная. Между смертью. Я один и он один. Имей в виду. Не ищи встречи с Янкелем. Он уже не тот. Ему отдых нужен и покой. Я на себя беру дальнейшее. Поверь мне. Ты ж видишь, я к тебе пришел. Не Янкель.

Даже если б Наталка легла со мной, я бы ее не принял. Я на словах был с ней больше, чем можно. Такая настала между нами минута.

Я ушел радостный.

Но радость моя быстро рассеялась. Ну, уговорит Наталка Субботина подождать до осени. Будет у нас с Янкелем еще сколько-то жизни. И что? А то. А потом как-нибудь.

И радость опять заполнила мое сердце. И волосы Наталки летели перед моим взглядом по снежному ветру. И важная мысль легла передо мной на шляху: если б Субботин точно знал, что делать, он бы уже сделал. А раз нет — значит, кто первый кого заморочит, того и сила наступит. Янкель правильно считал: нельзя сидеть сложа руки и голову. А сам сложил. И я за ним поплелся. Но от этого часа — я главный. Не Янкель. И Наталка так считает. Тем более.

С Наталкой мы договорились встретиться примерно через месяц у нее в хате. С вестями от Субботина.

С Янкелем мы наметили сойтись в Ляховцах.

Я пришел — он уже там кузню наладил. Как всегда, хлопцы вокруг него крутились, помогали. Янкель вообще-то не поощрял баловства в кузне, но тут как-то набралось много малолетних, смотрят, спрашивают, Янкель выступает вроде учителя.

Целый день калил в горне арматурные прутья до вишневого цвета. Рубил. Остро оттягивал концы, превращал обрубки в скобы. Фокус такой.

Хвалился, что мог бы и голыми руками, но горячие сильно.

Прутьев была гора — немцы не успели построить доты. Янкель на материал наткнулся в лесу, приметил. Позвал с собой хлопцев из села — те таскали-таскали, пока все не перетаскали в кузню. Вот за это им и поощрение получилось — смотреть.

Сам молотом машет, припечатывает. На подхвате у него парубок. Остальные так, без определенных занятий.

Конечно, Янкель потерял бдительность на радостях. Он теперь работой обеспечен под завязку — люди отстраивались, в колхозах подправляли хозяйство. Без скреп не обойтись никому. И куда на поклон идти? К Янкелю. Без скрепы ни одно построение невозможно.

И вдруг один малой кинулся к огню и скорости не рассчитал, врезался в горн плечом. Заверещал страшно. И от боли, и от страха. Янкель раскаленную железную штуковину, что была у него в руках, выпустил, и себе на ногу. Но малого успел схватить, откинул от огня. А сам обжегся сильно. Валенок тлеет. Рубашка горит. Все стоят, как заколдованные. Янкель малого схватил на руки и с ним на снег выбежал, валяется. Оба кричат не своими голосами.

Несчастный случай.

Янкеля обсмотрели. Хоть ожоги и сильные, но бабы решили его лечить подручными средствами — гусиным жиром и травами. У них хватало. А малого отправили в Козелец в больницу.

И устроили Янкелю красивую жизнь. Наперебой кормят, мажут. Мажут, кормят. Отварами поят.

Он и так хромой, а с таким происшествием засомневался, сможет ли очухаться в полную силу, чтоб шкандыбать без палки.

Засели мы в Ляховцах на пару месяцев. Но я сумел отлучиться под благовидным предлогом для встречи с Наталкой. А предлог такой: в Бригинцы к знаменитой бабке за травами. Заодно и для собственных нужд. У меня по разным причинам стали волосы на голове выпадать один за другим. Один за другим. Янкель меня подначивал, что наступает полная конспирация, но я переживал. Не из-за красоты. А просто из-за свидетельства краткости молодости.

Сижу у бабки в Бригинцах. Она готовит мне торбочку. Шепочет себе под нос необходимые слова. В дверь стукают. Она открывает. Начинается разговор.

Слышу — женский голос. Даже Наталкин голос. Но шепотом. Подхожу ближе. И слышу, что она у бабки просит для выкидыша что-то подходящее. Бабка ей говорит: обожди. Сейчас с одним прикончу, с тобой начну.

И кричит мне:

— Хлопец, забирай торбу, уходи.

Я за торбу — и к двери. И правда, Наталка.

Я ей:

— Здравствуй, Наталка. Болеешь?

— Болею. А ты что тут?

Я подмигнул по направлению двора:

— Я тебя подожду.

Наталка кивнула. Но в землю кивнула, не в лицо мне.

Я ждал.

И вот она вышла. Бледная и даже зеленая.

И сразу заявляет:

— Я беременная. Тошнит мне. Ты рядом со мной близко не стой, а то я за себя не отвечаю.

Я отодвинулся немного, но за руку ее взял и веду по дорожке. Земля видна. Не скользко, а мало ли что.

Спрашиваю:

— Ты у Субботина была?

— Была.

— Когда была?

— Как ты приходил, так назавтра и была.

— И что?

— И то, — и на живот себе показывает.

— Не может такого быть. Это Янкеля.

— Мне лучше знать. Субботина.

До Рыкова от Бригинцов шагом минут сорок. Идем и молчим. Наталка руку не отнимает. Рука холодная. Как в лесу, когда заблудились.

Пришли в Рыков.

Она рассказала.

Явилась к Субботину. Ждала во дворе до ночи. Он ее углядел и с улыбкой пригласил зайти.

Наталка ему говорит:

— Валерий Иванович, я по поручению Янкеля. Он с вами совершенно согласен и будет стараться делать, как вы говорили. Он с евреями ведет широкие беседы насчет того, что надо уходить в лес и там готовиться. И многие за него цепляются, как за последнюю надежду. Только Янкель просит большое время для спокойной деятельности. А то не будет толку.

Субботин слушает. Причем в темноте. У него в квартире ни одной лампочки. Он свечку зажег на столе.

Наталка поинтересовалась, почему нет света. На улице ж фонари кое-где горели, и в окнах тоже. Субботин ответил неохотно, что ему в глаза больно — на свет смотреть. Что он, если б не при форме, то и в зеленых очках ходил бы. Как слепые. Наталка посочувствовала ему. Он сочувствия не принял. Напротив, разозлился.

— Значит, ты связная? Ты ко мне, как к фашисту в логово, зашла, ты же так считаешь? Говори честно. Мне надо знать.

Наталка ответила, что никакая она не связная. Раньше была. В войну. И к фашистам ходила. И с полицаями говорила. А к Субботину по-другому пришла. Просто как к советскому человеку приходит советский человек.

Субботин напрямик спросил, верит ли Наталка точно, что Янкель намерен честно сотрудничать.

Наталка заверила:

— Точно.

Субботин голову в потолок закинул, сидит на табуретке, ноги вытянул, прислонился спиной к стенке. Потом спросил, как себя ведет Гриша Винниченко.

Наталка ответила, что Гриша себя никак не ведет.

Субботин глаза закрыл и говорит в таком виде:

— Я тебе не верю. Янкель меня дурит. Ну и пускай. Теперь недолго осталось. Хочешь, я тебе тайну военную открою?

Наталка не захотела.

Субботин махнул рукой и говорит:

— Не хочешь, как хочешь. Уходи. Передай Цегельнику, что я ему дарю в подарок время до того часа, как сам захочу. Пускай он бегает. Когда захочу — я его прихлопну.

Наталка спросила:

— А потом?

— А потом ничего. Ничего, понимаешь? Не понимаешь, и понять не можешь. Потому что ты хоть бывшая связная, а безмозглая баба. Что ты связываешь? Что связываешь? Не то связываешь. А я то, что надо, хочу связать. Иди.

Наталка поднялась, чтобы уйти, но Субботин ей говорит:

— Мне спать не хочется. Ты посиди пока. Я один и один. Тебе Янкель про меня рассказывал? Он про меня забыл, наверное. А в войну мы с ним много чего наделали. Ни себя, ни других не жалели. Ты мою фамилию раньше слышала?

— Нет.

— Вот именно. Про что же тебе Янкель рассказы рассказывал, если про меня ни слова? Ты с ним когда связалась?

— В 43-м. Осенью.

— Вот меня и не было уже у Чубара. А то бы ты меня тогда знала. А теперь вот как узнала. Думаешь, я плохого хочу?

— Нет.

Наталка почуяла недоброе, но считала, что и не с такими справлялась и отпор им давала.

Но тут Субботин ее перевернул на выворотку. Начал рассказывать про себя. Первым делом притащил планшетку и заставил рукой водить по вырезанным буквам.

— Видишь, видишь, это братишка мой сделал. Я попрощаться забежал домой. На улицу Рубинштейна, между прочим. Мы там жили. В Ленинграде. Я планшетку в коридоре оставил, а братишка мой, девяти лет, вырезал ножичком буковки: ВС. И в комнату, где я с мамой сидел, принес. И сказал, что вырезал буквы, чтобы не потерялась моя планшеточка, чтобы не присвоил никто. Ему рюкзак мама надписывала, когда он в пионерский лагерь отбывал. У него в самый первый раз рюкзак парнишка один украл. Они же все одинаковые, рюкзачки, так парнишка украл и себе взял. Вместо старого и рваного. Братишка по надписанному химическим крандашом и отыскал. Вот мне ножичком и вырезал. Я его шуганул: нарушение устава. Хоть бы изнутри, а он снаружи, на видном месте. Он говорит через слезы: «Валера, ты меня вспомнишь, когда у тебя планшетку украдут. Вспомнишь!» Они от бомбежки погибли. Я в конце войны узнал. Я думаю, от голода все равно умерли бы. А от бомбы веселее. Хлоп — и нет. Весь город умер бы. Хоть так, хоть так. Без разговоров. Назначили город Ленина к смерти, и он бы умер. Именно из-за того, что Ленина. Ну, назвали бы как-то иначе. И все жили бы. И никто не виноват. Раз назначили сверху.

И так у меня в голове эта мысль успокоительно находилась, что мне не было больно. И с евреями так же. Ну, назвали так. И что. И ничего. Понимаешь?

Наталка сделала вид. Ничего она не поняла. А только от жалости и злости молчала. Планшетку хотела вернуть Субботину лично в руки. Он выронил. Не принял.

— Нет сил у меня, Наталка, сумку эту проклятую таскать. И ничего на себе больше таскать нет сил. Я чеченцев выселял — на полную силу. Я татар выселял — на полную силу. И так далее. Работа поручена — работа сделана. Ну, так хочешь тайну? Не хочешь, а я скажу. Украинцев будут выселять. И тебя, значит. Всех. Подчистую. А на ваше место найдутся люди. Да хоть немцы из советского сектора. Они же за коммунизм до полной капитуляции. Им же все равно, где строить его. Пускай тут строят. По-немецки, чисто.

Субботин сказал и как очнулся.

— Ложись со мной, Наталка. Ты лежи, а я подумаю, как с Янкелем поступить.

Наталка хотела уйти с гордо поднятой головой. Но все выговоренные Субботиным слова так ее приглушили, что она осталась. Больше от усталости.

Я выслушал ее рассказ.

Спросил:

— Про меня Субботин ничего не говорил?

Наталка отрицательно посмотрела мне в глаза.

— Как — не говорил? Может, забыла?

— Ничего я не забыла. И никогда на свете не забуду уже. Думаешь, Нишка, ты главный? А ты не главный. И никто не главный. Субботин про тебя даже не заикнулся. А тебе обидно.

Да, обидно. Но я не признался Наталке. В голове у меня накопились слова Субботина и предстояло их связать в одну вязанку.

Положение Наталки отошло на второй фон. Ребенок у нее в животе меня не касался. Но все-таки через свою и ее шкуру я чувствовал, что он и есть отплата за неясное ни мне, ни ей, ни Янкелю. Ни Субботину.

Наталка не смотрела мне вслед, когда я уходил. Сидела за столом чересчур прямо, как будто ничем не примечательный живот ей уже мешал согнуться.

По дороге я подводил черту под результатами.

По поведению Наталки я понял, что она не боец.

Субботин пообещал отсрочку. У него свое подпирает. И он не боец. Так себе — расстрельная команда.

Янкель не боец. У него нога еще неизвестно чем кончится.

Гриша Винниченко ходит: что у него на уме? Ищут меня, не ищут, вот что надо высветить.

Но ясно предстало одно: я главный. Что б кто ни считал на мой счет. Я один боец. Как артист Кадочников.

Янкель встретил меня плохим настроением. Болела нога. А еще больше он волновался за наше с ним общее положение вещей.

Говорит:

— Надо в лагерь. Землянку порушить. Разбурять в мелкие клочки. Пойдешь завтра. Инструменты там есть. Топор, пила, лопаты. Сделаешь, принесешь инвентарь. И нам прибыль.

Я не слишком слушал.

Сказал свое:

— Янкель, нам надо разделяться наполовину. Ты — в одну сторону, я в другую.

Он как ожидал. Не удивился.

— Иди куда хочешь. Я подправлюсь — сам на делянке пустоту наведу. Мужики местные рассказывали, дрова в лесу растаскали. Подчистую. Как и не было. До щепочки малюсенькой. И хорошо. Думаю, и от землянки мало что сбереглось. Добрались и до нее. Лучше не ходи туда. Не пойдешь?

Я заявил, что, отдавая последний долг Янкелю, на делянку схожу, оставшееся порушу, как сумею, а потом — в самостоятельный поход. Отдельно. Инструменты продам. В собственный карман, если Янкель не против. Машинку где-нибудь куплю для полного комплекта. То, се. Одеколон.

— Не осуждаешь меня, Янкель?

— Не осуждаю. Иди. Стричь думаешь налево и направо?

Я кивнул.

— Хорошо. На хлеб заработаешь. И долго ходить намерен?

— Как получится. Что ж теперь — не жить? И под немцами люди жили. На оккупированной территории.

— Ага. Кто жил, а кто и не жил. Ладно. Ногу залечу — опять кузнечить буду. Поваландаюсь по селам. И год могу, и два. Мое при мне. В Остёр ни за чем спешить не надо.

И опять про Субботина ни слова. И про Наталку тоже. И я ни слова. Собрал манатки. Двинулся.

Янкель переменил свое место у меня в голове. До этой минуты он являлся моим спасителем. А с этого часа я решил, что он меня обманул. Сказал, что спрячет по моему поводу. По немецкому. А оказалось — втянул меня в еврейскую секретную команду. Разница есть? Есть разница.

Человек человека один раз и навсегда — спасти не может. По одному поводу — спасет. А по другому — зароет. И Субботин так. И Янкель.

А так бы я его ни за что не бросил. Ни за что. Я помню войну. Я партизанские законы знаю. Сам погибай, а товарища выручай. Может, я его своим рассеянием по земле и выручу. Именно рассеянием. Рассыплюсь по селам мелким бисером. Хватай. На нитку нанизывай. Ага. Попробуй, ухвати.

А Субботин что может решить? Напишет рапорт про еврейскую организацию. Пока рассмотрят, пока по столам перекладывать начнут. Обстановка в мире тревожная. Сегодня евреи на повестке дня. Завтра другое. Вдруг и правда Третья мировая война. Красиво придумал. Ставка с генералитетом во главе. Сроки ставит Субботин. Пусть он себе сначала сроки поставит. А потом мне. И Янкель пускай сам со своими евреями разберется, почему его слушать не желают от страха, а потом мне наказывает, сидеть мне в подполье или как.

И вот мой итог. Вина за мной одна. Единственная. Нечаянная. Негаданная. Неосторожная вина, словом. А значит, простительная. С точки зрения принципа. А если без принципа, то и говорить не о чем.

Но в несостоявшийся еврейский лагерь я пошел. Так как шел не с обычной стороны, как водил меня Янкель, а с другой стороны, то землянки с колодцем я никак не обнаружил. Кружил кругами, напирался на свои следы, а потом махнул рукой. Дело к весне. Развезло. Не снег, а манная каша комьями. Завязнуть можно до смерти. И не замерзнешь вроде, а опасно. Воспаление легких и так и дальше. Жалел рабочий инструмент, что остался в лагере. Достанется кому-то счастливому. Не мне. И не Янкелю.

Я обнаружил себя в местности Антоновичского шляха.

Пошел прямо. Вырисовалась хата. Сарай. Хутор деда Опанаса. Но все заброшенное, обшарпанное. Я подумал, что там пусто от людей. А место хорошее. Главное — крыша есть. У меня в торбе находился хлеб, шмат сала. Я надеялся передохнуть пару дней. Собраться с мозгами и что-нибудь окончательное решить.

Меня встретил собачий лай.

На пороге стоял дед Опанас. Я его узнал сразу. Он смотрел пристально с-под ладони, как богатырь на картинке. Мне было все равно. Я смело шел вперед.

Поздоровался первый.

— Здоров був, дид Опанас!

— Ты хто?

— Не впизнаеш?

— Ни. Кажи, хто, а то в мэнэ ружжо.

Я засмеялся.

— Шо ж ты, диду, вбъеш мэнэ? Отак стрэлыш и вбьеш?

А сам приближаюсь вроде беззаботно. Осталось несколько шагов. Опанас запустил руку за дверь, выхватил ружье и стрельнул в мою сторону. У самого уха пронеслось. Я бросился к нему, вырвал ружье, кинул на землю, в мокрый снег.

— Старый ты дурень. Ты по каждому стреляешь?

Дед твердо ответил:

— По кожному.

Я его обхватил за плечи и немного потряс. Хоть я был ниже его ростом, но плечи Опанаса поддавались легко, голова болталась из стороны в сторону.

— Пойдем в хату. Хватит выкаблучиваться.

Дед как будто что-то разглядел в моем лице. Чтоб ему облегчить задачу, я стащил с головы шапку.

— Я у тебя на хуторе был в 41-м. Малой хлопец. Ты меня в сарай послал. А еще двое военных были тогда. Их полицаи словили. Помнишь?

— Нэ памьятаю солдатив. Був малый еврэйчик. А ты ж дорослый. Той малый в мэнэ рушника вкрав. И собаку. Добрый собака в мэнэ був. Букэт.

— Ну, не помнишь, и не надо. Я так, слышал стороной, что у тебя на хуторе случилось. Хотел примазаться. Вроде знакомый. Пошутить хотел. Я из города. Пустишь ночевать?

— Заходь. Ружжо визьмы. Мэни нагыбатыся тяжко. Попэрэк болыть. Нагнуся — обратно нэ розигнуся.

Я подобрал ружье.

Зашли в хату.

Я выложил свое продовольствие. Старик добавил холодной вареной картошки и соленых огурцов. И хлеба.

Поели. Он молчал, и я молчал.

Опанас поинтересовался:

— Докумэнт у тэбэ якыйсь е?

— Есть. Паспорт. Показать?

— Покажи.

Я показал. Опанас читал по складам. После каждого склада поднимал глаза на меня. Каждую букву сверял.

— А, остэрськый. А хвамилия яка. Божэ ж мий. Языка зламаеш. Ну, добрэ. Знов еврэй. Чэрэз мэнэ багато еврэив пройшло. Вэрталыся зи всього свиту — и чэрэз мэнэ. От двое було. Чоловик з жинкою. Вона зовсим стара з выду. И вин тэж. А говорылы, шо им по пьятьдесят год. Можэ й так. Я в ных докумэнты провиряв. З пэчатямы. З концлагерив йшлы. Хвамилий нэ памьятаю. А нэ так вжэ давно й шлы. Жинка з поганою ногою. А чоловик ничого. Цилый. Лежав мордою до стинкы. Вона до ньего: гыр-гыр-гыр, по-свойому. А вин ий мовчыть. Вона йому — гыр-гыр-гыр, з ласкою, шепотом. А вин на нэи як замахнэться кулаком. А я шо. Нэ мое дило. Вона плачэ. А в мэнэ двох сынив вбылы на хронти.

И стара помэрла. А я зигнутыся нэ можу. Попэрэк давыть. Сам на сэбэ давыть. Отак.

Я не удивился, что у Опанаса были мои родители. Где-то ж они должны были пережидать бессилие. Вот у Опанаса и пережидали.

Я видел седые космы Опанаса, бороду, весь его неопрятный вид.

Говорю:

— Дед, давай я тебя подстригу. Я парикмахер, умею. И на голове, и бороду. Может, последний раз в жизни подстрижешься, красивый станешь. Если умрешь скоро — так хорошо лежать в гробу будешь, красиво. Грошей не возьму. Поживу у тебя с недельку. Идет?

Дед махнул рукой:

— Такэ кажэш — у гробу. А шо, як и у гробу. Стрыжи.

Я достал инструменты. Сварил воду в чугунке. Старик отжалел обмылок. Делал замечания, чтоб я меньше тратил.

Зеркала в хате не нашлось.

Опанас обмацал оставшиеся на голове волосы и бороду. Остался доволен.

Под такое дело выставил бутылку самогонки.

За ужином рассказал, что евреи — муж с женой, из концлагеря, с ним хорошо расплатились. Не зажидились. Два куска мыла оставили. А мыло — первый сорт. Не по-нашему на бумажке написано. Одно у него на расход, но осторожно, чтоб лишнего не смылить. По боевому настроению и по праздникам. Не часто. Им я как раз голову и бороду ему обрабатывал. Второе на смерть. Чтоб обмыли как следует.

— Я, як помыраты сбэруся, коло сэбэ положу. Хай зроблять, намыють вид чистого сэрця. Як пан чистый буду в домовыни лежаты.

Я посмеялся.

Опанас полез на печку и из дальнего закутка достал цилиндрик вроде из светлого тускло блестящего воска грамм на двести. Перехваченный плотной фабричной бумажкой с не нашей надписью. Сунул мне в лицо.

— Дывысь.

Передо мной заскакали немецкие буквы: REINES JUDEN FETT. ЧИСТЫЙ ЕВРЕЙСКИЙ ЖИР. Мыло из еврейского жира.

Старик крутил перед моим носом мылом:

— А у чоловика того ще у торби такэ було. Грошей нэ було. И куска хлиба нэ було. Вин же ж хытрый. Мыло замисть грошей таскав за собою. З-за кордону прыпэр, бисова душа. А шо гроши? Бамажкы. А мыло — товар. Га? Еврэи, воны ж хытри. Ой, хытри.

Опанас спрятал мыло на старое место. Поднял стакан.

— Ну, хлопэць, давай, шоб дома нэ журылыся!

Я выпил.

Опанас улегся спать. Когда захрапел, я залез на печь, пошарил рукой за его спиной, нащупал мыло, вытащил, спрятал в свою торбу.

Надо было куда-то срочно идти.

И я пошел, куда несли ноги.

Ноги несли, а в голове стучали для бодрости любимые стихотворные строчки. Только не изнутри меня, а входили внутрь откуда-то из не известного мне места.

Жди меня, и я вернусь.

Не понять, не ждавшим, им, как среди огня.

Пришел в Шибериновку. Там обо мне слышали. Посоветовали, где остановиться. У одной старухи я договорился, чтоб столоваться и спать.

Нескончаемым потоком ко мне тянулись люди. Шибериновка — большое село. Вокруг разбросаны хутора и маленькие села. Очередь не кончалась. Весна. Люди хотели жить. И я им сильно в этом помогал.

Однако работа подошла к концу примерно через неделю. Всех перестриг, перебрил. Десна готовилась к разливу. Старики говорили, что будет неминучий потоп. Кто ближе к берегу или в балке, поднимали имущество на чердаки, на крыши. Рабочие руки нужны. И я тут пригодился.

В Шибериновке встретил ледоход.

Двинулся дальше. Но легко сказать — двинулся. Честно говоря: поплыл на лодке-душегубке. Дно круглое. Колыхается при всяком движении, как люлька. А я младенчиком внутри расположился. Хорошая лодочка, если не перевернется. Долбленая. Из тополя. Но я насобачился. Правил твердой рукой.

Вода стояла всюду — и наверху, и внизу. Ни камня, ни земли, ни неба. Деревья по пояс в пучине.

Я любовался тишиной и ни про что не думал. А про что мне думать? Про Янкеля? Про Субботина? Каждый из них меня под себя хотел подладить. А я вывернулся. Ну тогда, может, думать про своих родителей и про отца в особенности с его еврейским подарочками налево и направо? Нет, нет и нет. И нет.

Я лучше думал про Надю Приходько и Наталку Радченко. Не в связи с происшествиями моей жизни, а как про женщин, у которых есть все, что мне надо в мои молодые годы. Я человек, и мне не чуждо. А как же. Омрачал мои представления тот факт, что Надя скорее всего в Киеве и про меня забыла с легкой усмешкой. А Наталка носит в животе ребенка неизвестно от кого. Не от меня. А ведь мы с ней лежали рядом. Но до дела не дошло.

Добрался до Корюковки. Развернулся там. Корюковка не село. Райцентр. Не такой, как Козелец или Остёр до войны. Все выгорело. Остались считанные хибары. А люди живут. Пришлых больше, чем коренных. Но милиция есть.

Я как обычно остановился у хороших людей.

Делаю свою работу по округе. Беру копейки.

Заходит милиционер. Отдает мне честь с вопросом: кто, откуда, на каком основании хожу туда-сюда. Говорят про меня. И до органов местного порядка дошло. Не с претензией, а просто.

Показываю паспорт. Милиционер — молодой, мне ровесник — смотрит, читает.

Потом говорит:

— А мне про тебя Гриша Винниченко рассказывал. Дружок твой. Ох и пройда ты!

Я встречно спросил:

— Почему — пройда?

— Гришка не обосновывал. Просто детство свое тяжелое вспоминал. И про тебя приплел. Говорит: «Нишка Зайденбанд — пройда. К нему в рот не лезь. Палец откусит». Надолго тут?

— Как получится. Я в отпуске. Стригу за копейки, а лучше за еду. Люди ж просят. Не откажешь. Тебя постригу. Инструмент хороший. Немецкий.

Он соглашается.

Я стригу.

И в один момент милиционер говорит:

— Гриша обещал приехать. У меня ж сестра замуж выходит. Катерина. Сидела-сидела и выходит. За сосницкого хлопца. Легкий инвалид. Что-то такое, что у него внутри, а сверху — нормально. В воскресенье гулять будем. Приходи. Гриша обрадуется.

Я поддакнул, что Гриша точно обрадуется, и я тоже рад. Предложил сделать городскую прическу невесте и жениха побрить-подстричь.

Милиционер заулыбался, еще больше задобрел. Познакомились за руку. Он назвался Головачом Иваном.

Свадьба уже началась во всем разгаре.

Гриша приехал. В форме, конечно. Головач рядом со мной место расчистил, усадил Гришу. Так и сидели на лавке рядом.

Общего взаимного внимания между нами — ноль. Заодно только «горько» кричали.

Гриша пил не в меру, но красиво. Запрокинет стопку, замрет. А потом отомрет и выдохнет изнутри. Я попробовал, но захлебнулся.

Он меня по спине деликатно постучал и шепнул на ухо:

— Не помирай, Нишка, ты Родине нужен.

И больше в мой адрес ни слова. Когда началась настоящая гульба, Головач к нам подсел.

Говорит:

— Эх, дружки закадычные, что-то между вами дружбы не вижу. Поцапались? Девку не поделили? Так тут полно. Выбирайте.

И рукой провел по окружности хаты. Громко сказал, для всех.

Я сказал:

— И выберем.

Гриша поддакнул, как смог. Язык у него сильно заплелся.

Головач нас за плечи обнял и предложил тост за героев войны. Я раньше заикнулся, что партизанил в этих местах, гости многие при орденах и медалях, жених с двумя медалями за храбрость и одним орденом Красной звезды. Хороший вроде тост. Безобидный.

Но тут одна баба заголосила.

— Ой же ж вы, герои сраные! А мои детки малые в земле!

И другие бабы заплакали. Утираются краями платков. Шикают на нее. А сами плачут.

И тут начался настоящий вой.

Жених не выдержал напряжения, закричал:

— Ану замовкнить! У мэнэ вэсилля! У мэнэ унутри ничого нэмае, токо кости, а вы носамы хлюпаетэ! Цыц, кажу! Хто зараз нэ замовчыть, того розстриляю! Чи краще ножом поколю!

И хватает большой ножик. Вывернул прямо с кусищем холодца из громадной миски посередине стола. Главное угощение, можно сказать. Гордость. А он так.

Бабы затихли.

Жених говорит с ножом в одной руке и стаканом в другой:

— Хто нэ выпье, той побачить, шо будэ.

Все выпили.

Тогда Головач взял слово.

— Дорогие товарищи! Нечего здесь политику разводить! Все мы тут герои. А вот давайте выпьем в память о тех, кто погиб в неравной схватке с лютым врагом!

Снова та же баба заверещала:

— От, от, выпьемо! Заллем свое горэ! Налый мени, Ваня, налый повнисиньку, шоб я всэ забула. Як нимци нас попиджигалы, и мы горилы аж до попэлу. Тры дни горилы. И у Сосныци дым бачилы, и у Холмах, и у Щорси. И партызаны бачилы з свого лису. А нихто до нас нэ прыйшов. Нихто нэ грымнув, шоб хоч трохы нимцив тых проклятущих напугать. Шоб у ных у штанах намокло. Ану, хто тут партызаны, видповидайтэ! Чому нэ грымнулы? За шо мои диточкы сгорилы? Чому усэ селыще погорило? Нихто й нэ рахував. Мы сами рахувалы. По головах рахувалы, но ногах, по ручэнятах малых рахувалы. Сим тысяч.

Баба выпила полный стакан. Причем сама себе из сулеи налила самогонки. Сулея пятилитровая. Хоть и наполовину уже пустая. И рука не дрогнула. Выпила, стакан на пол бросила. И стоит.

Ее хотели вывести на чистый воздух.

А она кричит:

— Вы же ж партызаны, нас же ж за вас вбывалы! Шоб мы вам хлиба не давалы. А хиба мы давалы? Вы самы забыралы. А колы наш час настав — дэ ж вы булы? — и в меня персонально кривым пальцем тычет: — Дэ ты був? Памъятаеш пэршэ бэрэзня сорок трэтього року? Я зараз у тэбэ на лоби выцарапаю, шоб памъятав. Я вам усим выцарапаю.

И принялась отнимать нож у жениха. Он не отдал. Толкнул. Но баба не пошатнулась. Сама его толкнула. Он чуть не упал. Крупная женщина.

Я молчал. Видели мы черный дым над Корюковкой. Смотрели. А вперед не тронулись. И командир наш самый главный на тот момент — товарищ Федоров — видел. И он не тронулся. Приказа не поступало.

Баба вырвалась и бросилась ко мне. Понятно, я не ихний. Не со своими же ей драться. Вцепилась мне в волосы. Я и так клочками лысый.

А она мне последнее выдирает и приговаривает:

— Ось тоби, гад, за моих диточок! Ось тоби, ось тоби!

Причем ногтем по лбу царапает фигурно. Больно, чувствую, кровь сочится.

Оттащили ее. Вежливо вытолкали под руку из помещения.

Гриша предложил:

— Нишка, пошли на улицу. Сейчас может драка быть. Я по головачевым белькам бачу. Вже белые. Зараз почнэ кулакамы махать.

Мы вышли.

Я говорю:

— Невеста получилась красивая. Я подстриг. И накрутил. И жениха побрил. И Головача подстриг. А ты, Гришка, под машинку оболванился. Меня б попросил, я б тебе форму придал на все сто.

Гриша с трудом держался на ногах. Мы побрели не спеша до хаты, где я временно проживал.

Спали хорошо.

На рассвете Гриша подал голос:

— Нишка, принеси похмелиться. Иди, там еще гуляют. Принеси. Сам не дойду. Как друга прошу.

Я пошел.

А там настоящая и непредвзятая пьянка вместо свадьбы. Конечно, участников заметно меньшее количество, чем сначала. Но зато такие, каких и выстрелом не возьмешь, не только горилкой-самогонкой. Ваня Головач в гражданском. Милицейскую форму снял. Совсем по-домашнему. Жених в чистой рубахе. Прежнюю, видно, запачкал. И правильно, где пьют, там и льют. Из женщин — никого. Только баба, которая мне лоб поцарапала грязным ногтем. Я как ее увидел во всей ее неприкрытой красе, так сразу про свой лоб и подумал, что ничем его не помазал.

Подошел к столу без приглашения, как старый гость, налил чарку, в чарке пальцем поболтал и лоб себе хорошенько помазал. Крепко защипало. Поднял тост, как полагается, за хороший стол, за гостей, и чтоб нам всем спокойно жилось на свете.

Мужики опрокинули.

А баба говорит, как трезвая:

— А дэ ж твий дружок Грышка? Мине рассказали, шо он за гусятина. Про батьку его. Вэды Грышку сюды, зараз вин за батьку свого ответит. Може, его батька в окружении стояв з шмайсэром, эсэсам подсобляв, колы наших дитэй и нас жглы вогнэм и вишалы по очерэди и без пэрэдышки.

И все внимание на меня.

Я говорю:

— Извините, батьковна, имени-отчества вашего не знаю. Но знаю, что лично Гриша служил нашей с вами Родине с оружием в руках в рядах Советской Красной Армии. А батько его — Дмитро Иванович — действительно — бывший полицай. Но учтите. Он меня своими руками от фашистов спас. Через него я у партизанов оказался. И теперь говорю с вами. И говорю правду-матку.

Баба отвечает:

— Дак ото ж. Полицай жидов спасал. Жиды ему золотом платылы. Ясное ж дило. А нам платыты ничим. Мы в колхози за палочки робылы. Полицай палочку нэ визьмэ. И хвашист нэ визьмэ. Дак ото ж вы с полицаямы и з хвашистами зговорылыся: нас усех зничтожить. От вы и стоялы руки у карманы: з одного боку хвашисты, з другого партизаны, а з трэтього — полицаи. А Красной Армии зовсим нэ було. Як кризь зэмлю провалылася. И Винниченко твий — жидовський наймыт — стояв. Ага. Точно. Стояв и дывывсь, шоб мои диты нэ выбижалы з огня-полумья. От воны и нэ выбижалы. А я навищо выбижала? Навищо, я тэбэ пытаю, морда жидовська-партызанська?

И она завыла. Без единой слезинки. Воет и обводит меня победным взглядом.

Я рукой махнул и говорю:

— Горе у вас большое. А тут у людей радость. Вы с ними договорились, чтоб всем настроение портить? Я, например, не такой человек, чтоб на чужой свадьбе что-нибудь портить. Я пойду. Счастливо всем.

Во дворе меня догнал Головач.

— Извиняй, Нишка, она баба хорошая. Но сильно выпивать стала с горя. Военная вдова. Ее и мужики боятся. Ее хоть стреляй за антисоветские разговоры, она свою линию гнет и гнет, гнет и гнет, гнет и гнет. А вы с Гришей когда уезжаете?

Так спросил, будто наш общий с Гришей отъезд — дело решенное и всем известное. Я решил не спорить, чтоб не привлекать лишнее внимание.

Ответил по существу:

— А как Гриша похмелится, так и поедем. Вынеси чего-нибудь. А то он сюда самолично явится за бутылякой, всем хуже будет.

Головач согласился с моей правотой.

Вынес початую литровку буряковой, сунул мне в карман кожуха:

— Передавай привет Грише. Хай не обижается. Сам понимаешь: свадьба, дело такое.

Я изо всех сил улыбнулся.

За время без Янкеля я привык к самостоятельности. Иду куда хочу. Ни перед кем не отчитываюсь. Даже Субботин заскочил куда-то в самую глубину головы. Я его оттуда не пускал наружу. Научился.

А получалось — у Гриши на меня планы. Сбежать прямо с места нельзя. У меня уже накопилось кое-какое важное имущество. Инструменты, одежда. Чуть-чуть. Но и без них никак.

Пошел. Бутыль по боку бьет. Булькает. Я в такт свою молитву повторяю. Мол, жди меня. Кому надо, тот и жди.

Подхожу к хате.

Тишина. Хозяйка-старуха не отзывается. Гриша храпит. Видно, нашел что-то подсобное для похмеления.

Я собрал вещички. Сидор получился тяжеленький.

Бутыль поставил в изголовье Гриши.

Вышел по направлению к неизвестности.

Лодочку свою я уступил по хорошей цене в свое время мужику по соседству. Вода почти сошла. Но за Корюковкой шлях болтался, как холодец. Лодка бы мне и не помогла. Но я о ней все равно вспоминал с теплотой. К тому же деньги за нее давно закончились, а если б я ее тогда не продал, то теперь бы смог укрепить свое положение. С копейкой — совсем другое дело.

Я специально научился рассуждать на жизненные темы в тревожные минуты. Это не каждому дается. А мне далось.

Шел я шел, где по колено в воде, где по пояс. Где на подводе меня подвозили, где на полуторке. Далеко заехал.

По дороге мне как раз шофер полуторный говорит:

— Бачиш, дым шпарить? — и рукой показал вдаль.

Вижу — идет дымок из трубы. Расстояние примерно минут сорок пешком.

— Там жиды живуть. Последние на весь район. Старик и старуха.

Я спросил:

— Точно последние?

— Точно. Тут за войну всех поубивали. Я местный. Знаю. У нас бабы говорят, еврейка колдует на что попало. А муж ее — старик лет сто — у нее на побегушках. Думали — они погинули. А после войны — опять живут. Как ни в чем ни бывало. Живучие! Все им мало! — хлопец весело загоготал.

Я для отвода глаз проехал еще сколько-то километров и попросился выйти.

Направился к еврейской хате. Она находилась в низине, земля мокрая, но не вязла.

Шел я легко и весело — ночевать-жить дальше. Тут — отшиб, край света, отдых и покой.

Возле хаты — сарайчик. Рассыпанный почти. Решил, что внутри куры или другая живность. Так как пахло.

Двинулся к жилому помещению. Постучался в шибку. Выглянула старуха с каганцом. Я громко попросился переночевать, показал руками что хочу спать и кушать.

Она замахала рукой отрицательно. Исчезла внутри хаты. И тишина. Стою, стою, минут десять. Хочется ж по-людски. С разрешения.

Прошел к двери, дернул как следует, что-то там слетело с петель. Но я ж нечаянно.

Вошел. С извинениями, конечно.

Говорю:

— Хозяева, не бойтесь. И чтоб вы не боялись окончательно, знайте — я еврей. Аид. Нисл Зайденбанд. Засветите свет и посмотрите. Шолом! — как обычно в Остре здоровались евреи между собой. Для шутки. А тут я серьезно.

Ни ответа, ни привета.

Пару раз наткнулся на углы, опрокинул табуретку. Понял, надо справляться своими силами. Нащупал в кармане зажигалку из гильзы — подарок Янкеля — засветил, обвел вокруг себя кругом.

И еще раз решительно говорю:

— Не бойтесь, вы ж хозяева, не я. Скажете — уйду. Только не гоните. Переночую, а тогда уже разберемся. Не с курами ж мне ночевать.

Опять ни звука.

Ну, думаю, и молчите, если так. Ноги меня не держали. Снял кожух, расстелил на полу.

Сказал:

— Имейте в виду, я тут расположился. Не наступите мне на сердце особенно. По ногам-рукам ходите на здоровье, а на грудь не давите. Спокойной ночи. Агитэ нахт!

Чтоб осознали, что я веселый и не со злом.

Заснул, как скошенный.

Проснулся от кукареканья. Только-только наступал свет. Не сразу вспомнил, где приткнулся. Когда вспомнил, обнаружил, что я в хате один.

Остальное — пустота. А я ж так лег, что через меня не переступишь. Старым людям — никак. Дверь загородил. Окна закрытые. А хоть бы открытые — не протиснуться. Крохотные. Фортки, можно сказать, а не окна.

Дело простое, партизанское — погреб. Нашел сразу. Откинул крышку, спустился. Жердинки тонкие, тертые-перетертые. Никого. Картошки немного, подгнила, буряк, лук косичками.

Набрал продуктов за пазуху. Поднялся, решил, что все-таки ушли поверх меня. По хозяйству. К курам.

В сарайчике никого не обнаружил. Прихватил пару яиц. Не удержался, выпил одно на ходу. Приметил дрова. Какие попало, но жечь можно.

Печка холодная, один пепел. Выгорело давно.

В общем, занялся жизнью как таковой. Воды немножко в ведре. Не свежая, но ничего. И так и дальше.

Поел. Опять заснул. Теперь на лежанке.

Проснулся — опять никого. Часов у меня не было. У Янкеля были. Он мне время говорил. А тут я не знаю, сколько.

Опять поел. Показалось мало. Спустился в погреб за картошкой. Шарю в поисках пригодной.

И тут слышу звуки. Вроде кто-то кашляет. Я наверх — никого. Опять вниз — кашляет. Давится, а кашляет.

В общем, бегал я таким манером раза три. А оно кашляет и кашляет.

Нигде, как в погребе.

Говорю громко:

— Знаете что, дураки вы старые. Не вы первые, не вы последние тайники в погребе делать. Выбирайтесь. А то закашляетесь до смерти. Я ж вас предупредил, что я с добром. Сейчас не война. А я не полицай и тем более еврей. А хоть и кто. Выходите, я все равно найду. А вы уже и задохнетесь от старости. Вылазьте! Я б вам по-еврейски сказал, но слова забыл. Честное слово, забыл. Повода не было. Кругом крепкая советская власть. Не бойтесь!

И начал стены обстукивать и ногой толкать.

Хитрость оказалась в том, что старики спрятались не вбок, как обычно делают, а еще глубже под землю. У них там под погребом оказалась еще глубокая яма. И крышка замаскирована — к ней прибита старая бочка. Небольшая бочка. С тряпьем и мусором. Они эту бочку вместе с крышкой поднимали немного в сторону и в землю уходили. И на этот раз так же. Откуда силы? Оттуда. С-под земли.

Появились. Старуха за горло держится и бухикает. Старик ее держит поперек, сам вперед выступает.

Говорит:

— Аид?

— Аид, аид. Все бы вам аид. Идите уже. Аиды.

Наверху я их рассмотрел. Старуха и правда похожая на ведьму. Беззубая, худющая. Высоченная, как если для женщины. Старик маленький. Видом получше. Но красоты мало. Мало красоты. Ничего, состояние сносное.

Старуха не переставала кашлять.

Спрашиваю:

— Болеете?

Она посмотрела на мужа.

Он за нее ответил:

— Глухая. Громче спрашивайте, если надо.

Я громко спросил насчет болезни.

Она кивнула.

— А если болеете, так надо на постели отдыхать, а не под землей лазить. Там холодно.

Старик доброжелательно ответил, что они привычные и чтоб я не волновался. Они у себя в схроне, бывало, и по несколько дней сидели. Чтоб я не думал. Схрон давно вырытый собственноручно. В самую революцию. Они тогда гораздо моложе были и только сюда перебрались от неспокойствия в родных местах. Погромы и так и дальше. Они между собой постановили, что погибнут вместе, но в последнюю очередь, а до последнего — постараются уберечься. И зеленые приходили, и петлюровцы, и струковцы, и красные казаки, хату разоряли, а они в схроне спасались. Боялись только, чтоб не подожгли.

Я спросил: как в последнюю войну?

Старик рассказал, что в последнюю войну пришлось не так просто. Опыт у людей стал большой. И у немцев, и у полицаев. Раз яма выручила, второй выручила. А потом они рисковать устали и пошли в лес. Выковыряли землянку и жили в ней. Но холод и голод выгнал. Спрятали добрые люди.

Я спросил, как ума хватило прятаться. Общего оповещения не было, чтоб евреям прятаться, а не высовываться под нос оккупантам. Старик сказал, что сначала прятались на общих основаниях, а потом мужик из соседнего села сюда специально пришел, чтоб указать, мол, что именно как евреям надо б исчезать. Тогда в лес и ушли. Мужик хороший. И жена его хорошая. Старуха их лечила помаленьку.

И так молодцевато рассказывал, что прямо получался рай.

Старуха ни слова не бросила. По сути никаких дополнений.

Я в ответ рассказал про свое партизанство. Упомянул Янкеля Цегельника. Они такой фамилии не слышали. Старик меня переспросил, как я зовусь. С перепугу вчера не поняли.

Я по буквам ответил, что Зайденбанд. Нисл.

Старики переглянулись. Старуха закашлялась и повернулась к стенке.

Я понял, что им надо дать покой и говорю:

— А вас как по именам-отчествам-фамилии?

Старуху звали Сарра, старика — Израиль. Возраст — по семьдесят восемь лет. Фамилия их оказалась Горелик. И никакие они не колдуны, а просто живут, чем Бог пошлет со своего огорода и от курей. С посторонними не общаются, оттого и непонимание. К тому же Израиль обожает цитировать разные религиозные присказки без учета места произнесения. А люди необразованные, им подавай прямые указания и ответы. Израиль так не любит. Постепенно отдалился. Пока кругом были евреи, заезжали к Гореликам на отшиб. Особенно женщины по женскому вопросу к Сарре. Она кое-что понимала во всех отраслях вплоть до родов. Теперь, когда евреев не стало, другое дело.

Одинокое и нерадостное. Держатся исключительно друг за друга. А в таком случае плюс возраст — поддержка известно какая. Никакая.

Я остался у Гореликов на жительство. На правах долгого гостя и помощника.

Первым делом было взялся за рытье колодца. Выразил удивление, что Израиль за годы проживания на одном месте не сообразил, что копать надо, чтоб удобно брать воду. А не петлять за два километра до речки. Он меня предупредил, что пытался, но вода не появилась.

Я наточил старую лопату и отложил свое намерение до окончательного тепла. На первое место вывел дрова. И так по живой очереди.

Однажды утром проснулся от хорошего запаха. Сарра возилась у печки.

Я спросил, что такое предстоит. Она ответила — Песах. А значит, надо мацу. И маца именно меня разбудила.

Я мацу видел. Хоть мама не делала. Но соседка Лейка Сорина нам потихоньку носила. Мама мне прямо в рот запихивала и себе тоже. Без остатка. Чтоб отец не узнал. Как-то я ел слишком неаккуратно и рукой помогал распихивать по щекам, а тут в комнату с улицы зашел отец. У меня — белые крошки по голой груди, по одеялу, на полу возле сундука, на котором я спал.

Отец подошел близко-близко, говорит:

— Открой рот, зуннэлэ.

Я открыл. Непрожеванная маца вывалилась. Отец ладонь подставил, понюхал, частичку себе в рот отправил. Мне обратно в рот запихал мою долю.

Маме сказал по-еврейски:

— Рахиль, ты б мальчика научила кушать как человека, а не как собаку. Подавится.

После этого Лейка Сорина нам мацу не приносила, и я не имел возможности ее пробовать.

Сарра как раз раскатала новую порцию. Выложила на большую сковородку. Тыкает вилкой в тесто как попало.

Я спросил:

— Зачем?

Она объяснила:

— Чтоб не лопалось.

Если дырки будут, воздух снизу просквозит и тесто не пойдет пузырями. Я к ней присоединился и довел еще пару порций до конца. Причем старался фигурно.

Сарра сложила стопкой тонюсенькие коржи в дырочках на чистый рушник, прикрыла краем.

Говорит:

— У тебя квасного ничего в карманах или где-нибудь не завалялось? Я все обшарила, все углы вымела. Может, у тебя что. Так ты выброси. Прямо сейчас посмотри и выкинь.

Я засмеялся.

— Сарра, вы тут кошер устраиваете раз в год. А сало куда вынесли, что мы вчера не доели? Неужели ж выбросили добро?

Она засмущалась.

— Ой, Нисл, золотко, я б выбросила. Я б век его не ела. А что делать? Я его в курятнике положила. Пока Песах пройдет.

Израиля Сарра отправила в ближайшее село за буряковой. Объяснила — самогонка почти красная, сладковатая, похожа на вино, если сильно разбавить. А без вина никак нельзя.

Вечером, когда появились звезды, сели встречать Песах. Свечки зажгли.

Израиль разломил паляницу — в селе выцарапал белую. Большая редкость. Сарра ее перед тем, как подать на стол, посыпала маком. У нее мак был припрятан с прошлого года. Сверху корку водой смочила, чтоб зернышки прилипли, и посыпала.

Курица, капуста соленая, картошка. И хрен в блюдце. Буряковая в глечике. Я себе отдельно попросил — неразбавленную. Мне налили в стакан.

Израиль помолился над мацой.

— Шма, Исроэль.

Слушай, Израиль. И так и дальше. Качался вперед-назад. Я тоже качался, как положено. Сарра качалась. Хоть и держалась одной рукой за стол.

Кушаем культурно. Выпиваем. Закусываем в первую очередь мацой.

Я говорю:

— Сегодня такой день. Я его в первый раз встречаю по еврейским правилам. У нас красиво и спокойно. Я торжественно обещаю вам, дорогие Сарра и Израиль Горелики, что буду помогать вам в вашей нелегкой жизни сколько смогу. И благодарю вас за приют.

Израиль встал с чаркой и отвечает:

— Спасибо, дорогой Нисл. Ты делишь наш хлеб и вино, которое послал нам наш Господь. И в этот вечер по всей земле евреи празднуют Песах и благодарят нашего Бога. Будем же здоровы! Лехаим!

Выпили.

Я взял пластик мацы и над свечкой устроил, как крышу. Огонь подсвечивает, дымок сквозь дырочки веет. Очень красиво.

Я говорю:

— Вот тут дырочки вроде как попало. А у нас в отряде одна женщина была, в возрасте, Сима, она утверждала, что можно прочитать. У нас тогда мацы не было. Хоть поступала от стариков инициатива, чтоб сделать к Песаху, но Янкель Цегельник воспротивился по идейным соображениям. Сказал: «Мы тут как евреи, и маца нам не чужда. Но мы тут как советские партизаны, и потому я против мацы». Сима крепко ругалась. Хорошая была женщина. И муж ее Рувим-парикмахер. Он мне хлеб в руки дал на всю жизнь. Давайте за них выпьем. Пусть им хорошо лежится!

Выпили. Я закусил мацой из огня.

И тут мне в голову стукнуло. Выпил чистой буряковой вторых полстакана, градусов семьдесят, вот и вдарило:

— А что у меня есть!

Покопался в торбе. Достал кусок еврейского мыла.

Держу в руках, как гранату.

Говорю:

— Что это такое, Израиль? Как думаешь?

Он не знал. У Сарры спрашиваю. Она тоже не знает. Я на стол положил.

Говорю и указываю пальцем:

— Это есть мыло из евреев. Так и записано навек на бумажке немецкими буквами. Говорит Москва, слушайте все, — как Левитан стараюсь: — R.J.F. —

REINES JUDEN FETT. Чистый еврейский жир. Мыло из еврейского жира. Без примесей.

Сарра выпучила глаза.

Спрашивает у Израиля:

— Вус? Вус эр загт? Что он говорит?

Израиль взял мыло, достал очки из кармана, заправил за уши дужки. Зашевелил губами.

Шевелил, шевелил, потом говорит:

— Тут же по-немецкому. Я на голос немножко понимаю по сходству с еврейским. А читать не могу. Так и написано? Еврейский жир? Чистый?

Я киваю. И улыбка до ушей. Я ее стягиваю внутрь, а она не стягивается. Так с улыбкой и подтверждаю. REINES JUDEN FETT. Как меня в школе учили произношению с грехом пополам.

Израиль спросил:

— Откуда у тебя?

— Отец привез. Трофейное.

Израиль положил мыло на стол и уставился на него очками. Сарра протянула руку, чтобы взять, но старик на нее шикнул.

— Вэг, Сарра. Гей шлофн.[1]

Сарра без слова встала и начала прибирать со стола.

Я возразил:

— Сарра, не убирайте, мы ж еще не поели как следует. И курицу не трогали.

Израиль сказал:

— Убирай, Сарра. Все уноси.

Опять взял мыло, понюхал, послюнил палец, провел по открытой части.

---

[1] *Брось, Сарра. Иди спать (идиш).*

Поднял на меня взгляд и говорит:

— Отмыться, значит, через нас хотят. А мы гадаем, а мы пытаем нашего Бога Всемогущего: «За что, Господи? Зачем, Господи?» А они ж отмыться просто хотят. Отмыться! Грязюку с себя отмыть. Бельма свои с глаз своих содрать этим мылом. Блевотину свою с лица своего стереть.

Израиль встал с мылом в одной руке, поднял вторую руку. Так вытянул, что весь натянулся, аж чуть не вывихнулся.

Сложил пальцы в кулак и сказал:

— Вот, Господи, на мочалку намылят и смылят грязюку свою со шкуры своей. И глаза не выест. И шкура ихняя не полезет клоками. И волдырями не пойдет. И язвами тоже не пойдет. И струпьями не покроется. И холеры на них не будет, и проказы на них не наступит, и лихоманки никакой на них не нападет. Потому что они ж только грязь с себя смылить хотят, Господи. А кто ж с них грязюку снимет, как не мы, Твои любимые детки, Господи, Твои еврейские детки про́клятые, колотые, резаные, кусками рваные. Кто еще, Господи? Никого Ты не нашел, чтоб грязюку смывать. Никого. Кроме нас. И что, и спасибо Тебе за это, Господи? И спасибо? И спасибо, я Тебя спрашиваю, я Тебя пытаю, как их вот пытали в печке? — и мылом трясет, и кулаком трясет, и сам трясется весь.

Сарра его подхватила, как могла. Поволокла к лежанке.

Я забрал мыло, спрятал в торбу. Торбу вынес в курятник, зарыл в сено.

Когда вернулся в хату, Израиль лежал на своем топчане с закрытыми глазами, но в очках. Сарра сидела рядом и что-то шептала ему по-еврейскому. Я не разбирал.

Израиль один глаз из-под стекла открыл, зыркнул на меня.

Сказал:

— Иди сюда.

Я подошел.

Израиль сказал:

— Я так считаю, что Бог не виноват. Он нас не узнал. Мы его звали, когда припекло. А когда не припекало — не звали. Революцию делали — не звали. В большевики записывались — не звали. А тут такое дело. А он на нас рукой махнул. Умыл руки. А, Нисл, умыл руки Господь Бог наш Всемогущий? А сколько можно: он и так, и эдак. А мы никак. Мы, как все, хотели. Думали, тогда не убьют, раз без Бога. А людям хоть что.

Израиль махнул рукой. Отпустил меня на все четыре стороны жизни. И грехи мои отпустил заместо Бога.

Я взял пару коржей мацы и пошел на воздух.

Гулял всю ночь. Думал про любовь и молодость, которую я не знаю, куда девать. Водил пальцами по маце, как слепой. Вроде руками хотел что-то вычитать. Темнота ж, не видно ничего. Не вычитал. Съел всухомятку. И слюны не было, чтоб внутри себя размочить. Ушла куда-то слюна.

Вернулся — старики переполоханные. Переживают — куда я делся. Может, бросил их на произвол.

Я объяснил, что гулял. Поставил в известность о принятом решении — пойти по селам, немного денег заработать. Похожу — и вернусь. Никуда от них не денусь. Картошка посажена. Главное. Остальное они сами как-нибудь.

Израиль пересказал Сарре громкими словами. Я кричать с ней постоянно утомлялся. Израиль брал нагрузку на себя.

Я натаскал воды, куда только можно: и в ведра, и в корыто, и в глечики-макитры. На запас.

Мыло несчастное оставил в схованке, в курятнике. Снарядил торбу и пошел.

Большие села обминал, а в маленьких останавливался и делал свое дело. Деньгами не давали, а продуктами, помаленьку.

Надо сказать, что мой внешний вид сильно ухудшился. Волос почти не осталось. Но это и к лучшему в целях конспирации. Исчез зализ.

Я, конечно, расстраивался, но снявши голову по волосам не плачут, как гласит народная мудрость. Народ даром не сделает вывод. Зато всегда находился повод веселой шутке: сапожник без сапог, парикмахер без волос. Шутка очень помогала в моих дорогах.

И вот как-то само собой я оказался в Рыкове. В середине июня. Конечно, мое сердце болело за Наталку. Первым делом направился к ее хате.

Она не удивилась.

Живот у нее оказался большой. Хоть я заранее на пальцах посчитал: получалось около пяти месяцев. Если считать с Субботина.

Наталка первым делом рассказала, что не видела Янкеля и не знает, где он ошивается. И вообще ничего не знает, и чтоб я не лез с расспросами. Я и не лез.

Посоветовала мне идти в Бригинцы, так как в Рыкове работы не найду. Разве что ей косу срезать.

Сказала и расплакалась, как настоящая сельская баба. Какая она и была, если откровенно.

Я, в свою очередь, поведал про увечье Янкеля и про свое с ним расставанье.

Наталка согласно кивала, будто сверяла со своими знаниями.

И вдруг я говорю:

— Наталочка. А я ж тебя люблю. Иди за меня замуж. Дитю твоему нужен отец. А тебе муж. Хотя б для людей. Я копейку заработаю, ты знаешь. Голодная не будешь. Тут сидеть не останемся. Есть одно хорошее место. Уйдем туда, переживем время, распишемся по закону. Не всегда ж так будет.

Она спрашивает:

— А когда так не будет? Когда ты бегать перестанешь? Когда Янкель бегать перестанет? Когда он шкутыльгать, гад хромой, перестанет по белому свету, чтоб ему, гаду, шкутыльгать вечно за мою несчастную долю.

Голосит. С меня на Янкеля перескочила. Я, значит, в стороне.

Я говорю:

— Успокойся. Ты не про Янкеля думай. И даже не про Субботина. И имя его не говори. И я не буду говорить. Ты про ребеночка думай. На тебя пальцем показывают? Не отвечай. Ясно, показывают.

А тебе приятно? И мне неприятно. А я к тебе с любовью. И заранее к ребеночку твоему с любовью. Собирайся, Наталочка. Собирайся, а то я передумаю из-за твоих дуростей бабских, и останешься ты одна. Вся истыканная. Гулящая в глазах народа.

Она говорит:

— Ты молодой. Я тебя на десять лет больше.

Я отвечаю:

— Сейчас больше — потом меньше. Никто не знает, как повернется. В данную минуту надо не беседы вести, а решать твердо. Идешь со мной?

Она согласилась. Попросила время собраться с мыслями. Но обещала согласия своего не отменять ни в коем случае.

Постелила мне отдельно — в той комнате, где мы спали с мамой.

Ночью я к Наталке присел на край кровати без приглашения. Спрашиваю: ребеночку не вредно, если я с тобой лягу?

Она говорит:

— Может, вредно, а может, и нет. Ложись.

А потом уже утром говорит:

— Если ребеночку вредно, и он там будет мертвый, значит, и хорошо. Тогда ты не обижайся, я за тебя не пойду. А если там спокойно останется — выйду. Давай подождем. Недельки две. Он раньше шевелился. Я слышала. Если еще шевелиться будет — значит, наш договор в силе. Если нет — прощай.

Сидим мы с Наталочкой как-то, завтракаем, пьем молоко, — я у соседней бабы взял за обещание ее и детей постричь.

И Наталочка говорит без выражения:

— Помнишь, Субботин срок давал?

Я не сразу сообразил. Но память подсказала.

— И что, Субботин конец света сделает? Где Субботин? Где Янкель? Где я?

Наталка ничего не ответила.

А моя душа расшевелилась. Счастье меня накрыло с ней, счастье от меня в эту самую минуту и скрылось. В голове замутилось, аж затошнило в горле.

Я говорю:

— Наталочка, ты точно Янкеля не видела? Точно Субботина не видела? Почему ты говоришь про сроки? Признайся, сонечко, золотко мое, легче станет. Мы ж не чужие. Мы ж теперь родные.

Наталка на меня зыркнула и руки на своем животе сложила:

— Если по-твоему считать, я и с Янкелем родная, я с ним лежала, ой как лежала. И с Субботиным лежала. И с ним, получается, родная. Сам напросился, Нишка. Не хотела тебе говорить. Жалела тебя. А теперь, раз ты мне в родные бесповоротно напросился, получай.

Наталка рассказала.

Она старалась избавиться от ребенка в животе. Но ничего не помогло. Крепко засел. И тогда перед ней встал вопрос: что делать со своей неудавшейся жизнью? Она схватилась за Охрима Щербака, который ее, по его разговорам, любил. Сама к нему пошла. Вроде просто проведать, но с тайной мыслью за него зацепиться в будущем. Он ее принял радостно. Начали строить планы насчет семейной жизни. Охриму дали жилье в Козельце как видному учителю и герою войны. Наталка нацелилась к нему перебираться вплоть до росписи. И сама б паспорт получила, не то что в селе. Приехала в Рыков за вещами. И как раз в ту ночь, когда она узлы вязала, явился Янкель.

Явился и сказал, что без Наталки ему света нет. Но он просто так зашел по дороге в следующее место работы. Что ничего не имеет конкретного. Наталка разозлилась и рассказала ему, что беременная. И прозрачно намекнула, что ребенок Янкеля.

Янкель сначала обрадовался, а потом испугался: что с таким положением делать.

Наталка говорит:

— Ты уже свое дело сделал. Дальше я решать буду. Я выхожу замуж за Щербака. Ты меня бросил, ты как оглашенный бегаешь по селам, а мне жить надо, тем более с ребеночком.

Янкель оправдываться не стал, а стал чернее тучи и замолчал. Наталка нарочно испытывала: сама молчала, и он молчал. Смотрели друг на дружку и молчали. Кто первый не выдержит. Ну, Наталка и не выдержала.

Говорит:

— Что ты мне можешь дать, Янкель? Что ты для будущего можешь сделать? Ты на волосинке висишь. Ты сам сказал, чтоб я от тебя отлипла. Я отлипла. А теперь ты приходишь и в глаза мне смотришь, чтоб мне стыдно стало, так? А мне не стыдно. Я не к фашистам пришла с военной тайной. Я к хорошему человеку пришла, чтоб он меня с животом взял. И он взял.

Янкель спросил, или знает Охрим про ребенка и от кого он. Наталка честно сказала, что Охрим ничего не знает и можно так сделать, что никогда и не узнает. Разницы нет. Кого Наталка самостоятельно укажет, тот и утвердится отцом. Пока Наталка уверила Охрима. А там как повернется. Хоть в чем-то ее сила. Потому что ребенок у нее в личном животе, а не у Янкеля.

Янкель ни слова не ответил, ушел.

С порога оглянулся и говорит:

— Ну так, значит, Наталка, мы с тобой на этом свете не увидимся. Раз ты так хочешь.

А Наталка ему вслед крикнула, что они и на том свете не увидятся, потому что у жидов свой тот свет, а у нее свой, слава Богу.

После того Наталка сильно потеряла силы. Как раз был разлив, вода к хате подступила. Наталка решила переждать немножко.

Янкель у нее в голове засел раскаленным гвоздем. И так она на него злилась, так злилась, что силы уходили именно на это зло, а для другого ничего не оставалось.

Охрим, конечно, волновался, что ее с имуществом нету. Пришел на помощь. Наталка ему вежливо сказала, что передумала. Он ее на коленях молил, она не поддалась.

Охрим говорит:

— Я знаю, что тут Янкель был. Он тебя с толку сбил. Ни себе, ни людям.

Наталка ответила, так как находилась в плохом сознании, что лучше ни людям, ни Янкелю, чем обманом хорошего человека морочить. Призналась, что беременная, что хотела ввести в заблуждение Охрима. А теперь ничего не хочет, кроме покоя.

Охрим ушел. Потом соседка Наталке передала, что он по Рыкову пьяный ходил и всем докладывал, что хоть Наталка и гулящая, он ее не бросит, а Янкеля-жида прибьет.

С тех пор ни про Янкеля, ни про Охрима ничего неизвестно. На улицу хоть не высовывайся. Стыдно.

Я спросил, как здоровье Янкеля. Наталка описала его походку, внешность. Получалось, что здоровье плохое.

Я ей говорю:

— Ну так тем более надо отсюда срываться.

Она без слов кивнула.

Я не спрашивал, как у нее внутри, не выпытывал, как же ж Субботин, его ребенок или не его, как Наталка сначала утверждала. Не до того было.

Начались сборы. Вся суть в том, чтобы тихо уйти по секрету. Нести на себе, сколько унесем. Чтоб ни слуху, ни духу.

Навязали узлов, на рассвете пошли к Гореликам на отшиб.

Я постановил для себя — ни к чему не возвращаться, ни к каким сказанным Наталкой словам. Первое правило жизни — не возвращаться к словам. Сказано — и сказано. Улетело, не догонишь. Хоть в душе мне болело. Все болело.

Старики встретили нас хорошо. Сарра сразу разгадала, что Наталка беременная. А чего гадать, видно ж. Я добавил, что ребенок мой. Настало время нам с Наталочкой соединиться. Рассчитываю, не прогонят.

Израиль на правах мужчины подтвердил, что не прогонят и больше того, примут под крышу с наилучшими пожеланиями.

Начался другой отсчет жизни. Сарра с Израилем возятся вокруг Наталки. Я стараюсь денег заработать — ходил по селам, нанимался на всякую работу. Бритвой и ножницами много не возьмешь. Копал и пилил, пилил и копал. Где только возможно. По копейке, по копейке, а хватало. И молока купить, и одежку кое-какую.

Одно плохо — Наталка не проявляла никакого энтузиазма. Принимает, как будто я ей обязан. Ни ласки, ни доброго слова.

Сарра с ней больше говорила, чем я. Ну, ладно, женщины. У них содержание известное. Дети у них содержание. Сарра много по данному вопросу знала и передавала Наталке.

Однажды Сарра отвела меня на улицу и сказала:
— Нисл, учти, у нее не один ребенок, а два.

Я удивился, откуда Сарра такое взяла.

Сарра объяснила, что она хоть и глухая, но слышит, что в животе делается. Практика большая.

Меня единственный вопрос интересовал, но задать его я не решился из ложно понимаемого чувства стыда. А вопрос такой: не может ли так быть, что дети эти одновременно находились в животе у Наталки от двух разных источников? Про себя размышлял и решил, что может. Так и считал: одно дите Янкеля, другое Субботина.

Но это ничего не меняло. Выйдут в назначенный срок оба. Никто еще внутри не прописался.

Сарра сказала, что роды в октябре. Надо готовить хату к зиме. Крышу перекрывать, стенки утеплять. Детям нужно. А если детям нужно, значит, какие разговоры? Материал доставать — раз, делать — два. Сам не справлюсь. Времени мало до срока. Сентябрь заканчивался, хоть и теплый. Надо помощника. Значит, платить. А денег нету, чтоб посерьезному.

И тогда меня как молнией ударило: Дмитро Винниченко. И второй раз ударило: Гриша с пистолетом и милицией.

Но я рукой на себя махнул и устремился в Остёр в надежде вытрясти из Дмитра Винниченки то, что оставил у него мой отец и на это оставленное подготовиться к рождению деток и встретить их как положено: хорошим теплом и достатком.

Я добрался до Остра к ночи. В хате Винниченки не светилось. Постучал в окно нашим с Гришей давним мальчиковым стуком. По памяти, не специально. Так нахлынуло, так нахлынуло, что я и задуматься не успел, как постучал.

Гриша выглянул в окно.

Спросил утвердительно:

— Нишка!

Я ответил.

Гриша быстро отомкнул двери:

— Не заходи. Пойдем в сарай.

В сарае было пусто. Только старые корзины, какая-то рухлядь.

Я спросил:

— Что, батько уже не мастерит ничего?

Гриша с сожалением ответил, что Дмитро Иванович умер. Порядок в сарае навела жена Гриши. А женился Гриша только-только. На нашей с ним бывшей однокласснице Шуре Климчук. Месяц как женился.

Я поздравил с торжественным событием. И дальше не знал, что делать.

Поэтому начал прямо:

— Мой отец оставил твоему кое-что. Точно сказать не могу. Дмитро Иванович сховал. Может, по болезни сам и забыл, где. Тебе неизвестно?

Гриша быстро начал отрицать. Слишком быстро. И потому я надавил.

— Это мое. Мне отец оставил. Если ты знаешь, а не признаешься, пускай тебе станет стыдно перед моим лицом. Ты все равно что украл. А у меня жена беременная. Двойня. Скоро рожает. Мы без копейки. Вся надежда у меня была на ту отцовскую передачу. Не хочешь все отдать — я ж понимаю — отдай половину. Имей совесть.

Гриша стоял передо мной в длинных синих трусах, сатиновых, и в синей майке. Наверно, форменной. Босой. Но не сдается. Держит фасон.

Как будто очнулся со сна.

— Слухай, Нишка. Ни черта я тебе не должен. Ничего не знаю. Мой батько умер. И твой умер. Так что боевая ничья. Что он сюда припер — покрыто мраком. Индийская гробница над этим. Понял?

Я отступаться не собирался.

— Ты, Гриша, товарища Субботина помнишь?

Гриша посерьезнел, даже руки по швам сделал.

— Помню. А як же.

— Он тебе поручил поручение. Помогать мне. В чем — не твое дело. У меня важное задание. А ты саботируешь. Не помогаешь.

Гриша замялся. Подтянул трусы, заправил майку под резинку.

— Зачем ты сразу в бутылку лезешь. Я ж тоже не просто так кобенюсь. Мне проверить надо, с какой целью, что, почему. Про задание я помню. Мне как товарищ Субботин сказал — до особого распоряжения, так я этого особого распоряжения и жду — не дождусь. А ты, значит, особое распоряжение от Субботина принес?

— Именно что. Особое. Гони, что говорю.

Гриша замялся.

— Ночью в хате грюкать. Жена испугается. Я тебе сюда подстелю ряднинку, поспишь, утром обделаем, как положено.

Я, как женатый на беременной, пошел на снисхождение.

Говорю:

— Конечно, давай по-человеческому. Утром.

Гриша мне постелил в сарае. Я заснул.

Спал и мечтал про торбу. Не в первый раз, надо сказать. Только раньше смутно. А теперь уверенно.

Когда обнаружилось у деда Опанаса еврейское мыло в количестве двух штук — одно смыленное, другое новенькое, — я понял, что отец оставил у Винниченки торбу именно с этим добром. С мылом. Сильно разозлился от непонимания. Зачем отцу было городить огород, доверять Винниченке, который насквозь в еврейской крови, еврейское же мыло из невинных останков людей. В этом мне виделось неизгладимое издевательство надо всем. Над войной, надо мной, над Янкелем, над Хаечкой и прочим в том же роде и духе. Потом я надумал, что мыло отец вручил Винниченке на вечную память, чтоб полицай не забывал. Оставил и наказал передать мне, если я живой, чтоб я хранил и другим показывал. И так и дальше. С собой в Чернигов не потащил, так как не имел уверенности, что найдет меня по указанному адресу. Тут вроде склеилось. Перед школьниками выступать.

Но вполне меня устраивала другая возможность. Я надеялся краем измученного сердца, что в торбе зашито любящей отцовской рукой что-нибудь по-настоящему ценное, пригодное для улучшения жизни. Мыло — это хорошо в смысле прогрессивного человечества. Но хоть что-то ж еще должно было быть. Что-то ж еще мой отец, который не доверился моей матери, должен был оставить своему единственному сыну. Спасенному кровавой полицайской рукой.

И вот наступило утро. Гриша зашел в сарай с торбой. Перевернул ее вверх тормашками. Потряс. На землю выпали пять кусков еврейского мыла.

Я еще лежал. Подгреб их к себе под живот, закрыл.

Говорю:

— Давай сюда торбу.

— Зачем? Она ж пустисинькая.

Гриша потряс ею в воздухе.

— Пылюка. Я думал тебя с Корюковки забрать, вручить торжественно. А то моя жинка любопытная. Увидит, будет приставать, а то и в дело пустит. Вещь же ж хорошая. А ты смылся. Пуганый ты сильно, Нишка. — Гриша улыбнулся без зла и продолжил серьезно, как отчет на общем собрании: — Батько торбу на чердак закинул. Клялся мне, что сразу и закинул, как твой батько ушел. Моисей просил его, чтоб сохранил. Денег дал. Немного, но дал. Сказал — сохрани. Никому не показывай, а сам сохрани. Батько тогда запуганный был. Ждал, что в Сибирь загонят. Просил, чтоб Моисей за него в случае чего сказал слово, мол, не в претензии как еврей. Моисей обещал. Сообщил, что к тебе в Чернигов сходит и торбу обязательно заберет. Объяснил, что тут мыло из евреев. Что такого не слишком много, может, ни кусочка до окончательного суда не остаться, а у него, у Моисея, будет. Он тогда и покажет с демонстрацией. А моему батьке тоже положительно зачтется, если сохранит. Вроде частично искупит себя. Моисей говорил, что такое мыло в магазинах не продавали, а исключительно дарили высоким фашистам. Вроде как для премии или больше для выставки. Нишка, ты думаешь, правда?

— Что из людей делали?

— Нет, что в магазинах не продавали, а штучный товар.

— Ага. Им же гидко было б евреями мыться взаправду. А для выставки сошло б. Я так думаю. А в музее всякое есть. Товарищу Сталину тоже всякие выставки дарят. И папаху громадную великанскую, и сапоги пятидесятого размера. Он же их носить не может. Ни к чему вроде. А дарят. Вот теперь музей открыли. Подарочный. В самой Москве, в сердце нашей Родины. Я еще когда не бегал — в газетах читал. И на политинформации. Так и тут. Но ты, Гришка, мне зубы не заговаривай. Кидай торбу сюда.

Я для убедительности похлопал по земле рядышком с собой.

Гриша кинул.

Торба легкая, светится насквозь, как занавеска. Видно, таскал ее отец перетаскал с одного края света на второй. Я прощупал швы, каждую ниточку пальцем обвел. Ничего.

Гриша улыбнулся:

— Ты что, Нишка, думаешь, я ее со всех концов не щупал? Щупал. Ничего там нету. Сейчас прахом пойдет на воздухе. Пылюка одна. На тряпки даже не годится. А ты ее руками тягаешь во все стороны. Что, Нишка, обделался? Забирай свое мыло — и на суд иди. Как тебе Моисей завещал. Или ты не на суд? Или ты на базар пойдешь, а, Нишка?

И засмеялся. И я засмеялся. Так как не хотелось дальше затевать неприятности, и надо было отвести подозрение насчет ценностей, на которые я рассчитывал.

— Вставай, поснидаем, с жинкой познакомлю наново. Ты ее забыл, Шурку.

— Шурку помню. А ты запомни, что я при исполнении задания. И мыло тоже в задание входит. Я про ценности наплел, чтоб тебе глаза отвести. Ты ж про ценности понимаешь, а про голое задание тебе трын-трава.

Гриша обиделся.

— Нишка, если б я хотел за счет этого мыла несчастного забогатеть, я б его продал, и ты б его только и видел. Людям же ж все равно — что еврейское, что собачиное. Особенно если не знать.

Я согласился.

Гриша продолжил свои доводы:

— Мне в пайке мыло дают. У меня мыла хватает. Захочется веревку намылить — к тебе не побегу. Не беспокойся.

И язык прикусил.

Мне не терпелось уйти. Но я спросил Гришу, что, может, появлялся на его горизонте Субботин? Вроде я и сам знаю, но проверяю Гришину честность.

Гриша ответил, что не появлялся. И всем своим видом показал, что понимает, что я его проверяю. Дело такое.

Тогда я спросил, что, может, ищут меня, особенно через милицию? Гриша ответил отрицательно.

Тогда я спросил, что, может, в Остре появлялся Янкель?

Гриша ответил, что появлялся. С неделю тому назад. И очень даже появлялся. И рассказал мне в лицах, как кино. Что сам видел лично и что ему бабы доложили.

Нога у Янкеля то заживала, то отживала. Он мучился. Вот и пришел в родные стены успокоиться. Но успокоиться у него не получилось, так как он сильно выпил лишнего и пошел по Остру давать концерт. До войны, когда Янкель был молодой, с ним один раз подобное случилось. Мощность перла из него наружу, и он ее водкой пытался засунуть куда надо. А она не засовывалась. Его жена Идка с детьми с улицы забирала. От стыда не знала, куда глаза запрятать. Янкель тогда орал, чтоб люди добрые его не судили, что он от радости выпил. Был еврейский праздник Пурим, и полагалось. Но подобные праздники не приветствовались властью. А Янкель всем встречным и поперечным раздавал печенье в виде ушек с маком, которые испекла его жена, и тем самым подставлял под удар и жену, как отмечающую предрассудки.

Тогда Остёр смеялся и Янкель смеялся. И остался в памяти народа как Янкель с ушками. А теперь он с горя напился и стучал во все двери с предложением всеобщего собрания в театре — бывшей синагоге. Никто не шел. Так он за рукава тянул. Люди вышли на улицу.

Янкель взял речь:

— Дорогие сограждане. Сейчас я вам скажу. Я есть Янкель Цегельник. Вы меня знаете, кто с рождения, кто впоследствии, по мере жизни, — сам еле на ногах своих хромых стоит. Но, правда, крепко стоит, потому что все-таки не падает. Только шатается. Примерно как молится по-еврейскому. — Прошу каждого из вас высказать ко мне недоумения. Я на них отвечу со всей строгостью военного времени. — Обсмотрел толпу, выбрал глазами Гилю Мельника. Говорит: — Ну, Гиля, друг ты мой партизанский, кровью скрепленный. С тебя начнем. Есть ко мне у тебя обида?

Гиля говорит:

— Какая на тебя обида, Янкель. Нету у меня ничего. Не позорься, иди в хату.

Янкель сам по кругу пошел, в людей пальцем тыкает и каждого спрашивает, какие к нему вопросы.

Дети смеются, бабы прыскают.

Вера Кузьмовна на правах бедовой говорит:

— Янкель, у меня к тебе претензия. Ты неженатый. Почему не женишься?

Хотела свести на хорошее.

А Янкель отвечает:

— Не женюсь. Правильно. Хотя могу по всем статьям. Если смотреть с одной видной стороны. Но я наказанный и заклятый, чтоб вы все знали. Моя Ида убитая лежит и меня ждет-не дождется, чтоб я рядом с ней лег. И детки мои ждут, чтоб я их по головкам погладил. А они ж в земле. А земля мешает по головкам гладить. Вы мне скажите лучше, кто пробовал в земле лежать? Ну, кто?

Люди молчали. Некоторые начали расходиться задом, вроде чтоб незаметно. Осталось несколько человек. Женщины в основном.

Янкель не отступает:

— Что вы уходите? В землю пошли? А я в земле был. И лежал и руками водил. Ничего у меня не получилось. Вышел я с земли. А мои там остались. Гилька, и твои остались. И твои, Зямка. И твои, Лейка. Евреи вы после этого и больше никто. Сидите по углам, жметесь. В земле лежать привольно мечтаете. Ждите. Скоро уже. Окончательно ляжете. С имуществом своим сраным. И после этого я вас спрашиваю, какие ко мне вопросы. Что вы молчите?

Бабы Янкеля лаской скрутили и отвели домой. Там ему еще налили. Он, перед тем, как окончательно заснуть, сказал:

— Сегодня я последний день гуляю. Это мое вам веселье для памяти. Позовите Гришку Винниченку. Я видел, он с пистолетом своим стоял сбоку. Приведите его сюда.

Бабы не обратили внимания на просьбу, а Янкель требовал и требовал.

— Ведите, — говорит, — а то хуже будет.

И встал. И начал в хате крушение делать. Табуреткой в окно запустил. Кто-то побежал за Гришей. Больше не для исполнения просьбы Янкеля, а как за представителем власти. Чтоб утихомирил.

Пришел Гришка.

Янкель баб отослал невежливо, выпихал за порог и Грише говорит:

— Чтоб ты знал. Я сейчас засну. А утром пойду к Субботину. Хочешь, передай ему. Беги, чтоб успеть. Он же тебя шпионом оставил. Вот и шпионствуй.

И засмеялся, как черт.

Гриша отнесся с пониманием, подождал, пока Янкель затих, вернулся домой. Собрался срочно ехать к Субботину, чтоб предупредить. Но рассудил и решил не ехать. Если по зову каждого пьяного куда-то ехать, далеко можно заехать.

Наутро зашел проведать Янкеля. Хата закрыта. Пустота. Только сивушный дух летает.

А у Гриши любовь. Жена и прочее. Он вернулся к себе и, хоть тревожно оставалось на душе, никуда не двинулся. Он же ж от Субботина должен получить особое распоряжение, а не от Янкеля. А Субботин же ж особо не распорядился? Не распорядился. Ну и все.

Гриша добавил, что по стечению обстоятельств Дмитро Иванович умер через день. Похороны, поминки. Не до Янкелевых выбриков.

Я сразу подумал, что дело нечисто. Если Янкель спьяну болтанул про поход к Субботину — одно. А если и правда он к нему пошел? И куда пошел — прямо на работу? Другого адреса он не знал. Адрес я давал только Наталке. Может, Янкелю Наталка призналась, что была у Субботина с последствиями, что я ее туда направил, вот Янкель и взбесился?

Начнет с Субботина, а потом за мной. Я не боялся. Просто неприятно, что недоразумения меня окружили со всех сторон.

Жизнь отучила меня пороть горячку.

Я отказался от приглашения Гриши и направился к Гореликам. Поговорить начистоту с Наталкой.

Но торба с мылом лежала тяжким грузом у меня на плечах. Ни одно из подробных описаний разговора моего отца со старым Винниченкой не шло у меня из головы. Я и сам подозревал, что у моего отца остались не все дома. Больному простительно трепать языком что попало. Без ума человек остается благодаря полному отрыву от жизни. Мой отец оказался оторванным злой волей. Не его вина. Он говорил про суд. А ведь все газеты, по всему миру писали про суд народов в немецком логове Нюрнберге. Суд сделал свой окончательный приговор. Отцу, получается, было мало. Он вынес в своих оставшихся мозгах особое мнение. Он, может, мечтал этим еврейским мылом веревки мылить виноватым. А его в Нюрнберг не позвали. Вот он и обиделся.

А может, он для отвода глаз наговорил полицаю Винниченке про суд, чтоб поддержать испуг. Чтоб полицай Винниченко до мыла не прикасался. И что?

И так у меня руки затрусились, что я и в лесок не зашел. Вывалил пять кусков на зеленую траву на краю шляха. Достал острую бритву и стал это мыло резать вдоль и поперек. Оно не поддается. Высохло. А я режу. Я, можно сказать, строгаю пластинками тонюсенько, строгаю, как мороженое сало. Строгаю и на свет просматриваю. Или нет там чего. Вдруг спрятал мой отец там мне что-то ценное, мои подъемные на случай жизни. Нет, ничего там не было. На случай смерти — было. А на случай жизни — ничегосиньки.

Сижу над горкой строганины, бумажки с немецкими надписями разлетаются в разные стороны. Цепляются за кусты, за деревья, и дальше летят в неизвестном направлении. А я сижу и даже не плачу. Глаза трусятся. Сам трушусь последней трясучкой. Хотел сказать, как Израиль говорил над мацой: «Шма, Исроэль». Не получилось полностью. Только «шма» вытолкнул из горла, а дальше — никак. Ни звука.

Собрал в подол рубашки остатки, зашел подальше в лес. Иду и разбрасываю, иду и разбрасываю.

Под ногами шуршит. Кое-где трава посохла. Вот и шуршит.

Иду и приговариваю: «Шма, шма, шма». И раскидываю, что от мыла еврейского осталось, и раскидываю.

Пошел дождь.

Я пил воду прямо с неба. И такая мне радость. Как наново народился.

Зачем, непонятно.

От Остра я оторвался недалеко. Иду налегке. В глазах туман. Весь мокрый, картуз мокрый, рубашка насквозь, сапоги дырявые хлюпают. Нос мой хлюпает. Я рукавом утираюсь и радуюсь неизвестно чему.

И вот посреди моей беззаветной радости слышу голос сбоку — навстречу.

— Нишка!

Янкель. Сидит на подводе. Лошадь облезлая, а он правит, как птицей-тройкой через Днепр.

— Нишка! Гад! Сидай!

Я сел. От смущения снял картуз. Выкрутил от воды. Напялил.

— Откудова шкандыбаешь?

— С Остра.

— Что ты там забыл?

— Ничего. Дело было у меня. Теперь нету.

— К Винниченке ходил? Разведывал обстановку?

— Ну, к Винниченке. Дмитро умер.

— Ага. Давно пора. Зажился.

Янкель говорил спокойно. Он не обращал внимания на воду сверху и с боков, а она как будто обходила его стороной. Он отмахивался от капель, и они брызгали дополнительно в мою сторону.

Подвода стояла, как вкопанная. Янкель держал вожжи на коленях, одну ногу — которая хромая и больная — вытянул вперед и дергал, дергал сапогом, как заведенный.

Я предложил определиться. Я вперед иду, а Янкель назад. Так что надо прощаться. Янкель не спешил.

Говорит:

— Я с Гришкой имел разговор. И с батькой его. Я их хорошо прищучил. Все сказал, что было на душе. И не им одним. Походил по хатам, всем сказал.

Я не имел в виду заводиться с разговорами, но не выдержал.

— Знаю я про твой концерт. Напился. Стыд и позор. Людей перебаламутил. Дело твое, конечно, но я считаю, что тебе б сидеть тихо. А ты нарываешься. Гриша при исполнении. Мог и в милицию забрать.

— И что?

— И то. Сам знаешь.

— Я знаю, а ты не знаешь своей головой лысой. Мне старый Винниченко сказал, что украинцев с евреями заодно выселять будут. Ему Гриша сказал по секрету, а он мне.

Я поперхнулся. Такие сведения находились у Субботина. Он их Наталке высказал в минуту отчаяния. Наталка — мне. А теперь, получается, Гриша в курсе. И старый Винниченко. И весь Остёр. Такое внутри человек не удержит, обязательно разнесет в разном виде.

Я говорю:

— Глупости. Может, и будут. Только не вместе. Сам подумай.

— Я тоже сомневаюсь, чтоб вместе. Ладно. Старый Винниченко боялся, что до Сибири не доедет. Я его заверил, что лично с ним в один вагон впихнусь. Лично. И рядом сидеть буду. Если и придавлю его, то нечаянно. Я во сне руками сильно махаю. Предупредил со значением. Думаю, он от страха и умер. Хай ему хорошо лежится, как моей Идке и моим детям. А что ты в Остре делал? — он опять спросил, как в первый раз. Нарочно сбивал.

Я не растерялся:

— У меня план. Надоело бегать. Гриша меня заверил, что по немецкому делу заглохло. Я в Чернигов вернуться хочу. Вот иду.

Я решил во что бы то ни стало отвлечь Янкеля от прибежища, где находилась Наталка. Вроде понятия не имею, что Янкель хотел к Субботину на голову свалиться.

Янкель говорит:

— Ну-ну. Иди. Твое дело. Я тебя привязать не могу. На всякий случай знай — в Остре буду.

Не поддался, значит, на провокацию. А про какой случай мне намекнул, я понял. Не дурак окончательный. На случай, если он Субботину понадобится.

Помолчали. Я слез с подводы.

— До свиданья, Янкель.

Пошел вперед, не оглянулся. А в душе свербит. Был он у Субботина или не был. Был или не был.

Янкель меня не окликнул.

Копыта, может, и цокали, но через воду я не различал.

Передо мной встал во всю ширь вопрос: что делать? Идти к Гореликам и мучить Наталку вопросами? Она опять наврет. Закрутится. Заволнуется. А у нее дети. Таким отношением можно и сроки сбить. Начнет рожать. А дети не готовые. Только хуже станет.

И вырос ответ из наличных обстоятельств.

Надо в Чернигов. К Субботину.

Янкель меня отодвинул. Говорил, как с посторонним. Будто и не было у нас с ним общих задумок. Будто не через него, через Янкеля, я дополнительно запутался. Был он у Субботина — не был. Без разницы. У него своя правда — у меня своя. И посередине стоит Наталка со своим животом. И живот ее мне прямо показывает: дуй, Нишка, в Чернигов и кончай сомнения. Если надо — сваливай на Янкеля, что можно и что нельзя. Выкручивайся любой ценой. Выручай свою родную семью. Ради будущих поколений.

На попутках добрался до Чернигова быстро. Последней попалась полуторка. Полный кузов яблок. Антоновка. Желтая, светится. Хоть и под дождем. Спелая до последней степени. Уселся прямо на яблоки. Ем одно за другим. Наелся до оскомины. А остановиться не могу. За пазуху набрал. Шофер хороший попался. Когда я вылазил, посмотрел на мой оттопыренный яблоками живот и еще добавил в картуз.

— Ешь, — говорит. — Все равно сгниют.

Дождь не переставал.

В квартиру Субботина я стучался в виде огородного пугала. Вода с меня текла морскими потоками.

Стучал, стучал — никакого ответа. Только собачий скулеж из-за двери.

Дело клонилось к вечеру, я вышел на улицу, уселся на скамейку неподалеку, чтобы не терять обзор.

Дождь перестал. Я задремал.

Поспал немного. А уже темнота. Обсмотрел окна. В субботинских света нет. Поднялся. Постучал слабенько.

Собака загавкала. Голос приказал ей замолчать.

Я узнал Субботина и постучал громче.

Дверь открылась.

Не глядя на меня, Субботин пробурчал:

— Заходи, Васька. Выгружай свою утробу. Я как раз голодный.

Я удивился. Субботин объяснил, что рассмотрел меня всего, пока я дрыхал на скамейке. Вытащил у меня из-за пазухи одно яблоко.

— Эх, Вася-Василек. А ты и ногой не дрыгнул. Не то что мозгами не пошевелил. Я на тебя целый час через окно любуюсь.

В квартире темно. Только каганец горит тускло. Еле-еле.

Субботин позвал:

— Цуцик!

Из кухни выбежала собака. Большая, лохматая.

Субботин скомандовал:

— Сидеть.

Говорю:

— Вы, Валерий Иванович, скажите ей, что я свой. А то она подумает, что я что-то плохое вам хочу сделать и бросится.

— Нет, Вася. Ты не свой. Ты чужой. Пускай знает, в любую секунду может обстановка перемениться. — И опять к собаке, со всей строгостью: — Сидеть, Цуцик.

Собака села, как приказал хозяин. При плохом освещении я заметил, что у нее на морде белые пятна и ошейник белый. В виде половины ромашки.

Помимо воли позвал:

— Цветок.

Собака дернулась ко мне, но тут же остановилась.

Я громче позвал:

— Цветок!

Собака гавкнула и бросилась ко мне в ноги. Завиляла хвостом, завизжала, как человек от радости.

Я ее обнял за шею. Она меня лизала в лицо. Яблоки вываливались одно за другим, одно за другим. Весь пол в яблоках. И мы с моим дорогим другом Цветком по этим яблокам ногами ходим, как в райском саду.

Опомнился я от Субботина:

— Цуцик! К ноге!

Цветок кинулся к Субботину и замер у его ног.

Я говорю:

— Не ругайте его сильно, Валерий Иванович. Это моя собака. Цветок. Он меня узнал. Собака же ж. Удержаться не может.

— Знаю, что твоя собака. Она возле Пятницкой крутилась. Недели две крутилась, как ты ушел. Я подобрал. Мне собака нужна. Позарез необходима. Я, Вася, слепну. И так слепну, что удивительно. Временами ясно-ясно вижу, как при яркой лампе. А временами — не вижу. В больнице врачи смотрели. И в Киеве. По нашему ведомству. Хорошие врачи. Не профессора кислых щей. Настоящие. Два еврея, правда. Ничего понять не смогли. На нервной почве. Само пройдет. Я спрашиваю: «Когда пройдет?» Не знают. Боятся, а не знают.

Субботин поднял яблоко, вытер об рубашку. Уселся на кровать. Начал хрумкать.

— Ну, Вася, чего приперся? Конспирацию нарушаешь.

Я подложил еще яблок на кровать, чтоб Субботину лишнее по полу не шарить.

Говорю:

— Товарищ Субботин, я пришел, чтоб мы с вами написали бумажку. Я все опишу про Янкеля, про его намерения. Вы мне за это сделаете отпуск по всем швам. Чтоб я остался в стороне. Как меня и не было.

— Бумажку? Под диктовку? А без диктовки не получится у тебя, что ли?

— Под диктовку лучше. Чтоб сто раз не переписывать.

Субботин откусил большой кусок и, видно, он у него в горле застрял. Хочет сказать что-то, а не получается. И проглотить нельзя, и выплюнуть не выходит.

Наконец, справился. Прокашлялся до слез.

Говорит:

— Нишка, а чего ты лысый? Обрился? Напрасно. Тебя и так не узнал бы никто. Тебя по паспорту хоть узнают? Наверно, думают — украл хлопец чужой документ. А? Или я сослепу не различаю тебя? Знаешь, что я вижу, — белое пятно с дырками для взгляда. А прищурюсь — вроде лицо. Голое. Мне теперь все голыми кажутся. Как в бане. В пару. Потому что я только общий обрисунок улавливаю.

Я не отвечал. Тоже начал грызть яблоко. Попалось кислющее. Может, одно на весь грузовик. И мне попалось. Грызу и думаю, что делать. А делать нечего. Вся власть у Субботина.

— Сволочь ты, Вася. Или не сволочь. Ты жить хочешь. Тебе жить надо. Надо?

— Надо. У меня жена беременная.

— Вот. Правильно. Тебе еще и денег надо за бумажку? Надо денег?

— Не знаю. Просто вы меня отпустите. На свободу. Дальше я сам как-нибудь.

— А как, Вася, как, я тебя спрашиваю? Думаешь, у тебя получится как-нибудь? У меня не получилось. А у тебя, значит, получится.

Я молчал. И Субботин молчал. Цветок переводил глаза с Субботина на меня. С меня на Субботина. Ждал команды.

Я говорю:

— Конечно, это некрасиво, что я пришел насчет бумажки. Но это с какой точки смотреть. Я бы от себя никогда так не сделал. Но у меня жена. У меня дети будут. Я больше бегать не могу. Не имею права. А вы мне и немца спишете, и Янкеля. Вот вы слепнете на нервах, а я весь лысый сделался. Переживаю. А я молодой. У меня жизнь маячит.

Субботин молчал. И яблоко бросил. Смотрел впереди себя. А на стенке три тени — его, моя и собачиная.

— Ну, что, — говорит, — Василий. Садись и пиши. Я буду диктовать. Можно сказать, главное твое жизненное сочинение. На столе карандаш. Бумажку на этажерке возьми. Из тетрадки вырви. Да не весь листок. Половинки хватит.

Я сел. Приготовился.

Субботин начал:

— Я, Нисл Зайденбанд, подпольная кличка Василий Зайченко, докладываю. Я есть последний гад и предатель.

Я вскинул голову, чтоб найти глаза Субботина и с осуждением посмотреть в них. Но он стоял ко мне спиной, закинув голову и устремив взгляд в черный потолок.

— Написал? Подпишись. Число поставь. 28 сентября 1951 года. Город Чернигов.

Я отбросил карандаш.

— Валерий Иванович, вы что? Я серьезно. А вы шутите. Вы ж сами кашу заварили. Я к вам со всей душой. Расхлебывать, и так и дальше. А вы издеваетесь.

Субботин засмеялся. Не обернулся на мои справедливые слова. Так спиной и смеялся глазами вверх.

Я поднялся и говорю:

— Ну вот что. Застрелите меня на месте, а я такую бумагу не напишу.

Субботин повернулся ко мне:

— А чем такая бумага хуже той, которую ты хотел, чтобы я тебе по буквам надиктовал? Буквами хуже. А по сути — одно и то же. Ты, Вася, малообразованный и некультурный. Не можешь отличить суть от всего остального. Я тут решаю, какую бумажку тебе писать.

Я увидел, что пока я писал на клочке, Субботин перекинул через плечо планшетку и одел ремень с кобурой. Как попало приспособил. Косо-криво. Но кобура приоткрыта, и он за рукоятку пистолета держится наготове.

— Пиши, пиши, Вася. Выхода у тебя нету. Никогда не было. И теперь нету. Теперь — особенно.

Вытащил пистолет и приставил мне к голове. Твердо приставил.

— Я, — говорит, — сейчас тебя вижу. Насквозь. И всю твою голову лысую вижу и обозреваю. Не вздумай в драку лезть. Я при исполнении. А ты так. Никто.

И тычет мне в висок боевым оружием.

Я написал по памяти. Что я предатель. И подписался.

Субботин вырвал бумажку, я еще точку не поставил, а он вырвал. Помахал в воздухе.

Потом понюхал:

— Чем пахнет, Вася? Бумагой, скажешь. Точно, бумагой. На моих глазах столько бумаги люди исписали! Я, Вася, вроде учителя. Диктую, а они пишут, пишут. А у меня мечта. И ты сейчас эту мечту приведешь в действие. Ешь, Вася. Ешь. Кушай на здоровье. Хочешь, по кусочку, хочешь, целиком. Открой рот.

Я не открыл. Он силой мне разжал челюсти — пистолетом тыкал в губы, я и раскрыл рот.

Запихал бумажку.

— Ну, жуй!

И смотрит.

Я жую.

Сквозь жевание спрашиваю:

— Доволен?

— Очень доволен. Вкусно?

— Пошел к черту.

А сам жую под пистолетом. Хоть бы разорвал на мелкие кусочки. Нет. Целую затолкал.

Кое-как проглотил.

— И что дальше?

Субботин аккуратно спрятал пистолет. Довольный. Спокойный. Как будто хлебом голодного накормил.

— Ну, Вася. Я тебе что сказать хочу. Ваше с Янкелем дело я лично для себя закрыл. Мне больше не интересно. Меня по здоровью комиссуют. И к тому же товарища Сталина довели до смешного с евреями. У нас в МГБ обнаружен сионистский заговор. Товарища Абакумова два месяца назад арестовали. А другое начальство тоже. За то, что они врачей-вредителей прикрывали своими силами. И еще арестуют кое-кого, и много. И мне сейчас с тобой и с Янкелем соваться — ни к чему. Спросят — почему раньше в разработку не отдавал. Скрывал. В заговоре тоже. Вот, Вася-Василек. Так что иди куда хочешь. Бумажка твоя у тебя внутри. Не надейся, что ты ее из себя выдавишь. Не высрешь никогда. Гарантирую. Карандаш химический у тебя будет бродить в крови. С химией, товарищ, шутки плохи. Про химическое оружие слышал? Да что я спрашиваю. Евреи химическое оружие хотели пустить против советского народа, ты ж в курсе.

Субботин сел на кровать, позвал собаку. Цуцик приник к его ногам и преданно смотрел. Субботин гладил собаку по спине и тихонько говорил ласковые собачиные слова.

Я сидел на табуретке. Слезы текли из меня. Меня больше не было. Была одна химия внутри. Я не смог сдержаться и всхлипнул.

Субботин сказал:

— Правильно, Вася. Поплачь. Бедный ты бедный, Вася. Бедный ты, бедный. Я тебя опять не вижу. А ты же есть — слышу. Носом хлюпаешь. Поплачь. Я тебе такое расскажу. Ко мне Янкель приходил. С утречка неделю назад. На место службы. Подводой приехал. С ветерком. Дежурный звонит мне прямо в кабинет. Докладывает: «К вам, товарищ капитан, человек. По срочному крайне важному делу. Выгляньте в окно. Увидите. Пускать или прогнать? Ненормальный с виду». Выглянул, — я в тот день видел, — Янкель. Дежурному говорю: «Сам выйду». Вышел. Говорю: «Поехали ко мне домой». Янкель не соглашается. «Веди, — говорит, — внутрь. В кабинет». Говорю: «Зачем? В тюрьму не терпится?» — «Не терпится. Веди в кабинет. На улице с тобой говорить не буду». Я же оперативник. Я человека насквозь вижу. А Янкель кто? Партизан. Я партизана всегда переиграю. Он руку из кармана пиджака не вынимает. Щупает там что-то, щупает. Карман топырится. Соображаю: там граната. Шепотом Янкелю острожно и убедительно советую: «Дурак, оставь гранату в покое. На нас дежурный смотрит. И вытащить не успеешь — пристрелит». Он отвечает, тоже шепотом: «Успею». Я на него наваливаюсь, вроде с громкими объятиями. Железно захватываю. Дыхнуть не даю: «Товарищ дорогой! Вот так встреча! Вот так радость!» И набок его заваливаю. А у него рука в кармане. Я туда — кулаком зажал. Лимонка. Рука у него потная, скользит. Кричу для постового: «Что же ты напился с утра! Поехали, я тебя спать уложу!» И лошадь стегнул. Вожжи Янкель бросил без внимания. Лошадь резко с места взяла. Он от неожиданности гранату выпустил в кармане. Я перехватил. По шее его легонько стукнул. Затих. Вроде на плечико ко мне облокотился. Поехали шагом.

Загрузил Янкеля в полубессознательном состоянии на кровать. Он очнулся быстро. Здоровый. Говорит: «Я тебя, Субботин, голыми руками придушу. Терпел-терпел, а придушу. Хотел тебя грохнуть на месте преступления. Чтоб побольше захватить вас, гадов, но одного тебя точно прибью». А я засмеялся. Пистолет вытащил из кобуры, на стол далеко от себя пристроил. Китель расстегнул, подставил шею. «Ну, души». Янкель подумал и говорит: «Нет. Своими руками не смогу. Взорвать бы — пожалуйста. А руками — нет. Сноровка прошла». Я ему говорю: «Я слов своих никогда обратно не беру. Но обстановка изменилась, — про сионистский заговор в сердце МГБ ему объяснил, про свою болезнь, про комиссию. — Так что, дорогой Янкель, операция наша закрывается. Но ты признай, что я тебя на краю пропасти удержал. Если бы я тебя тогда не приструнил, ты бы наделал делов. Свои бы тебя сдали с твоими провокационными разговорами». Он спросил про тебя. Я его заверил, что тебя вообще можно считать за ничто. По немцу тебя искать бросили. Другие заботы пришли. Поважнее. Генералов сажают. Он мне сказал, что женится на девке. Что она от него ребеночка ожидает вот-вот. А это же Наталка. Знаешь?

Я замер.

— Нет, — говорю, — не знаю.

Субботин пальцем погрозил в пространство:

— Врешь плохо. Твоя беда, что ты не полный дурак, Вася. Полные дураки вообще правду и брехню не различают. А ты различаешь. Ты не полный дурак. И сейчас брешешь.

— Ну, брешу.

— А я посчитал. И получается, что это мой ребеночек у Наталочки-красавицы. Она же ко мне приходила. Я Янкелю прямо и говорю. Зачем ты, Янкель, мне Наталку подсунул. Он вскинулся: «Как это?»

Я рассказал, что она ко мне приходила вроде от него. Уговаривала, что Янкель на все согласный. Что я ему, Янкелю, через Наталочку отсрочку дал на неопределенное время. Янкель в несознанку. Не посылал ее. И точка. Понимаю — не врет. Я всегда понимаю. Я же спец. Говорю: «Не волнуйся, Янкель. Я пошутил». Замял для ясности. Пожелал счастья в личной жизни. А ведь это ты ко мне Наталку направил, Вася. Точно?

— Ну, я.

— Вот именно. И про свою жену беременную ты мне плел, имея ввиду Наталку. Точно?

— Ну.

— Ну и ничего. Вот с этим и живи, дорогой Вася-Василек. Всего тебе доброго. Мне не интересно, где ты сейчас зарылся. Не надейся, спрашивать не буду. Дальше не мое дело. Тебе еще с Янкелем разбираться. А я Янкелю лимоночку обратно отдал. Мне чужого добра не надо. И про Наталку я ему не сказал. Само вылезет. Все всегда само вылезает, поверь мне. Ну что, поплакал? А теперь пошел к чертям собачьим. Куда хочешь. Яблочко возьми на дорогу.

Я сказал Субботину:

— До свиданья.

Хотел погладить Цветка, но не осмелился.

С лестницы сходил — спотыкался, как побитая собака. Сел на скамейку и ничего не думаю. Думаю, что все против меня сделалось само собой. Янкель мне не сообщил, что Субботин свою частно-кустарную деятельность прекращает. Отпустил меня на произвол. Но главное — Наталка. То, что она не моя, — я помирился с этой мыслью. Но что она опять может быть Янкеля — с этим я сравняться не мог. Конечно, Янкель перед Субботиным держался. Наталка ни при чем. И про то, что Наталка с Субботиным была — Янкелю неизвестно.

Ну хоть что-то же ж осталось при мне. Хоть какое-то сведение, за которое можно уцепиться и вытащить себя за чуб из пропасти. Но я не упустил, что чуба у меня как раз и не осталось. Хоть и на временной нервной почве, но не осталось. Ни волосинки. Я понимал, что тянуть надо за другое. За кишки. Беспощадно.

Сидеть на месте не соответствует моему характеру. Надо было срочно ставить точки в своей судьбе на данном этапе.

По плану — Остёр. Янкель.

От мокроты, холода и голода я впал в невесомость. Не помню, как добрался, кто меня нес-подвозил, как по воздуху.

Очнулся ранним утречком у Янкелевой хаты. Вошел на правах хозяина. Дверь не закрытая, я и вошел. Стучаться и не попробовал. Как чувствовал.

Янкель пил узвар. Видно, соседка принесла.

Пригласил к столу:

— Тут и груши, и сливы сушеные, и яблочки. Пей, Нишка. А то ты бледный и чахлый. Девки любить не будут.

Я присел. Налил из глечика. Выпил стакан. Налил второй. Выпил. Янкель мой аппетит встретил одобрительно.

— Еще картошка есть. Будешь?

Я согласился, что не против.

Ем картошку и молча посматриваю на Янкеля. Потом говорю:

— У тебя для меня никакой новости нет?

— А какую новость тебе надо?

— Мне про Субботина надо.

— Про Субботина, — Янкель оскалился. — А что про него нового? Я тебе от себя скажу: успокойся. Не бегай. Живи себе, как жил.

— Янкель, не крутись. Я только от Субботина. Он мне про тебя рассказал. Про лимонку и так и дальше. Про то, что ты на Наталке мечтаешь жениться и она вроде тоже. Так знай: я уже Наталку за себя взял. Она в октябре родит. Двойню. И дети у нее — мои по всем статьям. Ты нас с ней не найдешь. Мы пристроились в сильно надежном месте. Я бы мог тебе и не сообщать. Но у меня есть совесть. А у тебя совести нету. Ты меня подбил хату переписать на чужих людей. Может, ты с этого что и получил. Ты меня заграбастал своими лапами, чтоб я в подполье убрался под твоим распоряжением. А теперь мы оба свободные. Оба ни при чем. Ты при своем остался. А я без хаты. Нравится тебе такое?

Янкель поднялся надо мной и сказал:

— Повтори, Нишка, что ты придумал.

Я повторил про хату и про свободу.

Янкель говорит:

— Не про то. Про Наталку повтори.

Я повторил.

Янкель задумался. Пошел к окошку. Уставился на улицу. Я тоже встал, и вместе с Янкелем направил взгляд в окошко. Смотрим вдвоем и ничего не видим. Дождь идет. Заливает видимость.

Янкель первый говорит:

— Про хату ты прав. Поспешил я. Но мне есть оправдание. Я от чистого сердца. Хоть роли не имеет. Забирай мою. Что та хибара, что эта. Ничем не хуже. Забирай. Зараз пойдем и на тебя перепишем. Согласный?

Я молчал. Помолчал, помолчал и кивнул головой. В знак согласия.

Янкель вел дальше:

— А Наталка... Что ж, если у вас любовь и дети, то я в стороне.

Я улыбнулся, хоть по опыту знал, что показывать свое счастье никому нельзя.

Янкель придвинулся ко мне, схватил за пиджак и брызнул в лицо слюной:

— Только я тебе не верю. Пускай она сама скажет. Своим голосом. И про детей, и про любовь. И про то, как она с тобой спит. Тогда я поверю. Тогда для тебя, Нишка, полная свобода наступит. Пока не услышу, лимонка при мне.

Я легонько его кулачищи отвел, он не сильно меня и держал, слюну вытер с лица, и с достоинством отвечаю:

— Нет, Янкель. Наталку я не выдам. Рви свою лимонку. Рви на весь Остёр. Вместе на воздух полетим.

Янкель развернулся на сто восемьдесят градусов, кинулся под кровать, нашарил там что-то, поднял руку и закричал:

— Сейчас рвану.

В кулаке лимонка. Сколько я их побросал за войну — не посчитать. Я такие лица, как у Янкеля, наблюдал во время атаки или когда у людей оставались последние секунды до смерти. Не испугался.

Но говорю:

— Давай, Янкель. Рви. Только насмерть чтоб. А то калеками останемся, на пару будем на обрубках ползать, безрукие, просить, чтоб добрые люди штаны нам расстегивали-застегивали. Давай.

Привычка — большое дело. Отвык Янкель в людей снаряды направлять. Отвык.

Субботин у него лимонку отнял. И я отнял. В целости себе в карман положил.

И говорю:

— Давай встретимся где-то на ничейной полосе. Я Наталку приведу. Пускай она сама выберет, с кем остаться. Если с тобой, — я без звука ухожу, вы меня никогда не увидите и не услышите. Если она меня с собой оставит, — ты уходишь. И хата твоя за нами остается. Нам в Рыкове делать нечего. В Рыкове хату продадим.

Янкель хмыкнул. Но я понял, что он согласен.

Назначили встречу недалеко от Козельца, на хуторе Болотном. И я, и Янкель место знали еще с войны, и теперь нам было известно, что там все брошенное. Немцы спалили и потом никто не позарился на пепелище.

— Сегодня, — говорю — 29 сентября. Встретимся 31-го.

Конечно, я мог и не ходить к Янкелю. Но я хотел по-честному. Я себя тянул изо всех сил. Как и положено человеку.

Лимонку закинул далеко в поле. Рванула громко.

Наталка встретила меня по-доброму. Волновалась, куда пропал. Я заверил ее, что все в порядке. Что я видел Янкеля и предоставляю ей выбор. Она как будто ждала подобного поворота.

Спросила одно слово:

— Когда?

Я сказал.

Израиль с Саррой нас обхаживали, обглаживали. Сарра сварила куриный бульон с клецками, начинила шейку мукой и потрошками. Обедали празднично.

Израиль держал речь:

— Мы сомневались про тебя, Нисл. Мы твоего отца знали в Чернобыле. И всю семью его несчастную. И раввина Нисла Зайденбанда знали. Мы с тобой не делились воспоминаниями, потому что ты не в курсе и не надо тебе.

Я вставил слово:

— И не надо мне. Точно, Израиль, — я решил, что не буду расстраивать людей своим лишним знанием, а то далеко можно зайти.

Израиль продолжал:

— И видим теперь, что ты не в отца. Что ты старость уважаешь. Спасибо тебе, дорогой Нисл. Хорошо считается, что сын за отца не отвечает. И я тебя прошу, не отвечай. Потому что ты ни в чем не виноват за него. Ты это своим примерным поведением доказал. Сарра мне намекала, что ты нас бросил с посторонней женщиной. Но я не считаю, что Наталка нам посторонняя. Она нам дочка, а ты нам сын.

Сарра кивала и в бульон слезы лила от радости, что я вернулся и Наталка в хорошем настроении и в животе у нее полный порядок.

Утром 31-го мы с Наталкой пошли по назначению. Погода наладилась. Попалась подвода, нас подвезли.

На месте мы оказались первые.

Пустоты не было. На развалинах строился домик. Из бруса. Крепкий домик. Видно, недавно. Только фундамент готов и первый лес завезли. Хозяин с топором расхаживал, баба, дети что-то делали. Костер горел, готовили еду.

Я понял: надо менять дислокацию.

Когда вдалеке показался Янкель, я быстро пошел ему навстречу, замахал руками, мол, стой на месте.

Наталка шла медленно. Еще издали я заметил, что Янкель смотрит исключительно на нее. Меня для него нету.

Сошлись с Янкелем как раз возле леса. Наталка на подходе.

Я говорю:

— Что тут людей смущать. Может, до крика дойдет. Лучше глубже зайти. От чужих глаз.

Пошли.

Янкель идет трудно. Хромает. Палку взял с собой для твердости. Но как следует опираться на нее не умеет. И оглядывается, оглядывается на Наталку. Я не смотрю назад. Но через меня пропускается электрический ток. Я однажды такое испытал. Неосторожно дотронулся к проводам. И струя идет через верх головы.

Я не выдержал. Оглянулся. Наталка на Янкеля смотрит открытыми глазами: через меня. Через мою макушку.

Идем и идем. И никто из нас не останавливается. У меня под сапогами захлюпало.

Я крикнул Янкелю:

— Останавливайся, сейчас болото начнется.

Он отвечает с усмешкой:

— Уже, Нишка. Уже в болоте. Стой где стоишь.

Наталка, как последняя, отставшая немного, замерла.

Я ей говорю:

— Отойди назад. Тут болото начинается. Мы сейчас с Янкелем выйдем к тебе на сухое.

А сам чувствую — затягивает. Янкель еще дальше — ему хуже. Он палкой тычет и зыркает, за что надежно уцепиться. А не за что. Закричал Наталке:

— Уходи назад, уходи назад!

Я кинулся к Янкелю, он уже по колено в трясине. Тащу за палку. Не тащится. Уже по пояс. Я и сам стал затягиваться вглубь. Янкель кряхтит, а уже плечи в трясине. Отталкивает меня с палкой. Отталкивает и рычит:

— Уходи, Нишка, уходи, гад. Обоих затянет. Наталку спасай. Детей спасай.

Я как-то вытащился. Все-таки намного легче Янкеля. И ноги крепче.

Он барахтается, пузыри пускает. Я хватаю одно деревце за одним, пригинаю. Не дотягивается до Янкеля. Он руками в воздухе водит, вроде буквы рисует. А ничего он руками не рисует. Он жизнь свою спасает и спасти не может. И я не могу.

Я думал, Наталка отошла. А она рядом со мной. Сама за ветки цепляется, бросает в болото. Молча.

Когда Янкель скрылся под ряской, и ряска булькнула, Наталкин голос отозвался, как эхом:

— Янкель!

С веточкой тоненькой в руке бросилась своим животом огромным на стоячую жижу, протаранила насквозь и камнем канула. Как летчик Гастелло.

Я кричал-кричал, палкой шарил, звал. Не до-
звался.

Выбрала-таки Наталочка Янкеля. Черта хромо-
го. Жида проклятущего. А у нее ж свой тот свет, а у
него свой. Она ж сама говорила. И не придут, не
расскажут, встретились — не встретились.

Не знаю, сколько времени я просидел в лесу.

Меня нашли дети с хутора Болотного. Позвали,
наверно, взрослых, те доставили меня беспамятно-
го в Козелецкую больницу. Я там провалялся с месяц. Кое-как вылечили мне воспаление легких.

Насчет ума очень опасались, что я повредился.
Врач спрашивал, что я делал в лесу.

Я отвечал:

— Гулял на свободе.

Стали выяснять насчет родственников, чтоб меня забрали.

Я сказал, что таковых нет, и я сам уйду, когда скажут.

Выписали. Я пошел к Гореликам. Сказал, что
Наталка меня бросила. Что была чистая правда.

Жил со стариками не знаю как.

Ходил по селам, работал. Года три-четыре. Время
слепилось в кусок жеваной бумажки. Не разле-
пишь.

Однажды на базаре в Калиновке встретил жену Гриши Винниченко — Шуру Климчук. приехала к родственникам в гости. Она меня не узнала.
Я ее окликнул. Не из интереса, а просто захотелось
знакомое имя сказать вслух. Я тогда мало говорил.
Временами казалось, отучился окончательно.

Шура рассказала, что Гриша хорошо продвигается, переехали в Семеновку. Начала про Остёр. Гиля Мельник женился. Янкель давно пропал. Ни слуху, ни духу.

Я сказал, что ничего он не пропал. Что я его недавно видел. Нога у него зажила, и он не хромает. Что женился. Что у него двое детей. Близняшки. Один беленький, другой черненький. Чтоб Шура передала знакомым в Остёр.

Шура обрадовалась.

— Гриша вас с Янкелем часто вспоминает. Когда выпьет — особенно. Говорит, вы с ним большие дела делали. Особое задание. Военная тайна. Правда? Скажи, Нишка, я ему тебя не выдам.

Я сказал, что правда.

Сарра умерла в 56-м. Израиль в 57-м. Я ему в гроб мыло положил, которое в курятнике когда-то спрятал. Для сведения, если кто действительно наверху есть.

Колодец я копал-копал, когда время выпадало, но так и не докопался до воды. Израиль злился на мое упрямство. На этом мы ругались, а Сарра нас мирила вкусной еврейской едой.

В Чернигов я перебрался в конце 58-го. Досмотрел до смерти Школьниковых — не слишком долго.

Потом женился. Работал по специальности. Субботина не встречал ни разу.

Применяя простое народное средство — постное масло с красным перцем — восстановил волосы.

Так как утерянное на почве нервов может вернуться. Это научный факт. Я имею ввиду и Субботина.

Моей страстью стали книги художественного содержания. Но я не нашел в них никаких ответов на насущные вопросы и темы. Кроме того, что женщина может единовременно родить ребенка только от одного мужчины. Даже если это близнецы.

Сейчас удивительное время. Живого остается меньше и меньше. Молоко делают из порошка. И целые скандалы из этого потом раздувают для рекламы.

Но я почерпнул следующие сведения из специальной литературы: Господь Бог может из праха и пыли восстановить, что захочет. Значит, и молоко. И тех, кого сожгли. И тех, кого сварили. И кто в болоте утонул. И кого с этажа выкинули нечаянно-негаданно. Всех и всё.

Литературно-художественное издание

Выпускающий редактор
Г.С.Чередов
Редактор
А.Г.Николаевская
Художественный редактор
Т.Н.Костерина
Технолог
С.С.Басипова
Оператор компьютерной верстки
А.Ю.Бирюков
Оператор компьютерной верстки переплета
В.М.Драновский

Всероссийская государственная
библиотека иностранной литературы
им. М.И.Рудомино
109189, Москва, ул.Николоямская, д.1
Отдел реализации издательства:
(495)915-35-18
e-mail: synkova@libfl.ru

Подписано в печать 21.05.2010 г.
Формат 84x108/32
Тираж 3000 экз.
Заказ № 351

Отпечатано в полном соответствии
с качеством предоставленного оригинал-макета
в ОАО «ИПП «Уральский рабочий»
620990 Екатеринбург,
ул. Тургенева, 13.
http://www.uralprint.ru
e-mail:book@uralprint.ru